FANTASY

Buch

Die junge Hexe Isabeau, aufgewachsen im Schatten der Drachenklaue, dem Berg der Drachen, wird bei einer gefährlichen Mission schwer verletzt und gerät in die Gefangenschaft der Banrìgh, die jegliche Zauberei im Land Eileanan zu unterdrücken versucht. Ihr steht ein Tod durch Ertränken bevor. Ihre Ziehmutter Meghan ist gemeinsam mit Isabeaus geheimnisvoller Zwillingsschwester unterwegs nach Caeryla, wo sie vom schrecklichen Schicksal der jungen Hexe erfahren. Neben der Angst um Isabeaus Leben macht Meghan noch ein weiterer, schicksalsträchtiger Umstand Sorge: Das Mädchen trägt den Schlüssel des Hexensabbats bei sich. Und ohne dieses magische Artefakt haben die Zauberkundigen und magischen Kreaturen keine Chance, der unerbittlichen Verfolgung durch die tyrannische Banrìgh zu entkommen.

Autorin

Kate Forsyth wurde 1966 im australischen Sydney geboren, wo sie mit ihrem Ehemann und ihren beiden Kindern lebt. Sie ist als Journalistin für mehrere Magazine tätig und eine der erfolgreichsten Autorinnen in Australien. Ihr Fantasy-Reich Eileanan ist von der schottischen Heimat ihrer Vorfahren inspiriert.

Bereits erschienen:

Der magische Schlüssel: 1. Der Hexenturm (24162), 2. Die Hexen von Eileanan (241741)

Demnächst erscheint:

Der magische Schlüssel: 3. Der See der zwei Monde (24163)

Weitere Bände sind in Vorbereitung.

FANTASY

Kate Forsyth

Die Hexen von Eileanan

Der magische Schlüssel 2

Ins Deutsche übertragen
von Karin König

BLANVALET

Die Originalausgabe erschien unter dem Titel
»Dragonclaw. Book One of The Witches of Eileanan« (Parts 3 + 4)
bei Arrow/Random House Australia, Sydney

Umwelthinweis:
Alle bedruckten Materialien dieses Taschenbuches
sind chlorfrei und umweltschonend.

Blanvalet Taschenbücher erscheinen im Goldmann Verlag,
einem Unternehmen der Verlagsgruppe Random House GmbH.

Deutsche Erstveröffentlichung 5/2002

Umschlaggestaltung: Design Team München
Umschlagillustration: Agt. Schlück/Eggleton
Satz: deutsch-türkischer fotosatz, Berlin
Druck: Elsnerdruck, Berlin
Verlagsnummer: 24174
Redaktion: Manuela Schomann
V. B. · Herstellung: Peter Papenbrok
Printed in Germany
ISBN 3-442-24174-X
www.blanvalet-verlag.de

1 3 5 7 9 10 8 6 4 2

Landkarten

TIRLETHAN
Drachenklaue
Weißlockenberge
Der Hauer
Pass
Turm der Rosen & Dornen
Caeryla
Sithicheberge
Muileach
Rhyllster
Turm der Träumer
Turm der Zwei Monde
Lucescere
RIONNAGAN
Ban-Bharrach
BLÈSSEM
Loch Lucescere
Rhyssmadill
Dùn Eideann
Berhtfane
Schleusen und Kanäle
Dùn Gorm
Turm der Gesegneten Felder
N
CLACHAN
Die Finger
Seedeich
Cuinns Turm
Südeileanan

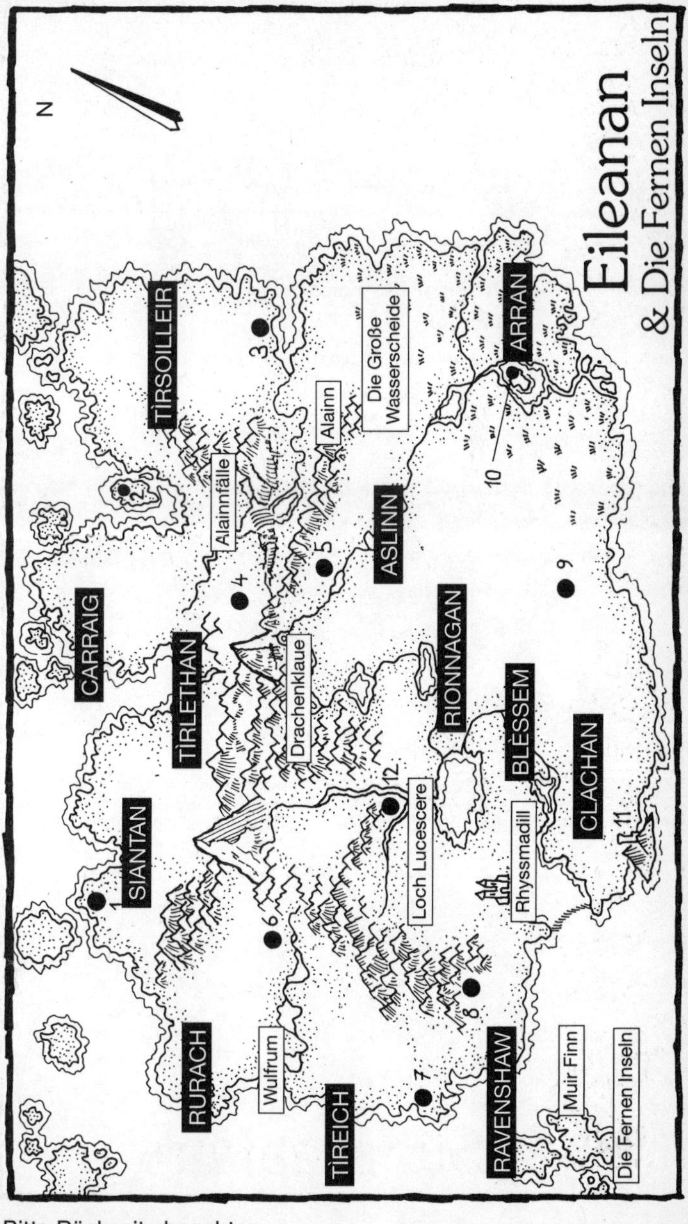

Bitte Rückseite beachten

Zur Karte auf Seite 7:

1 Turm des Sturms
2 Turm der Meersinger
3 Turm der Krieger
4 Turm der Rosen & Dornen
5 Turm der Träumer
6 Turm der Sucher
7 Turm der Pferde-Lairds
8 Turm der Raben
9 Turm der Gesegneten Felder
10 Turm der Nebel
11 Cuìnns Turm
12 Turm der Zwei Monde

Die Fäden werden verflochten

Khan'derin die narbige Kriegerin

Khan'derin saß so weit wie möglich von der Feuerstelle entfernt, denn sie fand die Hitze der Flammen auf ihrem Gesicht fast unerträglich. Es war eine warme Nacht und die Sterne über ihnen leuchteten so nahe, dass es fast schien, als könne sie sie berühren. Die alte Hexe erzählte Geschichten über ihre so genannte Zwillingsschwester. Khan'derin spähte in ihre Schale und hielt dann nach etwas Interessanterem als den welken Möhren und Rüben Ausschau, die sie dort vorfand. Da sie nichts entdecken konnte, stellte sie die Holzschale seufzend ab und versuchte, sich auf das zu konzentrieren, was die Zauberin ihr erzählte.

Meghan fand einige der Dinge, die Is'a'beau gesagt oder getan hatte, offensichtlich lustig, denn sie kicherte ein wenig in sich hinein, während sie ihre Geschichte erzählte. Khan'derin fragte sich, warum die Waldhexe ihren Schützling für derlei Respektlosigkeiten nicht heftig geschlagen hatte. Nun, ihr selbst war für weitaus geringere Vergehen unzählige Male die Haut vom Rücken geprügelt worden. Sie hielt Is'a'beau für einen frechen Nichtsnutz und wunderte sich über die offensichtliche Zuneigung in der Stimme der Hexe.

Sie sah sich im dunklen Wald um, in dem fremdartiges Rascheln und Murmeln erklang, und wünschte, sie wäre wieder im Haven und könnte Kriegsgeschichten oder Geschichten über ihren heldenhaften Vater lauschen. Sie drehte unbewusst den Drachenring an ihrem Finger, hielt die Hände aber dann sofort wieder still und hoffte, die Waldhexe habe es nicht bemerkt. Nur ungezogene Kinder zappelten herum, ermahnte sie sich. Eine Jägerin sollte stundenlang still sitzen können, ohne auch nur mit der Wimper zu zucken.

Nach einer Weile verklangen die Erinnerungen der alten Hexe, Khan'derin sah auf und bemerkte, dass die intensiven schwarzen Augen sie beobachteten. Sie wartete darauf, dass Meghan fortfahren würde, aber da war nur Schweigen. Das kleine Wesen, das die Hexe in ihrer Tasche herumtrug, setzte sich auf die Hinterbeine und keckerte. Meghans Gesicht entspannte sich und sie lächelte leicht, während sie keckernd etwas erwiderte. Khan'derin überlegte, ob sie eine Frage stellen könnte. Und dann nahm sie, da sie sich an die Belustigung über die Possen ihres Schützlings in Meghans Stimme erinnerte, all ihren Mut zusammen.

»Alte Mutter, verzeiht, aber ist das Euer Totem?«

»Gitâ ist mein Vertrauter«, erklärte Meghan. »Er ist wie meine Augen und meine Füße, mein Beschützer und mein Freund.«

»Das ist ähnlich«, sagte Khan'derin. Sie betrachtete Gitâ nun mit größerem Respekt, denn wenn er dem Totem ihrer Alten Mutter gleichkam, war er in der Tat ein mächtiger Geist.

Die alte Hexe sagte: »Du hast mir in der Halle der Drachen erzählt, du seist mit einem Drachenring gefunden worden. Kann ich ihn sehen?«

Khan'derin zog den Ring widerwillig ab und reichte ihn der alten Hexe. Meghan drehte ihn zwischen den Fingern und sah auf der Innenseite das Wort ›Iseult‹ eingraviert. Sie blickte überrascht auf und betrachtete forschend Khan'derins Gesicht. »Iseult«, sagte sie.

Das Mädchen errötete zutiefst, die Narben auf ihren Wangenknochen leuchteteten weiß. »Mein Name ist Khan'derin«, sagte sie mit gedämpfter Stimme. »Meine Großmutter hat mir den Namen gegeben!« Meghan schien noch etwas sagen zu wollen, änderte aber offensichtlich ihre Meinung, denn es entstand eine Pause. Schließlich fuhr sie fort: »Du hast auch erzählt, die Feuermacherin habe noch etwas anderes bei dir gefunden. Was war das?«

»Mein *Sheyata*«, antwortete Khan'derin bereitwillig.

»Was ist das?«

»Ich bin mir nicht sicher, wie es in Eurer Sprache genannt wird – Talisman, glaub ich, oder Amulett. Es befand sich bei mir, als die Feuermacherin mich fand. Sobald sie es sah, wusste sie, dass es ein Amulett von großer Macht war, und so sorgte sie dafür, dass es während meines Heranwachsens sicher aufbewahrt wurde. Sie gab es mir, bevor ich zum ersten Mal zu den Drachen ging, da sie von seiner Bedeutung wusste. Und es scheint mich wirklich manches Mal in Richtungen zu zwingen, die ich andernfalls nicht einschlagen würde.«

»Tatsächlich?«, fragte Meghan. »Wie?«

»Nun, ich wollt nicht ins Tal der Drachen ziehen. Ich hatte Angst. Also beschloss ich, nur vorzugeben, dorthin zu gehen, mich dann zu verbergen und der Gemeinschaft zu folgen, wenn sie zur Zusammenkunft reisen würde. Ich wollte so gerne alle Gemeinschaften zusammen erleben, den Wettbewerben um Kraft und Können zusehen und das Tanzen und Schmausen mitverfolgen. Ich weiß, dass die Feuermacherin zunächst verärgert gewesen wäre, aber ich bin ihr Lieblingskind, sodass sie mir vergeben hätte. Also brach ich wie angewiesen auf und stieg den Hügel bis zur Hälfte hinauf, wo ich mich verbarg und abwartete. Als ich den Hügel jedoch wieder hinabzusteigen versuchte, brannte sich das *Sheyata* direkt durch meine Kleidung und sandte ein Kribbeln durch meinen Arm, als ich es berührte. Je weiter ich den Hügel hinabstieg, desto intensiver und schmerzhafter wurde das Brennen. Wann immer ich innehielt oder in die mir angewiesene Richtung ging, ließ es nach. Ich versuchte fast eine Stunde lang zurückzugehen, aber dann gab ich auf und stieg wieder aufwärts. Das Brennen schwand augenblicklich und so kehrte ich erneut um. Dieses Mal war es wie ein Brandmal an meiner Brust und mein gesamter Körper pochte vor Schmerz. Also folgte ich dem *Sheyata* und gelangte so zur Halle der Drachen, wie es die Feuermacherin in ihrem Traum vorhergesehen hatte.«

»Das ist wirklich interessant. War das die einzige Gelegenheit, bei der es dich bezwungen hat?«

»Ach, nein, es ist mehrere Male geschehen. Erst vor wenigen Tagen begann es zu vibrieren und zu brennen und das Kribbeln hörte erst auf, nachdem ich zur Halle der Drachen gerufen wurde, um Euch zu treffen. Aber ich kann keinen Grund dafür erkennen … Einmal hat es mir jedoch das Leben gerettet.«

»Wirklich?«

»Hmmm, ja. Vor ein paar Jahren. Ich ging auf die Jagd und wir trafen rasch auf die Spur einer Herde Geal'teas, die auf einem schmalen Pfad einem breiten, schneebedeckten Hang zustrebten. Ich ging voran und wollte ihnen folgen, als mein *Sheyata* erneut zu brennen und zu kribbeln begann. Als ich mich an das letzte Mal erinnerte, blieb ich stehen und sah nach. Es verbrannte mir die Finger, als ich es berührte. Ich versuchte, die anderen aufzuhalten, aber die meisten ignorierten mich und folgten der Herde auf den Hang. Einige beachteten meine Warnung jedoch, obwohl es ihnen schwer fiel, eine solch große Herde *Geal'teas* entkommen zu lassen. Diejenigen, die mir zugehört hatten, überlebten, während diejenigen, die das Omen ignoriert hatten, starben.«

»Was war geschehen?«

»Eine Lawine«, sagte Khan'derin achselzuckend.

»Kann ich es mir ansehen?«, fragte Meghan und Khan'derin fischte in ihrem Hemd eher widerwillig nach einem kleinen, schwarzen Beutel. Sie öffnete ihn und ließ einen zierlich gearbeiteten, mit magischen Symbolen versehenen, dreieckigen Talisman auf ihre Handfläche gleiten. Meghan nahm ihn auf und zog die Symbole mit den Fingern nach. Ihr ganzes Gesicht schien zu erstrahlen, während ihre schwarzen Augen leuchteten. Khan'derin beobachtete sie bestürzt und streckte die Hand aus, damit Meghan ihn ihr zurückgeben sollte. Die Hexe schien es nicht zu bemerken.

»Was weißt du über den Hexensabbat?«, fragte sie stattdessen, während sie den Talisman hin- und herdrehte.

»Nur das, was Feld mir erzählt hat«, antwortete Khan'derin misstrauisch, den Blick auf ihr *Sheyata* gerichtet.

»Das Buch der Schatten sagt uns, dass sich die Anführer der Türme zusammenfinden müssen, um einen Hexensabbat zu gründen, dass sie zusammenarbeiten müssen, um Hexen im ganzen Land zu helfen, indem sie Lehrlinge austauschen und Schüler von anderen Türmen aufnehmen, damit kein Wissen verloren geht. Die mächtigste Hexe im Land soll die Bewahrerin des Schlüssels sein und den Hexensabbat anführen. Kannst du mir folgen?«

»Nein«, sagte Khan'derin.

Meghan seufzte. »Ich kann nicht glauben, dass dein Volk so wenig über Hexen weiß. Wird bei euch niemandem die Art des Hexensabbats gelehrt?«

»Warum sollte man es uns lehren? Die Gemeinschaften gehören nicht zu Euch und folgten schon seit Jahrhunderten ihren eigenen Traditionen, bevor Ihr überhaupt kamt. Die Türme der Rosen und Dornen sind schon seit dem Tod der Roten Zauberin vor vielen, vielen Jahren verwaist. Wer hätte uns die Art lehren sollen?«

»Nun, denn … Du sagst, die Alte Mutter führte deine Gemeinschaft an. Hat jede Gemeinschaft eine Alte Mutter?«

»Ja, in der Tat.«

»Also, stell dir mal vor, dass alle Alten Mütter zusammenkämen um darüber zu beraten, wie sie einander am besten helfen könnten …

»Wie sie es bei der Zusammenkunft tun …«

Meghan schien mehr darüber erfahren zu wollen, nickte aber nur und fuhr fort: »Nun, die mächtigste Alte Mutter, die einflussreichste, wäre wie die Bewahrerin des Schlüssels des Hexensabbats.«

»Die Feuermacherin.«

»Vielleicht … Ich weiß so wenig über dein Volk! Ich würde gerne mehr erfahren …«

»Ich versteh nicht, was das alles mit meinem *Sheyata* zu tun hat.«

»Dein *Sheyata*, wie du es nennst, ist ein Bruchstück eines der großartigsten Artefakte der Macht des Hexensabbats. Es wurde vor vielen Jahren von einem meiner Vorfahren, Owein MacCuinn, Führer des Langbogens, gefertigt. Er war der erste Bewahrer des Schlüssels. Er fertigte ihn im geweihten Symbol des Hexensabbats – ein Stern in einem Kreis.«

»Wie derjenige, an den ich neulich morgens dachte, als Ihr mich … geprüft habt?« Khan'derins Interesse war wider Willen geweckt, so sehr, dass sie eine Frage zu stellen wagte.

»Genau der. Dieses Medaillon wurde vom Bewahrer des Schlüssels getragen, welcher der Stärkste und Tapferste und Mitleidvollste des ganzen Hexensabbats sein sollte. Seine Geschichte ist jedoch nicht nur erfreulich oder wahrhaftig. Nicht alle Bewahrer des Schlüssels benehmen sich so, wie man es von einer ordentlichen Hexe erwartet. Wie viele in einer Machtposition, haben einige ihre Verantwortung missbraucht und es wurden gelegentlich Kämpfe um das Recht ausgefochten, den Schlüssel tragen zu dürfen. Dennoch ist der Schlüssel ein sehr mächtiges Artefakt, da es von Owein MacCuinn gefertigt und stets von denjenigen mit außergewöhnlichem *Talent* getragen wurde.«

Die Hexe hielt inne und seufzte, bevor sie mit gedämpfter Stimme fortfuhr: »Vor einigen Jahren, unmittelbar bevor ihr geboren wurdet, zur Zeit des Tages des Verrats, wurde mir der Schlüssel von Tabithas NicRuraich zurückgegeben, die damals die Bewahrerin des Schlüssels war. Der Turm der Zwei Monde, Hauptquartier der Bewahrerin des Schlüssels, wurde von den Roten Garden angegriffen und sie befürchtete, der Schlüssel könnte in die Hände der Banrìgh fallen, die seine Macht zum Bösen gebrauchen würde. Tabithas hatte vor, der Banrìgh gegenüberzutreten und sie in einen Machtkampf zu verwickeln. Ich hab sie niemals wiedergesehen.«

Khan'derin beugte sich vor, ihre blauen Augen waren sehr ernst. »Der Rìgh sagte später, sie sei verbannt worden, aber das hab ich niemals geglaubt. Ich glaube, dass sie umgekommen ist und dass der Rìgh versucht hat, das Volk von Rurach, das Tabithas abgöttisch liebte, an einer Rebellion zu hindern. Jedenfalls hatte ich den Schlüssel und es war meine Aufgabe, ihn nach dem Tag des Verrats sicher aufzubewahren. Ich benutzte ihn dazu, etwas wegzuschließen, was Maya nicht in die Finger bekommen sollte und dann zerbrach ich den Schlüssel in drei Teile und übergab zwei der Teile den Hexen, denen ich am meisten vertraute. Eine davon war deine Mutter Ishbel, um die du dich während der letzten acht Jahre gekümmert hast. Die Drachen müssen die Macht des Talismans erkannt und ihn deiner Obhut übergeben haben. Vielleicht wussten sie, dass sich unsere Wege eines Tages kreuzen würden. Tatsächlich können die Drachen in alle Richtungen am Faden der Zeit entlangsehen.«

»Ihr könnt ihn nicht behalten!«

»Ich muss ihn behalten, Iseult. Es tut mir wirklich Leid, dass er dir so viel bedeutet, aber es steht hier viel zu viel auf dem Spiel. Ohne dein *Sheyata* sind die anderen Teile wertlos. Und dein *Sheyata* möchte wahrhaftig wieder vollständig werden – es weiß, dass die Zeit gekommen ist. Es wird dich keinen Schritt in eine Richtung tun lassen, die nicht seine Richtung ist.«

»Ich sagte, Ihr könnt ihn nicht haben! Er ist mein Geburtsrecht!«

»Das ist er keinesfalls. Er gehört in Wahrheit mir, da ich die Bewahrerin des Schlüssels des Hexensabbats bin und dies ein Teil meines Schlüssels ist.«

Khan'derin streckte eine Hand aus, rief ihr *Sheyata* stumm an und das verzierte Dreieck in Meghans Hand erbebte und zitterte leicht. Es bewegte sich jedoch nicht und Khan'derin sah es überrascht an.

Die alte Hexe lächelte. »Selbst wenn es nicht in meiner Hand bleiben wollte, könntest du es mir nicht wegnehmen. Du bist nicht einmal ein Hexenlehrling. Deine Kräfte sind verborgen und ungeübt. Ich praktiziere die Magie schon länger, als du dir vorstellen kannst. Niemand könnte mir aus der Hand nehmen, was ich nicht aus der Hand geben möchte.«

Khan'derin konnte kaum glauben, dass das *Sheyata* auf ihren Ruf nicht reagiert hatte. Es hatte bisher stets ihrem Willen gehorcht, wie auch alle ihre anderen Waffen. Denn Khan'derin sah ihr *Sheyata* als eine weitere Waffe an, wie ein magischer Schild, der sie vor Gefahren warnte und sie vor Schwierigkeiten schützte. Ihre Großmutter hatte das *Sheyata* bei ihr gefunden, als sie ein Neugeborenes war. Sie konnte nicht glauben, dass Meghan es ihr einfach so wegnehmen wollte, als wüsste sie nicht, dass es eines der wenigen Dinge war, die Khan'derin ihr Eigen nennen konnte. Wie konnte die Waldhexe so ungerührt behaupten, es gehöre in Wahrheit ihr, wenn es doch offensichtlich Khan'derin gehörte?

Der Verlust ihres *Sheyata* ließ Khan'derin noch mürrischer werden als zuvor. Sie setzten ihre Reise drei Tage lang schweigend fort, wobei beide keinen Versuch unternahmen, das Eis zwischen ihnen zu brechen. Es war keine Spur von den Rotgardisten zu sehen und Meghan vermutete, dass die Drachen das Gebiet gesäubert und alle Soldaten getötet hatten, die ihnen begegnet waren. Die Waldhexe bemühte sich, das Gespräch nicht wieder auf den Zwilling zu bringen – sehr zu Khan'derins Erleichterung. Ihr gefiel der Gedanke nicht, dass es noch jemanden auf der Welt mit ihrem Gesicht und ihrer Abstammung gab.

Khan'derin verbrachte den größten Teil ihrer Zeit mit Träumen vom Schnee. Sie hatte großes Heimweh. Es war so heiß und all die Farben der Landschaft waren so verwirrend. Sie hatte noch niemals zuvor bemerkt, dass es so viele Schattierungen von Grün gab. Zudem blendeten die strahlenden Scharlachrot-, Orange-, Purpur- und Blautöne von Vogelgefieder und Blumen ihre Augen und machten sie benommen. Auf dem Rückgrat der Welt gab es nur das Blau des Himmels und das Weiß des Schnees, das Grau von Felsen und das Dunkelgrün der Tannen unterhalb der Baumgrenze. Die Farbunterschiede waren so gering, dass sie fast nicht erkennbar waren. Hier wurden ihre Sinne von der üppigen Pracht des Waldlebens verwirrt – die strahlenden Farben, die starken Düfte, die Kakophonie von Vogelgesang und Windrauschen, das Prickeln des Schweißes auf ihrer Haut.

Khan'derin vermisste die tägliche Routine der Gemeinschaft, besonders den Nervenkitzel des Jagens und den Triumph des Tötens. Sie vermisste den Trost, von vielen Menschen umgeben zu sein und genau zu wissen, was zu tun ist und wann es zu tun ist. Aber vor allem vermisste sie ihre Großmutter, eine kleine Frau – noch kleiner als Meghan von den Tieren – mit dem stärksten Willen, den Khan'derin jemals bei einem Menschen erlebt hatte. Die Feuermacherin hatte sie ihr ganzes Leben lang beraten und geleitet. Auch wenn Meghan in Alter und Weisheit einer Alten Mutter ähnelte, schien die Waldhexe jedoch die Vielschichtigkeit der Gemeinschaftsbräuche und -gepflogenheiten nicht wirklich zu verstehen. Sie wies Khan'derin niemals an zu essen, sodass diese an den ersten Abenden nur dagesessen und zugesehen hatte, wie ihr Eintopf kalt wurde; sie war zu ängstlich, auch nur einen Bissen zu nehmen, falls sie die Zauberin damit verärgern würde. Erst nachdem Meghan sie streng angesehen und zurechtgewiesen hatte, erkannte Khan'derin, dass sie anfangen durfte. Meghan aß mit beiden Händen und trank häufig zwischen zwei Bissen, als wüsste sie nicht, dass feste und flüssige Nahrung niemals zusammen eingenommen werden sollte. Meghan unterbrach sie, während sie sprach, und es schien ihr nichts auszumachen, wenn Khan'derin sie unaufgefordert ansprach. Sie stellte unentwegt Fragen, was in der Gemeinschaft als äußerst ungehobeltes Benehmen galt. Dort war die Privatsphäre des Einzelnen sehr wichtig, weil es insgesamt an Rückzugsmöglichkeiten fehlte. Wenn vierzig Menschen in einem Höhlensystem zusammenlebten oder den umherziehenden *Geal'teas* über die eisigen Ebenen folgten, stellte man den Leuten nicht unentwegt Fragen über ihre persönlichen Gedanken, wie Meghan es tat.

Sie unterbrach auch ständig, sodass es sehr schwierig war, die Antworten in angemessener Weise zu geben. Khan'derin hätte mehr als einmal fast den Respekt vergessen, der einer Alten Mutter gebührte, und ihr gegenüber die Stimme erhoben. Sie hatte sich jedoch jedes Mal frühzeitig erinnert, sich auf die Zunge gebissen und die Worte hinuntergeschluckt, die ihr anschließend als harter Kloß im Magen lagen.

Am schlimmsten von allem war, dass Meghan nichts von Khan'derins Waffenkünsten zu halten schien, während sie Lob und Bewunderung für diese Fähigkeiten gewohnt war. Die seltsame Nahrung, die sie aßen, trug noch zu ihrem Heimweh bei. Sie hatte nicht ein einziges Mal seit Verlassen des Verfluchten Tals Fleisch zu essen bekommen. Normalerweise kreiste ihr Leben um die Notwendigkeit, Wild aufzuspüren und zu jagen, aber sie dachte, dass sie es vielleicht zu eilig hätten, um Zeit fürs Jagen aufzubringen. Daher folgte Khan'derin auf ihrer Reise eines Tages mit freudigem Herzen einem ins Unterholz davonhoppelnden Kaninchen. Sie tötete es mit einem Wurf ihres *Reil* mühelos und kehrte stolz zu Meghan zurück, während das blutbefleckte Kaninchen von ihrer Hand baumelte. »Heute Abend werden wir Fleisch essen«, sagte sie.

Meghan sah sie zu ihrer Bestürzung hasserfüllt an, nahm das fellige Tier und barg es in ihren Armen. Sie kniete sich wortlos in den Schatten eines großen Baumes, wiegte das tote Kaninchen und wehklagte leise. Gitâ krabbelte aus ihrer Tasche, keckerte kehlig und legte tröstend eine Pfote auf ihren Arm. Kurz darauf nahm Meghan mit tränennassen Wangen einen kleinen Spaten aus ihrem Gepäck und begann zu graben. Khan'derin sah ihr vollkommen verwirrt zu, schwieg aber. Meghan brauchte fast eine halbe Stunde, um eine für das Kaninchen passende Grube auszuheben. Dann setzten sie ihren Weg düster schweigend fort.

In jener Nacht am Lagerfeuer, als sie ihr Kartoffelbrot und eine dünne Suppe aßen, konnte Khan'derin ihren Zorn und ihre Verachtung kaum für sich behalten. Sie konnte nicht glauben, dass die alte Hexe wegen eines toten Kaninchens geweint und die geweihten Riten über seinem Grab ausgeführt hatte. Sie konnte nicht glauben, dass sie erneut Rübensuppe aß, obwohl sie ein fettes Kaninchen in der Hand gehabt hatte.

Als spüre sie ihren Abscheu, sagte Meghan sanft: »Iseult, vielleicht hab ich mich nicht klar genug ausgedrückt. Du darfst nicht töten, solange du bei mir bist. Die Tiere des Feldes und des Waldes stehen unter meinem Schutz.«

»Jagt oder fischt Ihr nicht?«, fragte Khan'derin verwirrt. »Was esst Ihr dann?«

»Wurzeln, Nüsse, Früchte, Beeren, Kräuter und Laubwerk«, antwortete Meghan. »Unbefruchtete Eier, Milch, Käse, Quark und Molke. Wir essen sehr abwechslungsreich.« Sie begann, die Überreste der Mahlzeit einzupacken.

»Warum ist das so? Die Götter des Weiß haben Tiere erschaffen, damit die Menschen sie jagen und essen. Fleisch erhält Menschen am Leben und macht das Blut warm und schnell.«

»Du wirst nicht töten, solange du bei mir bist.«

»Aber was ist mit Euren Feinden? Möchtet Ihr nicht, dass ich sie für Euch töte?«

»Nur in Notwehr«, erwiderte Meghan eindeutig beunruhigt.

Khan'derin blickte auf die dünne Suppe in ihrer Schale hinab, die sie kaum angerührt hatte. »Ihr fordert also, dass ich kein Fleisch mehr essen soll?«

»Du wirst sein Fehlen nicht bemerken.«

»Es gehört zum geweihten Lebensprozess, Fleisch zu essen.«

Meghan sah zu ihr und hielt in ihrer Tätigkeit inne. »Meinst du, dass Tierfleisch zu essen, ein Ritual deines Volkes ist?« Khan'derin wiegte sich auf den Fersen vor und zurück. »Nicht wirklich. Wir jagen, wir essen – das ist das Leben.«

»Mit mir wirst du auch jagen und essen, aber keine Tiere«,

sagte Meghan fest. Khan'derin sah sie nachdenklich an, schwieg aber nun.

In dieser Nacht nahm Meghan ihren Smaragdring vom Finger und hielt ihn in den gewölbten Händen. Der warme Feuerschein flackerte darüber hinweg und enthüllte in seinen Tiefen ein seltsames Schimmern und dunkle Schatten. Meghan betrachtete ihn lange Zeit, während Khan'derin sie aus dem Schutz ihrer Decken beobachtete. Als Meghan den Ring schließlich wieder ansteckte, wirkte das runzelige Gesicht der Hexe grimmig. Als sie Khan'derins Blicke bemerkte, erklärte sie kurz angebunden, dass sie sich um Is'a'beau sorge. Sie war das Risiko eingegangen und hatte versucht, Kontakt mit einer ihrer Freundinnen aufzunehmen, die am Tulachna Celeste auf das Mädchen wartete. Es waren drei Wochen oder mehr vergangen, seit sie sich getrennt hatten – mehr als genug Zeit für Is'a'beau, um aus den Sithichebergen hinauszugelangen und Caeryla zu erreichen. Und doch hatte ihre Freundin noch keine Spur von ihr gesehen. Meghan hatte Angst, sowohl um die Sicherheit ihres Schützlings als auch um den Teil des Schlüssels, den sie trug, und dessen Verlust verheerend wäre.

»Sie hat ein *Sheyata* wie meines?«, fragte Khan'derin.

Meghan nickte, sagte aber barsch: »Obwohl es ihr ebenso wenig gehört wie dir, Iseult. Sie trägt es für mich, weil ich befürchtete, ich würde vielleicht niemals aus dem Tal der Drachen zurückkehren. Nun wünschte ich, ich hätte sie bei mir behalten, und den Schlüssel ebenfalls.«

»Ich bin Khan'derin. Hört auf, mich mit diesem Namen zu rufen!«

»Deine Mutter hat dich Iseult genannt, was in einer der alten Sprachen ›die Aufrichtige‹ bedeutet. Du solltest stolz auf deinen Namen sein.«

»Ich bin stolz auf Khan'derin.«

»Und das ist gut, denn es ist der Name, den deine Großmutter dir gegeben hat. Ich weiß nicht, was er bedeutet, aber ich möchte dir nicht das Gefühl vermitteln, dass du dein Volk ablehnen sollst. Du musst jedoch begreifen, dass wir einer Gefahr entgegengehen. Ich kann dich nicht Khan'derin nennen ...« – die alte Hexe stolperte über die schwierige Aussprache – »... weil es nicht der Name eines Inselbewohners ist. Ich würde Aufmerksamkeit auf uns und besonders auf dich ziehen und das dürfen wir nicht. Wenn ich dich jetzt Iseult nenne, werden wir beide uns daran gewöhnt haben, wenn wir die Zivilisation erreichen, und uns nicht verraten. Außerdem ist Iseult weitaus leichter auszusprechen!« Khan'derin runzelte die Stirn und senkte den Kopf, aber die Zauberin lachte und tätschelte sanft ihren Arm. »Du bist jetzt nicht auf dem Rückgrat der Welt, meine Liebe. Du musst versuchen so zu tun, als ob du ein einfaches Dorfmädchen wärst und ich deine Großmama, damit uns niemand genauer betrachtet.« Khan'derin riss den Arm fort und rollte sich zum Schlafen in ihre Decken ein, wobei sie den Namen mehrere Male vor sich hin sprach: Is'e'ult, Is'e'ult. Sie konnte nicht verstehen, warum Meghan es leichter auszusprechen fand als Khan'derin!

Am nächsten Morgen weckte die Hexe Iseult lang vor der Dämmerung, bevor die Sterne auch nur zu verblassen begonnen hatten. »Wir nähern uns dem Pass nach Rionnagan«, flüsterte sie. »Ich spür Soldaten da vorne, wir müssen uns also sehr vorsichtig bewegen. Von jetzt an werden wir hauptsächlich bei Nacht reisen. Ich habe eine Freundin gerufen, die uns führen wird.«

Iseult rieb sich den Schlaf aus den Augen und sah sich um, konnte aber keine Menschenseele außer ihnen beiden erkennen. »Wo?«, fragte sie.

»Im Baum«, erwiderte Meghan. Iseult schaute auf und sah einen geisterhaften Schatten auf einem Ast kauern. »Was ist das?«, fragte Iseult verwirrt.

»Es ist eine Ohreule, die in der Dunkelheit besser sehen kann als jedes andere Wesen, das ich kenne. Ich hab sie herab gerufen, damit sie uns den sichersten Weg zeigt. Und nun rasch, denn ich spüre da vorne etwas und ich möchte lieber aufbruchbereit sein als in Decken eingerollt und im Halbschlaf.«

Iseult war augenblicklich auf den Beinen. Sie schulterten ihre Rucksäcke und machten sich durch den dunklen Wald auf den Weg, während die Eule lautlos vor ihnen herglitt und nur hin und wieder ein unheimliches Wehklagen ausstieß. Sie kamen an einem Soldatenlager vorbei, huschten am Rande einer Lichtung lautlos zwischen den Bäumen hindurch und erreichten das Tal, als die Sonne über den Bergen aufstieg. Meghans Gesicht zeigte einen seltsamen Ausdruck, als schnuppere sie in den Wind. »Da ist etwas …«, begann sie, wobei sie sich schwer auf ihren Stab stützte. »Ich glaube …«

Sie beendete ihren Gedanken jedoch nicht, sondern gelangte anscheinend zu einer Entscheidung. Sie rief die Eule zu sich herab und dankte ihr, wobei sie ihren scheckigen Kopf streichelte. Dann ging sie energisch wieder in den Wald voran und bahnte sich einen Weg an der Bergschulter entlang, anstatt ins Tal hinabzusteigen, wie sie es vorgehabt hatte. Iseult folgte ihr ohne zu fragen, obwohl sie die Waffen in ihren Scheiden bereithielt. Es wurde hell im Wald und die Vögel jubilierten. Gitâ kletterte aus Meghans Tasche und kauerte sich auf ihre Schulter, wobei er sich mit einer Pfote an ihrem eisgrauen Zopf festhielt. Meghan blieb hin und wieder stehen, als entscheide sie erneut, welche Richtung sie einschlagen sollte. Sie führte sie, als die Sonne ganz über dem Bergkamm aufgestiegen war, zum stark gestrüppbewachsenen Fuß eines hohen Felsens.

Gitâ, ich glaube, hier muss es eine Höhle oder einen Spalt oder etwas Ähnliches geben. Kannst du mal für mich nachsehen? Der Donbeag sprang von ihrer Schulter und entschwand ins dichte Gestrüpp. Nach einiger Zeit kehrte er zurück; er sah ein wenig zerzaust aus, keckerte aber aufgeregt.

»Bleib hier, Iseult!«, befahl Meghan und folgte dem Tier ins Gestrüpp.

Iseult setzte sich mit gekreuzten Beinen auf den Boden und begann, mit einem weichen Tuch ihre Waffen zu reinigen, wobei sie mühsam ein Gähnen unterdrückte. Sie war es nicht gewohnt, längere Zeit zu laufen, besonders nicht über solch holperigen Untergrund; außerdem war sie müde. Obwohl die Gemeinschaften Halbnomaden waren und den Herden den ganzen Frühling und Sommer über die Hochgebirgswiesen folgten, war Iseult eine Narbige Kriegerin. Narbige Krieger sorgten den ganzen Winter über für die Ernährung des Volkes und beschützten es vor den gefährlichen Wesen des Rückgrats der Welt. Sie glitten auf ihren Holzschlitten schneller über den Schnee, als ein Pferd galoppieren konnte. Wenn sie in andere Jagdgründe zogen, fuhren sie in von Hochgebirgsziegen gezogenen Schlitten – intelligenten Tieren mit Hörnern, deren Hufe für das Laufen auf festgetretenem Schnee bestimmt waren. Im Frühjahr und Sommer ruhten sich die Narbigen Krieger aus, zumeist im wunderschönen Tal des Haven, nur Iseult war allein mit einem alten Zauberer und einer schlafenden Zauberin im Verfluchten Tal. Sie war an belebende Freiheit gewöhnt, an das Gleiten über schneebedeckte Hügel, und nicht an diese harte Schinderei durch Dornendickichte, wo Steine unter ihren Stiefeln verrutschten und ihr Zweige ins Gesicht schlugen. Folglich schmerzten ihre Beine und der Rücken, ihre Füße fühlten sich heiß und geschwollen an und das Gepäck lag schwer auf ihren Schultern.

Nachdem sie ungefähr zehn Minuten gewartet hatte und zweimal fast eingenickt war, erhob sie sich und begann, der Zauberin durch den Wald zu folgen. Es war eine überraschend schwierige Aufgabe, sowohl weil die Waldhexe ihre Spuren automatisch verwischte, wo auch immer sie hinging, als auch weil Iseult das Spurenlesen im Schnee gewohnt war und nicht auf kahlen Felsen und Erde. Sie war jedoch eine ausgezeichnete Jägerin und spürte die Hexe schließlich bei einem schmalen Spalt seitlich des Felsens auf. Sie bemühte sich, kein Geräusch zu verursachen, während sie sich vor den Spalt kauerte und lauschte.

»... ich habe schon seit Monaten versucht, zu dir zu gelangen, aber ich wurde den ganzen Weg von Lucescere verfolgt und inzwischen zweimal gefangen genommen. Diese Berge wimmeln von verfluchten Soldaten, Eà verdamme sie! Gleichgültig was ich tat, konnte ich anscheinend nicht an ihnen vorbeigelangen. Die letzte Woche über war ich in diesem Tal gefangen, unfähig, einen Weg an dem dreimal verfluchten Lager vorbei zu finden.« Es war eine männliche Stimme, die da sprach, und die Stimme war voller Zorn und von einer Art Düsterkeit erfüllt, die Iseult nicht deuten konnte. »Also weiß Maya von dir?« Meghans Stimme klang tonlos.

»Bestimmt. Sie ist sich vielleicht nicht sicher, dass ich es bin, wenn du verstehst, was ich meine, aber sie muss beunruhigt sein. Sie haben mir eine Falle gestellt, die verdammten Kerle, und ich bin direkt hineingetappt.«

»Sie müssen gewusst haben, dass du sie direkt zu mir führen würdest. Ich frage mich … Warum sind sie dir nicht einfach in unauffälligem Abstand gefolgt?«

»Ich hab sie bisher schon mehrmals abgeschüttelt. Es war einfach verfluchtes Pech, dass sie meine Spur wieder aufgenommen haben!«

»Jetzt beginnen die Dinge weitaus verständlicher zu werden. Ich konnte nicht begreifen, warum so viele Legionen der Roten Garden in den Sithichebergen waren. Selbst ein Angriff auf die Drachen war keine ausreichende Rechtfertigung für all diese Soldaten. Ich wusste, dass sie meinen Aufenthaltsort nicht kannten, denn wenn sie ihn gekannt hätten, wär ich schon vor Jahren aufgespürt worden. Nein, nein, jetzt ergibt es erst Sinn.«

»Ich wär schon vor Wochen bei dir gewesen, wie ich es versprochen hatte, wenn sie mir nur nicht so hartnäckig gefolgt wären.«

»Warum hast du nicht durchs Kristallsehen Kontakt zu mir aufgenommen und mir gesagt, was geschehen ist? Ich hab mir große Sorgen gemacht.«

»Die Liga gegen Hexen hat meinen Stab und meinen Dolch, Meghan. Sie wurden mir bei meiner ersten Gefangennahme abgenommen und ich konnte sie nicht zurückerlangen. Ich hatte

Glück, überhaupt wieder freizukommen! Sie müssen sie benutzen, um mich ausfindig zu machen, indem sie mich belauschen, wenn ich durch Wasser kristallsehe. Es gibt keine andere Erklärung. So viele unserer Pläne sind fehlgeschlagen und das konnte nur geschehen, weil sie gelauscht haben.«

»Könntet ihr möglicherweise einen Spion in eurer Mitte haben?«

»Das glaub ich nicht. Ich kenne alle meine Männer und wir sind zusammen durch die Hölle gegangen. Außerdem wissen wir schon lange, dass sie einen Seher in ihren Reihen haben müssen, und zwar einen mächtigen Seher.«

»In der Tat, das ist wahr«, sagte Meghan. »Übrigens werden wir gerade belauscht. Komm herein, Iseult, und versuch nie wieder, mich zu belauschen. Das missfällt mir sehr.«

Iseult richtete sich so jäh auf, dass sie sich den Kopf an einem Überhang der Höhle stieß. Wie hatte die Hexe wissen können, dass sie lauschte? Sie hatte kein Geräusch verursacht, das sie hatte verraten können. Ziemlich beschämt – ein Gefühl, das Iseult überhaupt nicht mochte – duckte sie sich und betrat die winzige Höhle. Zunächst war sie geblendet und erkannte nichts, aber dann klärte sich ihre Sicht und sie sah Meghan neben einem jungen Mann kauern, der sich auf einen Ellenbogen aufstützte und sie mit äußerst abweisender Miene betrachtete. »Bei Eà!«, rief er aus. »Nicht du! Das ist genau das, was ich brauche – dass dieses verdammt neugierige Mädchen hier herumlungert. Kannst du mich nicht in Ruhe lassen, Kleine?« Iseult zog die Augenbrauen hoch und erwiderte seinen Blick, schwieg aber und wiegte sich nur leicht auf den Fußballen.

»Ich verstehe«, sagte Meghan nachdenklich. »Also bist du meinem Schützling Isabeau schon früher begegnet?«

»Also ist sie einer deiner Schützlinge, ja? Ich hätte es wissen müssen. Ich bin noch niemals zuvor jemandem begegnet, der so viele Fragen gestellt hat. Bei Eàs grünem Blute, warum hast du mir nicht gesagt, dass du meine Cousine kennst?«, schalt er

Iseult, die ihn nachdenklich ansah, aber weiterhin schwieg. »Isabeau weiß es besser, als dass sie meinen Namen irgendjemandem gegenüber erwähnen würde«, sagte Meghan kühl. Der Mann rollte die Augen und streckte sich wieder aus, wobei er leicht zusammenzuckte, als seine Schulter den Boden berührte. »Dann möcht man auch meinen, dass sie es besser wissen würde, als sich mit der Liga gegen Hexen anzulegen! Bei Eà, sie dachte, ich wär irgendein streunender junger Hund, den sie aufgelesen hätte!«

Meghans grimmige Miene entspannte sich ein wenig. »Das klingt nach ihr«, sagte die Hexe. Dann war ihre Aufmerksamkeit jedoch augenblicklich wieder geweckt. »Sagtest du, sie sei auf die Liga gegen Hexen gestoßen? Was ist geschehen?«

»Sie haben mich vor zwei Tagen beim Passieren des Passes erwischt, tatsächlich nicht weit von hier, Eà verdamme sie! Sie hatten eine Sucherin, eine verdammt unangenehme Frau und die stärkste Hexenschnüfflerin, der ich je begegnet bin. Sie hatten offensichtlich die besten der Meute versammelt um mich aufzuspüren. Sie haben mich kräftig zusammengeschlagen und auf ein Pferd gebunden wie ein Lamm, das zur Schlachtbank geführt wird. Wie dem auch sei – das Nächste, an das ich mich erinnere, ist, dass sich dein vorlauter, anmaßender Schützling direkt ins Lager der Liga gegen Hexen schlich, mich befreite und wegbrachte, bevor ich erkannte, was geschah! Sie haben uns natürlich eifrig verfolgt und sie hat sie quer durch die Highlands hübsch zum Narren gehalten, hin und zurück und rein und raus wie ein Donbeag.«

Meghan ballte die Fäuste. »Dieses törichte Mädchen!«

Der Mann grinste. »Darin stimm ich zu«, sagte er unsanft zu Iseult, die ihn ruhig betrachtete. »Wie dem auch sei – du wirst vermutlich wissen, was dann geschehen ist.«

»Ich würd gerne deine Version der Geschichte hören.«

»Nun, ich bin natürlich verschwunden. Ich hab ihre Vorräte mitgenommen – tut mir Leid, aber was konnte ich tun?«, sagte er an Iseult gewandt. »Ich war mir sicher, dass ich nicht deinem verrückten Plan folgen und in den Süden zurückkehren würde. Die Schicksalsgöttinnen wissen, dass ich schon lange genug gebraucht habe, von dort wegzukommen!«

»Also hast du Isabeau einfach zurückgelassen?«

»Nun, sie war großartig, oder nicht? Sie sieht doch wunderbar aus .«

Meghans Miene zeigte den zornigsten Ausdruck, den Iseult jemals bei ihr gesehen hatte. »Dies ist nicht mein Schützling Isabeau, sondern ihre Zwillingsschwester Iseult«, sagte sie mit eisiger Stimme. »Und dieser törichte, nichtsnutzige Trampel mit dem Hirn eines Bären und der Seele einer Krähe, Iseult, das ist mein Cousin … Bacaiche. Ich weiß nicht, wer törichter ist, deine Schwester oder mein Cousin! Was hat sie sich nur gedacht?«

»Du meinst, dies ist nicht das Mädchen, das mich befreit hat?« Bacaiche wirkte ziemlich verwirrt. »Sie sieht genauso aus, nur dass sie ihr Haar geschnitten hat.«

»Sie und Isabeau sind Zwillinge«, erklärte Meghan kalt. »Und ich bin sehr zornig auf dich, Bacaiche. Du hast Isabeau einfach der Gnade der Liga gegen Hexen überlassen! Du wusstest, dass sie eine leichte Beute sein würde!«

»Nun, ich wusste nicht, dass sie dein Schützling war«, sagte Bacaiche trotzig.

»Und welchen Unterschied macht das? Sie ist jung und unerfahren und erkennt die Reichweite und Macht der Liga gegen Hexen nicht so gut wie du. Du hast ihr Kleidung und Vorräte gestohlen und sie ihnen hilflos ausgeliefert und das finde ich beinahe unverzeihlich.«

Iseult interessierte der trotzige Ausdruck, der das dunkle Gesicht des jungen Mannes überzog. Also hatte er gewaltigen Respekt vor seiner Cousine, der Zauberin.

Meghan schlug mit der Hand mehrere Male auf den Boden und Gitâ kauerte sich auf ihren Schoß und tappte mit der Pfote auf ihren Arm. Kurz darauf streichelte sie sein glänzendes Fell und er stieß seine zitternde schwarze Nase in ihre Handfläche. »Nun, hoffen wir, dass Isabeau entkommen ist«, sagte sie. »Wir können nur so rasch wie möglich weiterziehen und versuchen, sie einzuholen. Mir schwant jedoch Böses, denn sie sollte inzwischen gewiss über Caeryla hinausgelangt sein!«

»Warum suchst du sie nicht durchs Kristallsehen?«, fragte Bacaiche.

»Das kann ich nicht«, sagte Meghan. »Sie ist geschützt.«

»Ahh! Ich verstehe! Nun, das macht es schwierig für dich. Aber tröste dich, das wird es auch der Liga gegen Hexen erschweren, sie aufzustöbern.«

»Genau das war die Absicht«, stimmte Meghan ihm trocken zu. »Aber nun zu dir. Bist du verletzt? Ich kann spüren, dass Schmerzen von dir ausstrahlen.«

»Eine Pfeilwunde«, antwortete Bacaiche kurz angebunden. »In der linken Schulter. Ein Pfeil mit Widerhaken.«

»Wie lange her?«

»Drei Nächte.«

»Fieber?«

»Ja, leider. Seitdem wälze ich mich ruhelos in dieser schrecklichen Höhle herum.«

»Nun, lass es mich ansehen.« Meghan zog ihren Rucksack zu sich heran und löste die Lederriemen, sodass sie an ihre Kräuterbeutel gelangen konnte.

»Muss sie zusehen?«, fragte Bacaiche in genervtem Tonfall.

»Iseult, würdest du mir vielleicht Wasser holen? Wir werden die heiße Tageszeit hier verbringen und erst weiterziehen, wenn es dunkel wird.«

Iseult kam ihrer Bitte bereitwillig nach, froh, der stickigen Höhle und Bacaiches Hohn zu entkommen. Als sie mit zum Bersten gefüllten Wasserschläuchen zurückkehrte, hatte Meghan ein Feuer angezündet und den Rauch durch eine kleine Öffnung in der Decke der Höhle abgeleitet. Bacaiche saß mit bloßer Brust aufrecht an einer Wand, obwohl sein schwarzer Umhang noch immer um seine Schultern lag. Er zuckte zusammen und fluchte, während Meghan die Pfeilwunde vorsichtig abtastete.

»Etwas Großes ist im Gange, Meghan, das schwör ich dir«, sagte er gerade. »Alle meine Berichte zeigen, dass sich die Fairgean erheben, und niemand kann sie aufhalten. Die Meerhexen wurden ausgelöscht und ihre Höhlen beherbergen jetzt anscheinend die Fairgean. Ist das nicht eine schreckliche Ironie? Und beim höchsten Stand des Kometen ist etwas geschehen, irgendein Zauber …«

»Ja, ich habe es auch gespürt.«

»Der Leitstern ebenso.«

»Ja.«

Iseult bemerkte den schmerzlichen Unterton in Meghans Stimme und änderte leicht ihre Stellung, sodass sie das Gesicht der Waldhexe sehen konnte. Meghan blickte ins Feuer, die runzeligen Lider waren halb geschlossen, die Hände verkrampft. Gitâ kroch wieder auf ihren Schoß und die Zauberin streichelte sein samtenes Fell.

»Du hörst es auch, Meghan?«

Meghan nickte, schaute aber nicht auf. Iseult blickte von einem zum anderen und bemerkte, trotz des großen Altersunterschieds, eine starke Ähnlichkeit zwischen ihnen. Beide waren sehr dunkel, hatten eine vorspringende Nase und scharfe Wangenknochen. Beide hatten unmittelbar über der linken Braue eine weiße Strähne im Haar und einen strengen, eigensinnigen Zug um den Mund. Der einzige Unterschied bestand in ihrer Augenfarbe. Meghans Augen leuchteten schwarz, während Bacaiches Augen von seltsam gelber Färbung waren.

»Ich muss ihn befreien«, sagte Bacaiche ruhelos. »Er ruft mich ständig und er verblasst, wird schwächer. Er klingt Mitleid erregend, findest du nicht? Er sagt, die Zeit ist nahe.«

»Ja«, sagte Meghan. »Mein Weg zeigt sich immer deutlicher vor mir. Ich sehe ihn fast klar … fast.« Ihre Stimme verklang.

»Ich kann das nicht sehen!«, beklagte sich Bacaiche. »Ich hab ein Schiff nach Carraig gesandt, um herauszufinden, welche Neuigkeiten es dort gibt, und das Schiff ist einfach verschwunden. Ein weiteres Schiff hab ich nach Tirsoilleir gesandt und es verschwand ebenfalls, obwohl es eine der wenigen verbliebenen Yedda an Bord hatte, die ich finden konnte. Das Meer muss rund um die Insel voller Fairgean sein. Selbst die Piraten fürchten sich, ihre Schiffe auszuschicken, und welchen Sinn hat es tatsächlich, wenn keine Handelsschiffe fahren? Es gibt für die Piraten nichts zu rauben.«

»Aber was ist mit dem Handel?«, fragte Meghan.

Bacaiche zuckte die Schultern. »Ich bin auch zum *Tùr na Fitheach* gegangen, wie du mich angewiesen hast, aber er steht leer, ist fast eine Ruine. Ich hab jedoch Raben gesehen und einer folgte mir viele Meilen weit. Das war nicht gerade beruhigend.«

»Wann hat die Hexenschnüfflerin also deine Spur aufgenommen?«

»Am *Tùr na Gealaich dhà*«, antwortete Bacaiche mit beschämter Miene.

»Narr«, sagte Meghan kalt. »Warum bist du zum Turm der Zwei Monde zurückgekehrt? Du musstest doch wissen, dass er bewacht sein würde.«

»Der Leitstern rief mich«, erwiderte Bacaiche flehend. »Ich kam von Ravenshaw durch die Weißlockenberge und er war zu nahe … Ich konnte ihm nicht widerstehen.«

»Ich sagte dir, du solltest geduldig sein.« Meghans Stimme klang kalt und hart. »Wenn du den Leitstern erringen willst, musst du abwarten. Wie kannst du es wagen, zum Turm zu gehen! Sie muss erkannt haben, dass wir den Leitstern ebenso spüren wie Jaspar. Du hast die Roten Garden direkt zu mir geführt!«

»Es tut mir Leid«, sagte Bacaiche und Iseult konnte erkennen, dass ihm die Entschuldigung schwer fiel. »Er hat meine Sinne getrübt …«

»Wohl eher ausgeschaltet«, sagte Meghan, während sie seine Schulter fest verband. »Bacaiche, du wirst jetzt bei mir bleiben.

Ich hab dich zu lange herumziehen, deine Rebellenspiele spielen und die Banrìgh ärgern lassen. Aber hier steht zu viel auf dem Spiel. Ich möchte dich nicht mehr aus den Augen lassen, bis der Leitstern sicher in unserer Hand ist. Verstehst du?«

Bacaiche nickte mürrisch.

Da er durch seine Behinderung nicht sehr gut laufen konnte, brauchten sie weitere vier Nächte um den Pass zu erreichen. Er hinkte in einer von seltsamen Sprüngen unterbrochenen Gangart voran, stützte sich dabei auf einen groben Knüppel, den er sich aus einem Ast geschnitten hatte, und sah Iseult mit finsterer Miene an, wann immer er ihren verächtlichen Blick bemerkte. Iseult war froh, seine Pflege Meghan überlassen zu können, obwohl kaum etwas anderes zu tun war. Normalerweise wäre Iseult auf die Jagd gegangen, aber Meghan hatte es, sehr zu Iseults Empörung verboten. Stattdessen hatte Meghan sie gebeten, eine Weile im Wald nach Wurzeln und Kräutern zu suchen, um ihre mageren Vorräte aufzustocken. Aber Iseult war nicht mit den Pflanzen vertraut, die so weit hier unten wuchsen, und sie sah das Sammeln, trotz Meghans Belehrungen, noch immer als eine Aufgabe für ganz Alte oder ganz Junge an.

Nach dem ersten Tag, als die Hälfte der Pflanzen, die Iseult mitbrachte, entweder giftig, nicht essbar oder unreif waren, schickte Meghan Gitâ mit ihr mit. Obwohl Iseult die Sprache des Donbeag nicht beherrschte, konnte das kleine Tier sie doch zumindest davon abhalten, weitere schädliche Pflanzen zu ernten und sie stattdessen zu Haselnusssträuchern oder wilden Möhren führen. Als sie zurückkehrten, blickte Iseult finster drein und Gitâ keckerte aufgebracht, da Iseult offensichtlich mehr Zeit damit verbracht hatte, im Wasser zu planschen als nach Nahrung zu suchen. Meghan machte ihr ernste Vorhaltungen und Iseult beugte wie stets den Kopf und schwieg mit bewusst ausdrucksloser Miene.

Gitâ keckerte erneut und lief Meghans langen Zopf hinauf, sodass er ihr Ohrläppchen tätscheln konnte. Meghan lächelte und sagte sanfter: »Gitâ sagt, du hast im Wasser gespielt wie ein junger Otter – gekreischt und gelacht.«

Iseult hielt den Blick gesenkt, wie es angemessen war, wenn man mit einer Alten Mutter sprach. »Ich bin noch niemals zuvor mit dem ganzen Körper ins Wasser eingetaucht«, sagte sie. »In meinem Land ist alles weiß und kalt. Alle Flüsse, die nicht zugefroren sind, fließen zu schnell und sind zu kalt, um darin einzutauchen. Der See am Turm der Rosen und Dornen taut zwar im Sommer auf, aber die Dornen wachsen zu dicht am Ufer, und außerdem bin ich stets mit meinen Studien beschäftigt oder kümmere mich um die schlafende Zauberin.«

»Ich verstehe«, sagte Meghan weich. »Also kannst du nicht schwimmen?«

»Ich bin nicht sicher, was dieses Wort bedeutet«, antwortete Iseult höflich.

Meghan seufzte. »Ich wünschte, Isabeau wäre hier. Sie schwimmt wie ein Otter und würde es dich gewiss lehren.«

»Ich brauche nicht ... schwimmen zu können«, erwiderte Iseult schroff.

Sie bemerkte, dass die Waldhexe sie, wie so oft, verwirrt ansah, und dachte, sie müsse sie als genauso seltsam empfinden wie sie die Hexe. Sie vermutete, dass sie sie nicht mochte, vielleicht weil sie jagen und töten konnte. Bacaiche mochte sie aus seinen eigenen, absonderlichen Gründen auch nicht, und Iseult war es nicht gewohnt, dass man sie ablehnte. Sie war ein geliebtes und geschätztes Mitglied der Gemeinschaft gewesen, stets von Zuneigung umgeben und mit großem Respekt bedacht, weil sie die Urenkelin der Feuermacherin war und daher eines Tages ihren Platz einnehmen würde. Bacaiche war der ungehobeltste Mensch, dem sie je begegnet war; er ignorierte sie entweder oder behandelte sie verächtlich. Daher ignorierte Iseult ihn ebenfalls, obwohl sie sich dabei ertappte, wie sie ihm verstohlene Blicke zuwarf, während er dahinhumpelte und mit seinem Stock auf die Wollbüschel der Disteln einschlug. Zunächst hatte sie sich in seiner Nähe wachsam verhalten, weil sie spürte, dass er gefährlich und unberechenbar war. Sie hatte beschlossen, dass es ihre Aufgabe war, Meghan zu beschützen, die sehr alt und gebrechlich wirkte und einen seltsamen Widerwillen dagegen hegte, andere zu verletzen oder zu töten. Schon bald entschied sie jedoch, dass Bacaiche mehr Angst vor Meghan hatte als vor irgendetwas anderem und ihr wohl kaum Schaden zufügen würde. Seine Abneigung ihr selbst gegenüber ignorierte sie, wohl wissend, dass er ihr nicht wehtun konnte, besonders nicht, solange er verletzt war.

Bacaiche war wirklich rätselhaft. Er sprach sehr anmaßend und doch war in Augenblicken der Ruhe ein Ausdruck solch trübsinnigen Elends auf seinem Gesicht erkennbar, der Iseult ungewohntes Mitleid empfinden ließ. Sie hatte am Tag ihres Kennenlernens bemerkt, dass er missgestaltet war, der Kopf ruhte auf einem kurzen Hals, darunter erhob sich ein großer Buckel auf seinen Schultern. Wegen dieser Missbildung hätte Iseult ihn normalerweise als unbedeutend oder sogar als lästige Verantwortung abgetan. In ihrem Land wurden alle missgebildeten oder verkrüppelten Babys im Freien den Weißen Göttern überlassen und jene, die durch einen Unfall oder im Kampf verletzt wurden, verbrachten ihr restliches Leben im Haven umherhinkend und waren bemüht, niemandem im Weg zu sein. Das Leben auf dem Rückgrat der Welt war nicht leicht und der Tod war stets nur ein Flüstern entfernt. Mitleid war keine Empfindung, die Iseult jemals zu ehren gelehrt worden war. Es war ein Zeichen von Schwäche. Daher war sie erstaunt über die seltsame Weichheit, die Bacaiche manchmal in ihr erweckte, besonders da sich seine Haltung ihr gegenüber bei der Entdeckung, dass sie nicht die aufdringliche Isabeau war, nicht gerade verbessert hatte. Er ließ gelegentlich sardonische Bemerkungen fallen oder sandte erboste Blicke in ihre Richtung, aber ansonsten bemühten sich beide sehr, einander zu ignorieren.

Jeden Morgen, wenn sie eine Höhle oder ein Dickicht zum Lagern gefunden hatten, setzte sich Meghan ans frisch entfachte Feuer und blickte in ihren Zauberinnenring, den sie aus einer Geheimtasche im Saum ihres Gewandes nahm. Und jedes Mal, wenn sie aus ihrer Trance erwachte, waren ihre Miene grimmig und ihre Augen überschattet. Iseult vermutete, dass sie eine Spur von Isabeau zu finden versuchte, obwohl manchmal aus späteren Bemerkungen ersichtlich wurde, dass sie Kontakt zu anderen Hexen in anderen Teilen der Insel aufgenommen hatte.

Jeden Morgen verkündete Bacaiche, auch er müsse versuchen, seine Freunde zu kontaktieren. An einem grauen Morgen mit rötlich gestreifter Dämmerung nahm er sogar eine glänzende, metallene Schale hervor, goss Wasser hinein und sagte trotzig: »Dide wird außer sich sein. Ich muss ihm sagen, dass ich in Sicherheit bin ...«

Meghan nahm ihm die Schale ab und goss das Wasser in den großen Kessel, in dem ihre Suppe schwamm. »Du hast stets unbeholfen und laut kristallgesehen, Bacaiche. Warum denkst du immer, du hättest dich verbessert? Es ist viel zu gefährlich, gerade jetzt so viel Aufmerksamkeit auf uns zu lenken. Und was ist, wenn sich ein Sucher zufällig gerade auf deinen Stab und Dolch konzentriert? Sie könnten dich leicht belauschen und wo wären wir dann? Der Untergrund kann noch einige weitere Tage ohne dich auskommen.«

Als Meghan in dieser Nacht die Abendmahlzeit austeilte, war die Suppe noch dünner und geschmackloser denn je. Seit sie unter noch größerem Zeitdruck weiterzogen, bestand diese Suppe, die ihre Hauptnahrung darstellte, weitgehend aus Wasser, Salz und Kräutern, was Iseult äußerst unbefriedigend fand. Sie hatte sogar begonnen, sich unterwegs nach Pflanzen umzusehen, die ihren Mahlzeiten vielleicht ein wenig mehr Inhalt verleihen könnten, so hungrig war sie geworden. Im Moor wuchs jedoch nur wenig und so machte sie ihrer Enttäuschung Luft, indem sie Bacaiche beim Essen zornige Blicke zuwarf, die der Bucklige angemessen erwiderte.

Nach dem Essen nahm Meghan erneut ihren Ring hervor und Iseult erkannte, wie groß ihre Angst sein musste, wenn sie so viele Versuche des Kristallsehens wagte. Während Meghan über ihrem Ring brütete, wurde das Schweigen zwischen den beiden anderen Reisegefährten dicht und schwer. Sie waren nervös und schmollten, keiner war bereit, zuerst zu sprechen, obwohl sie das Schweigen bedrückte. Beide waren es gewohnt, sich in der Stille wohl zu fühlen und diese Anspannung war ihnen fremd und unangenehm.

Nachdem Iseult dreimal rasch nacheinander Bacaiches Blick erhascht hatte, begann sie nun stattdessen, stur die Waldhexe anzusehen, und fragte sich, was diese wohl dachte. Der große Stein schimmerte im Feuerschein, schien eher schwarz als grün. Die Hexe drehte ihn hin und her, sodass jeweils eine andere Facette das Licht einfangen konnte. Iseult spürte, während sie den Stein ansah, wie ihr Körper leichter wurde, als erhöbe sie sich und strecke sich nach außen. Sie hätte ihre Empfindungen beinahe zurückgenommen, aber das Schimmern des Ringes war irgendwie hypnotisierend. Ihre Wahrnehmung der Geräusche und der Dunkelheit um sie herum verstärkte sich allmählich, bis sie jedes Rascheln und Knacken der Nacht als einzelne Störung empfand.

Dann sah sie Gedanken, gleich einer Kette bunter Perlen oder einem Strom aus Worten ... *Das Land brodelt von Soldaten ... Überall herrscht Unbehagen ... Fremde werden angehalten und befragt und manchmal grundlos festgehalten ... Niemand dachte, dass ein alter, blinder Bettler mehr als ein paar Tritte und Spott wert wäre ... Ich hatte Träume von zerbrochenen Spiegeln ... In den Schenken wird nur über die sich erhebenden Fairgean gesprochen und man behauptet, alle Meerhexen wären tot ... Ganz Carraig ähnelt einem verlassenen Haus, in dem nur Geister umgehen ... Sie sagen, dass die Tötung der Drachen böse Folgen haben wird, und fürchten, dass die Drachen wie in früheren Zeiten, den großartigen alten Zeiten, wieder fliegen und Feu-*

er speien werden, deren Häuser verbrannt und zerstört würden, nicht das des Rìgh, o nein, in seinem fernen blauen Schloss, seine hübsche junge Frau, die niemals älter wird, nicht diese prächtigen jungen Soldaten, die die neue Saat zertrampeln und unsere Söhne und Töchter verführen, kann nich' mal einen ruhigen Platz für ein kleines Schlückchen finden …

Irgendwelche Uile-Bheistean?

Iseult erkannte Meghans Geiststimme, sobald sie sie hörte, und erkannte auch, dass die Waldhexe durch den Ring mit jemandem sprach. Sie verstand augenblicklich viele der Dinge, die Meghan und Bacaiche zuvor besprochen hatten, über das Kristallsehen durch Feuer oder Wasser, durch einen wertvollen Stein oder einen Talisman. Sie hatte unabsichtlich gelauscht, aber sie wollte über diese seltsamen Menschen und das, was vor ihr lag, so viel wie möglich erfahren, weshalb sie dem Geistgespräch der beiden Hexen weiterhin zuhörte. Sie sprachen nicht, nicht im eigentlichen Sinne, sondern übermittelten ihre Botschaften durch eine Reihe von Empfindungen und Eindrücken, durch vereinzelte Worte und Bilder, die so rasch aufeinander folgten, dass Iseult sie nur mühsam verstand.

Der andere Zauberer fuhr fort: *Überhaupt keine magischen Wesen, seltsam, wenn man bedenkt, dass diese Berge von ihnen wimmeln sollten, von allen Arten und Formen, denn ich hab sogar unterwegs mehrere kleine Waldzauberwesen gesehen, so frech und listig wie je, einen Baumwandler und einen kleinen Cluricaun, der in einem Gasthaus für ein paar Pennys Tricks vorführte. Er hatte vom letzten Erlass für Zauberwesen des Rìgh gehört, konnte aber nicht glauben, dass er ihm, der schon solange unter Menschen lebte, schaden würde. Ich ging natürlich dorthin zurück, aber er war tot, von den Soldaten getötet, hing an den Zehen kopfüber vom Dorfpfahl und die Dörfler wollten mit niemandem sprechen, nicht einmal mit einem Blinden, der um Almosen bat. Der Winter war hart, wie du weißt, und der Rìgh hat Belohnungen ausgesetzt, auf dich eine große, meine Liebe, wenn auch nicht die größte. Die Belohnung für den Krüppel ist wahrlich Aufsehen erregend, eine ausreichende Mitgift, für drei Töchter, oder ein kleines, aber gemütliches Haus. Erzähl ihnen, dass du Geschichten über einen geflügelten Mann gehört hast, sag ihnen, dass er kommen wird, um das Erbe des Aedan zu übernehmen, und dass das Land wieder in altem Glanz erstrahlen wird. Sag ihnen, die Zeiten des Blutes und des Krieges seien gekommen, aber der geflügelte Rìgh wird mit Drachen an seiner Seite und dem Leitstern in der Faust kommen. Du möchtest eine Prophezeiung in Umlauf bringen …*

Hast du es nicht gesehen, mein Freund? Es ist vielleicht nur die halbe Vision, aber wir sollten die Schicksalsgöttinnen darum bitten, dass es die wahre Hälfte ist.

Wenn sich die Geschichte zu rasch ausbreitet, werden die Roten Garden mich jagen.

Die Geschichte muss sich rasch ausbreiten, mein Freund. Wenn der Pfad für dich zu gefährlich wird, zieh dich tiefer in die Berge zurück, suche Uile-Bheistean *für mich, und auch Hexen, alle, die unsere Kräfte verstärken können, denn du darfst nicht vergessen, wie wir den Zweiten Fairgeankrieg fast verloren hätten. Wir müssen die* Uile-Bheistean *auf unserer Seite haben. Wenn sie ihre Kräfte vereinen und sich erheben, werden wir in die Zange genommen. Finde für mich nach Möglichkeit jemanden, der die Vorzeichen des Himmels versteht, warum das Kind mit der Urne den Himmel besprüht, während der Feuerschlucker noch immer schluckt – was all diese Vorzeichen bedeuten.*

Ich werde es versuchen …

Deutlich, als stünde es ihr direkt vor Augen, sah Iseult das kummervolle Bild eines kleinen, aber behaglichen Raumes in einer Höhle. Sie hörte Meghan lachen und sagen: *Du wirst bald zu Hause sein, alter Freund,* und dann herrschte Schweigen. Der Ring drehte sich in der Hand der Hexe und blendete Iseults Augen mit grünem Feuer. Er verwirrte und verletzte sie und sie spürte, wie sie in beängstigender Geschwindigkeit zu Boden stürzte, während die Geiststimme der Hexe in ihrem Kopf dröhnte: *Habe ich dir das Recht eingeräumt, mich zu bespitzeln?*

Iseult errötete zutiefst und verfluchte ihre helle Haut, die ihre Empfindungen so deutlich preisgab, so wie sie sie fast jeden Tag ihres Lebens verflucht hatte. Sie richtete sich jedoch auf und erwiderte Meghans Blick. »Es war Zufall«, entgegnete sie.

»Hast du deinen Geist noch niemals zuvor ausgesandt?«

»Noch nie auf diese Art. Ich war mir in der Vergangenheit manchmal ... bewusst, wo sich Beute verbarg, und hab manchmal zu wissen geglaubt, was Menschen empfanden ...«

»Nun, dann ist es in Ordnung. Du solltest jedoch wissen, dass du ungeschickt und laut eingedrungen bist, so laut, dass du, wären wir nicht alle abgeschirmt gewesen, die Aufmerksamkeit jener auf uns hättest ziehen können, die nach uns suchen. Und du solltest auch wissen, dass ich dich jederzeit hätte aufhalten können.«

Iseult fühlte sich benommen und leicht erschöpft. Die unnatürliche Klarheit ihrer Sinne war geschwunden und ihr Herz pochte. Eine ähnliche Empfindung hatte sie bisher nur beim Gleiten verspürt. Besonders auf der Jagd, wenn Blutgier und die Geschwindigkeit und Gefahr der Verfolgung sie auf ganz ähnliche Weise beinahe körperlos werden ließen.

Meghan hatte sich zu Bacaiche umgewandt und schalt mit ihm. »Und was ist mit dir? Warum hast du *nicht* zugehört? Dies ist dein Land, das zerstört werden soll, während du dasitzt, finster dreinblickst, herumzappelst und lüsterne Gedanken hegst, obwohl du so viel lernen solltest, wie du nur kannst. Du bist der Erbe!«

»Und was ist mit dir, Meghan? Ist es nicht ebenso dein wie mein Erbe?«

»Das ist es in der Tat und wie für dich, so ist es auch für mich ebenso mein Fluch wie mein Erbe. Aber ich bin nun alt, älter als du dir vorstellen kannst, und das Blut fließt langsamer durch meine Adern. Wir brauchen einen Rìgh, keine alte Frau. Wir brauchen einen Rìgh oder eine Banrìgh, die das Land einen werden, wie Aedan es einst getan hat. Du bist der Einzige … und du bist jung und kannst Erben großziehen, wenn wir dich lang genug am Leben erhalten können.«

»Und was ist, wenn ich das nicht will?«

»Es geht nicht ums Wollen, Bacaiche. Die Fairgean erheben sich, der Leitstern ist vergessen, alle Hexen sind getötet oder verstreut. Unserem Land steht die schwierigste Zeit bevor, die es jemals erlebt hat. Wenn Jaspar ohne Nachkommen stirbt – und alle meine Spione berichten mir, dass er dahinsiecht –, dann gibt es keinen eindeutigen Thronerben. Das darfst du nicht vergessen!«

»Und was ist, wenn wir den Leitstern nicht finden können? Dein Schützling ist mit dem dritten Teil des Schlüssels verschwunden, nicht wahr? Ohne sie ist das Erbe des Aedan verloren.«

»Wir werden Isabeau finden und wir werden den Schlüssel finden«, sagte Meghan fest und niemand wagte, mit ihr zu streiten.

Sie kamen die nächsten Tage rasch voran und rasteten zum Essen oder Schlafen allenfalls ein paar Stunden am Stück. Nun befanden sie sich im offenen Hochmoor, wo sie sich kaum verbergen konnten, aber Meghan nahm lieber das Risiko, gesehen zu werden, auf sich, als wertvolle Tage Reisezeit zu verschwenden. Glücklicherweise war ein Sturm aufgekommen und der Regen fiel so dicht, dass Soldaten ihnen schon sehr nahe hätten kommen müssen, um sie zu entdecken.

Iseult, die mit glucksenden Stiefeln und nass bis auf die Haut den Berghang entlangstapfte, wünschte sich, sie hätte niemals zugestimmt mitzukommen. Dem finsteren Ausdruck auf Bacaiches Gesicht nach zu urteilen, empfand der Bucklige ebenso.

Das Vorzeichen zeigte sich unmittelbar bei Sonnenuntergang des ersten klaren Tages seit einer Woche. Meghan sah einen Falken vom Himmel herabtauchen und nur Sekunden später mit einem Kaninchen in den Fängen wieder aufsteigen. Sie runzelte die Stirn. »Ich spüre eine sehr große Gefahr«, murmelte sie. »Ich spüre einen Schatten über mich gleiten – etwas geht vor!«

Iseult beschleunigte ihre Schritte, blickte sich scharf um und fragte sich, ob das Wäldchen vor ihnen eine Legion Soldaten beherbergen könnte. Plötzlich schrie sie auf und stolperte, eine Hand am Kopf. Sie wäre gestürzt, hätte Meghan nicht ihren Arm ergriffen und sie festgehalten. Aber ihre Knie gaben dennoch nach und sie glitt zu Boden, während Meghans Arm um ihren Rücken gelegt war.

»Mein Kopf!« Iseult führte eine Hand an die Stirn, als taste sie nach Blut.

»Was ist los? Bist du verletzt?«, fragte Meghan, kniete sich neben sie und befühlte sanft ihre Stirn.

»Ich hab das Gefühl ... als hätte ich einen Schlag erhalten«, sagte Iseult schwach. »Au! Es tut weh!«

»Ich kann keine Wunde oder Quetschung entdecken«, antwortete Meghan. »Bist du in Ordnung?«

»Ich weiß nicht ... Ich fühl mich eigenartig. Mein Kopf schmerzt.«

»Kannst du gehen? Brauchst du Ruhe? Ich frage mich ... Ich hab so ein Gefühl ... Ich denke, wir sollten weiterziehen, wenn du kannst, Iseult. Lass uns rasch gehen! Ich befürchte, dass Isabeau etwas geschehen ist.«

Iseult stand taumelnd auf, unfähig den aufsteigenden Groll zu bekämpfen. Sie ging weiter und hielt die Hand an den Kopf, der vor unsichtbarem Schmerz pochte.

Sie erreichten die lange Wiese oberhalb des Passes unmittelbar vor der Dämmerung und hielten am Waldrand inne, um die Beschaffenheit des Geländes vor sich zu überprüfen. Obwohl Iseult unter der zerschlissenen Mütze blass wirkte, setzte sie sich mit ihrer üblichen Anmut hin.

Meghan kniff die Lippen zusammen, während sie auf ein weiteres Lager der Roten Garden hinabblickten, dessen Flaggen auf den Zeltspitzen in der Morgenbrise flatterten.

»Wie viele dieser verdammten Soldaten hat sie?«, fragte Bacaiche stirnrunzelnd. »Sie muss jeden tauglichen Mann im Land verpflichtet haben!«

»Die Drachen haben an der Drachenklaue eine komplette Legion von dreihundert Mann ausgelöscht und wir haben auf unserem Weg nach unten Spuren weiterer Soldaten gesehen. Dies müssen frische Truppen sein«, sann Meghan.

»Wie sollen wir sie umgehen?«, fragte Bacaiche. »Sie lagern unmittelbar am Eingang des Passes und es gibt keinen anderen Weg hindurch.«

Sie lagen alle drei auf dem Boden und beobachteten, wie das Lager langsam erwachte, während Bacaiche und Meghan über die beste Vorgehensweise stritten. Kurz darauf rollte Iseult mit den Augen und glitt davon, wohl wissend, dass sie den ganzen Morgen streiten würden, wenn sie sie ließe. Sie kroch auf dem Bauch den Hügel hinab und näherte sich dem Lager vorsichtig von der Rückseite. Deutlich war zu erkennen, dass die Roten Garden nicht daran gewöhnt waren, Kriege auszufechten. Es war keine Wache aufgestellt und die Zelte waren planlos aufgebaut, ohne besonders auf Sicherheit zu achten, sodass Iseults Aufgabe leicht war. Innerhalb von zehn Minuten hatte sie gefunden, was sie gesucht hatte, und glitt den Hang wieder hinauf, wobei sie sich Zeit ließ, damit sie ihren müden, wunden Körper nicht überanstrengte. Als sie den Ausblick erreichte, war das gesamte Lager auf den Beinen, Feuer wurden angezündet, Pferde gefüttert und Frühstück zubereitet.

»Sie hat beim ersten Anblick von Soldaten wahrscheinlich Angst bekommen und ist davongelaufen«, sagte Bacaiche gerade mürrisch.

»Das glaub ich nicht«, erwiderte Meghan und Iseult freute sich zu sehen, dass ihr Gesicht einen besorgten Ausdruck zeigte. Sie schlich an ihren Platz neben Meghan und ihr wurde warm ums Herz, als sie merkte, wie sich das Gesicht der Hexe nun vor Erleichterung entspannte. »Ich hab Uniformen«, sagte Iseult und ließ den Arm voll rote Jacken, Umhänge und weiße Hosen fallen, die Kavallerieuniform der Garden der Banrìgh.

»Wo hast du die her?«, fragte Bacaiche verblüfft.

»Von der Rückseite eines Zeltes.« Iseult klang, als sei die Antwort offensichtlich. »Die einzige Möglichkeit, durch ihre Linien zu gelangen, besteht darin, uns zu tarnen. Dieses Heer ist offensichtlich ein Haufen unerfahrener Rekruten, so wie sie dort unten umherirren. Ich würde sagen, dass keiner den anderen kennt, weswegen Ihr und ich in der Lage sein sollten, uns ohne allzu große Schwierigkeiten zu tarnen. Meghan, Ihr könnt Euch wohl keinesfalls als einfacher Soldat ausgeben, besonders nicht mit all diesem Haar. Also gibt es zwei Möglichkeiten – Ihr könnt entweder versuchen, so durchzukommen, was wohl riskant wäre, wenn man all das bedenkt, was Ihr mir über die letzten Ereignisse erzählt habt. Ansonsten könnt Ihr Euch in einen dieser Umhänge hüllen und einen hochmütigen Anführer mimen. Euren Zopf könnt Ihr unter den Umhang stecken, seht Ihr?«

»Und was sollen wir tun, wenn sie den Verlust all dieser Kleider bemerken? Sie müssen jemandem gehören«, sagte Bacaiche unliebenswürdig.

»Ach, nein, ich hab sie vom Zelt des Zeugmeisters genommen«, erklärte Iseult freundlich, als spreche sie zu einem Kind. Sie reichte Meghan die Kleidung, die sie genauer betrachtete. »Es ist noch das Schild der Näherin dran«, sagte sie. »Ich denke, sie sind neu.«

»Das ist kein sehr gut organisiertes Lager«, sagte Iseult missbilligend. »Sie sind alle sehr nervös und verbringen anscheinend viel Zeit damit, in den Himmel zu blicken und etwas über Drachen zu murmeln.«

»Nun, damit würd ich wohl rechnen, wenn sie von der Rache des Kreises der Sieben gehört haben – der Rache für den Tod ihrer schwangeren Königin.« Meghan dachte ernst über das Problem nach und wünschte, sie hätte die Gabe der Illusion – manchmal erschienen ihr ihre Talente so wenig Aufsehen erregend, verglichen mit einigen ihrer früheren Gefährten. *Aber sie sind umgekommen und ich habe überlebt,* sagte sie sich. Sie dachte über mögliche Ablenkungsmanöver nach.

»Es gibt ein Problem, das du zumindest hättest erwägen sollen, Meghan«, sagte Bacaiche mit gekränkter Stimme. »Dein Schützling hier hat sich Sorgen über die Schwierigkeiten gemacht, *dich* als Soldat zu tarnen. Hast du über das Problem nachgedacht, wie man die hier tarnen soll?«

Und zu Iseults völligem Erstaunen setzte Bacaiche sich auf, warf den schmutzigen Umhang zurück und breitete ein paar große schwarze Schwingen aus. Sie waren so lang wie sein Körper, glänzten im gesprenkelten Sonnenschein und ragten hoch über seinen Kopf auf.

»Bacaiche! Was ist, wenn das jemand sieht! Verhülle dich«, fauchte die Waldhexe.

Bacaiche faltete seine Schwingen wieder zusammen. Selbst jetzt wirkte er noch großartig. Plötzlich schienen die stämmigen Schultern und der gedrungene Hals perfekt proportioniert, der überhebliche Ausdruck unvermeidlich. Er sah Iseult mit gefährlichem Glitzern in den Augen an. »Was schlägst du vor, wie wir meine Schwingen verstecken, Iseult vom Schnee? Oder meine Klauen?« Und er beugte sich herab, streifte das grobe Sackleinen ab und offenbarte Krallen wie die eines Adlers. »Ich kann mir nicht vorstellen, dass die Banrìgh eine Uniform entworfen hat, die *meine* Missbildungen verbergen könnte, oder?« Iseult konnte ihn nur anstarren. Sie konnte nicht verstehen, warum sie das nicht schon früher bemerkt hatte. Natürlich hatte er stets diesen widerlichen Umhang um sich geschlungen, aber dennoch!

»Vielleicht verstehst du jetzt unser Problem, Iseult«, sagte Meghan trocken. »Bacaiche ist wirklich schwierig zu tarnen, besonders bei näherer Betrachtung. Die Banrìgh muss inzwischen wissen, dass die Gerüchte stimmen und es tatsächlich einen geflügelten Mann gibt, der das Land durchstreift und überall, wo er hinkommt, Ärger verursacht.«

Iseult fehlten die Worte. Sie starrte Bacaiche noch immer an, der die Arme kreuzte und ihren starren Blick einfach erwiderte. »Ich hatte vorgehabt, Bacaiche zu einer Freundin von mir zu bringen, die uns helfen kann. Aber ich hatte nicht erwartet, dass das Land von so vielen Rotgardisten heimgesucht wird, noch dass der törichte Kerl seine Deckung verrät, indem er nach *Tùr na Gealaich dhà* zurückkehrt. Wenn wir nur nach Tulachna Celeste gelangen könnten, sollten wir sicher sein, zumindest eine Weile …«

Sie brach ab und Iseult vermutete, dass sie sich erneut um die vermisste Isabeau sorgte. Ihre Vermutung wurde bestätigt, als Meghan halb zu sich selbst sagte: »Ich hab immer noch solch schreckliche Ahnungen. Isabeau ist in Gefahr, ich weiß es!«

Iseult wandte ihre Aufmerksamkeit wieder dem Lager zu und begann nachzudenken. »Wenn wir Bacaiche nicht tarnen können, sollten wir es auch nicht versuchen«, sagte sie. »Als sie Euch beim Aufstieg durch den Pass erwischten – was hatten sie da vor?«

»Die Großsucherin hat mich persönlich gefangen genommen«, sagte er mürrisch. »Sie wollte mich nach Caeryla zurückbringen, mich eine Weile dem Großinquisitor überlassen, damit er Einzelheiten über den Untergrund aus mir herauspressen kann, und mich dann, zerschlagen und blutend, zur Banrìgh in Dùn Gorm hinabschicken. Glaub mir, da wollt ich keinesfalls hin!« Und er erschauderte, wobei die schwarzen Schwingen raschelten. Iseult merkte, dass sie den Blick von ihm abwenden musste, wenn sie überhaupt denken wollte. Daher sah sie entschlossen wieder zum Lager.

»Wenn Euch also irgendwelche Truppen oben gefangen genommen hätten – wärt Ihr dann auch nach Caeryla zurückgebracht worden?«

»Mit gefesselten Händen und Füßen und auf ein Maultier gebunden«, sagte Bacaiche grinsend.

»Dann werden wir genau das tun«, sagte Iseult und reichte Meghan den großen karmesinroten Umhang und den gefiederten Helm, die sie aus dem Lager gestohlen hatte.

»Was willst du damit sagen?«, fauchte Bacaiche zurückweichend.

»Ich meine, wir werden Eure Hände und Füße fesseln und Euch auf ein Maultier binden«, antwortete Iseult. »Könnt Ihr uns ein Maultier besorgen, Alte Mutter? Und wir werden wohl auch Pferde brauchen.«

»Oh, ich kann uns Pferde herbeirufen«, erwiderte Meghan und lächelte ihrem neuen Schützling eher grimmig zu. »Es gibt in diesen Bergen viele Wildpferdherden. Aber sie werden keinen Sattel und kein Zaumzeug haben und auch nicht beschlagen sein und ich denk nicht, dass der Kommandeur dieses Lagers unsere Geschichte glauben wird, wenn wir auf ungezähmten, unaufgezäumten Pferden daherreiten.«

»Was brauchen wir also? Ich könnte es aus dem Lager stehlen.«

»Das würden sie doch gewiss merken?«

»Nicht, wenn wir sie irgendwie ablenken ...«

»Die einzige Ablenkung, die meiner Meinung nach funktionieren könnte, ist ein Angriff durch einen Drachen, aber ich glaub nicht, dass die Drachen so weit vordringen würden. Ich hab sie überzeugen können, die Roten Garden unmittelbar vor ihrem Tor anzugreifen, aber ich denke, sie würden einen Angriff auf Soldaten am Pass nach Rionnagan als Kriegserklärung ansehen, und ich kann mir einfach nicht vorstellen, dass der Mutterdrache das gutheißen würde.«

»Aber wenn wir sie glauben machen könnten, dass die Drachen auf dem Weg wären ...«

»Wovon redest du?«, fragte Bacaiche, während er sich wieder in seinen Umhang kauerte.

»Natürlich davon, durch den Pass zu gelangen«, erwiderte Iseult und versuchte gar nicht erst, ihre Ungeduld zu verbergen. »Meghan, könnt Ihr die Ablenkung heraufbeschwören? Einschließlich der Pferde? Ich werd hinabgehen und uns einige dieser – wie habt Ihr sie genannt? Zaumzeuge? – stehlen. Ihr solltet mir lieber sagen, wie sie aussehen und wo ich sie wahrscheinlich finden kann.«

Als Iseult einige Zeit später zum Versteck im Wald zurückkehrte, schleppte sie eine Unmenge Reitzubehör heran, darunter einen prächtig geschmückten Sattel mit hohem Knauf.

»Erzähl mir nicht, dass den niemand vermissen wird!«, sagte Bacaiche.

»Wir müssen erreichen, dass Meghan wie einer ihrer Kommandeure aussieht. Sie benutzen solche, obwohl das ebenso töricht ist wie ihre auffällige Kleidung – sie bieten so leichte Ziele. Ich würde gerne meine Bogenschießkunst an ihnen erproben.« Sie wirkte so lebhaft wie niemals zuvor, die blauen Augen funkelten und die Narben zeichneten sich scharf auf ihren geröteten Wangen ab. »Ich hoffe, ich hab alles dabei, was wir brauchen. Ich konnte wirklich nicht feststellen, was was war!«

Meghan hatte die Zeit damit verbracht, mit gekreuzten Beinen im Schutz eines großen Baumes zu sitzen. Mit geschlossenen Augen sandte sie ihre Gedanken zu allen Tieren, die sie finden konnte. Sie trug die Uniform, die Iseult ihr gebracht hatte – der lange Zopf war unter Helm und Umhang verborgen und sah einem Seanalair der Roten Garden mit ihrer markanten Nase und den stechenden Augen verblüffend ähnlich. Iseult kleidete sich rasch in eine rote Jacke und weiße Kniehosen, verstaute ihre Kleidung – besser gesagt, Isabeaus Kleidung – in ihrem Rucksack und hoffte, dass niemand die Wohlgestalt ihrer Waden bemerken würde.

Die Pferde kamen zuerst, galoppierend und wiehernd, mit fliegender Mähne und donnernden Hufen. Während Iseult und Bacaiche besorgt das Lager im Auge behielten, falls ein überaufmerksamer Wachposten zu früh etwas bemerken sollte, sprach Meghan mit dem großen Hengst der Herde, der sich aufbäumte, sodass seine Hufe ihrem Kopf gefährlich nahe kamen. Die Unterhaltung schien ewig zu dauern und Iseult merkte, dass der Hengst keinen Menschen auf seinen oder den Rücken irgendeines anderen Pferdes der Herde aufsteigen lassen wollte. Meghan sprach freundlich zu ihm und ließ ihren natürlichen Zauber auf die Tiere wirken. Schließlich sonderte der Hengst drei alte Stuten aus seiner Herde aus und ließ Meghan sie satteln und aufzäumen, bevor er die restliche Herde in wahnsinnigem Tempo ins Tal hinab auf das Lager zuführte.

Die Pferdestampede hatte genau die von Iseult erhoffte Wirkung. Das Lager geriet in Verwirrung, während Soldaten eilig aus dem Weg stürzten. Der Seanalair stapfte umher und schrie Befehle, auf die aber niemand hörte. Einige der Soldaten versuchten, die Pferde mit Seilen einzufangen, gaben aber bald erschöpft auf. Alle schrien durcheinander und deuteten zu den Bergen zurück. Einige beobachteten angstvoll den Himmel, glaubten – wie Iseult gehofft hatte –, dass ein Schwarm Drachen die Wildpferdeherde so aufgebracht hätte.

Der Ansturm der nachfolgenden Tiere schien ihre Befürchtung noch zu bestätigen. Hirsche galoppierten aus dem Wald, Vogelschwärme flogen über sie hinweg und kreischten laut, Kaninchen liefen davon und Donbeags flüchteten. Sogar ein Rudel Elfenkatzen zeigte sich, bevor sie sich in ihren Bau zurückstahlen.

»Beherrschst du die Sprache der Drachen?«, fragte Meghan ihren Cousin, der die Wirkung der flüchtenden Tiere auf die Soldaten mit Freude beobachtete.

Er schüttelte den Kopf. »Nein, meine Ausbildung wurde recht früh unterbrochen, falls du dich erinnerst«, erwiderte er sarkastisch.

»Aber du beherrschst sie, nicht wahr, Iseult?«

»Natürlich.«

»Gut. Ich möchte, dass du einen Drachenschrei ausstößt, so laut du kannst. Drache auf dem Kriegspfad – du weißt, was ich meine. Ich werde versuchen, den Klang zu verstärken, obwohl ich das bisher nicht häufig tun musste. Ich hab es jedoch miterlebt, in Schauspielen und Singspielen, die im Turm aufgeführt wurden. Daher weiß ich, dass es möglich ist.«

Iseult nickte, atmete tief ein und wartete auf Meghans Zeichen. Als es erfolgte, öffnete sie den Mund und stieß den grauenhaftesten Schrei aus, den man sich nur vorstellen konnte. Er klang genau wie das zornige Gebrüll, das die Drachen nach dem geheimnisvollen Zauber in der Nacht des Kometen ausgestoßen hatten. Meghan konnte den Klang durch äußerste Konzentration mit Magie so verstärken, dass er von den Hügeln widerhallte. Augenblicklich brach das Chaos aus. Die Tiere, die panikartige Flucht nur vorgetäuscht hatten, flohen nun tatsächlich völlig kopflos, und die Schreie der Vögel, das entsetzte Wiehern der Pferde und das raue Röhren der Hirsche hätten nicht übertroffen werden können. Unten im Lager stiegen die Pferde, warfen die Köpfe auf und versuchten zu fliehen, während Soldaten panisch umherirrten.

Die drei Gefährten galoppierten in voller Geschwindigkeit ins Lager hinab und trieben die Pferde noch weiter an, die sich nervös umsahen. Nur die beruhigende Gegenwart Meghans hielt sie im Zaum, obwohl ihr Steigen und Mähneschütteln und das wilde Rollen ihrer Augen ein zusätzlicher Beweis dafür zu sein schien, dass Drachen in das Gebiet eingedrungen waren.

»Die Drachen!«, schrie Iseult mit möglichst tiefer Stimme in der Hoffnung, dass sie überzeugend klang. »Sie haben unsere gesamte Legion ausgelöscht!«

Sie wurde im Handumdrehen von einer wirren Meute Soldaten umringt, welche die Zügel ihres Pferdes ergriffen und sie mit Fragen bombardierten. Bacaiche war von Iseult, sehr zu seiner Empörung, auf eines der Pferde gebunden worden. Mit einem gewissen Vergnügen hatte sie überprüft, ob die Seile auch wirklich hielten. Iseult schwatzte weiterhin über Drachen und empfand Genugtuung, als sie viele ängstliche Blicke in Richtung der Drachenklaue zurückwandern sah. Niemand schien das nicht zusammenpassende Pferdegeschirr oder die Tatsache zu bemerken, dass die Pferde nicht beschlagen waren.

»Wir müssen nach Caeryla gelangen!«, rief Meghan. »Die Großsucherin muss über die letzten Ereignisse informiert werden und wir haben einen überaus wichtigen Gefangenen für sie.

Macht euch für den Zug nach Norden bereit – ihr seid die letzte in den Sithichebergen übrig gebliebene Legion. Ihr müsst zum Angriff gegen die Drachen rüsten!«

Einen Augenblick schien es, als würde ihr Trick funktionieren, denn die Soldaten traten zurück, um sie durchzulassen, während andere davonliefen, um das Lager aufzulösen. Aber der Seanalair war nicht müßig gewesen, schritt augenblicklich heran und grüßte Meghan, indem er eine Faust zunächst ans Herz und dann an die Stirn führte. »Seanalair MacGrannd, zu Euren Diensten!«

»Seanalair Collene zu Euren!«, erwiderte Meghan und Iseult hoffte, dass sie das Richtige gesagt hatte.

»Was soll all dies Gerede über Drachen?«, fragte er mit finsterer Miene. »Kommt zu meinem Zelt und erstattet Bericht!«

»Keine Zeit, Seanalair MacGrannd«, antwortete Meghan und beeindruckte Iseult mit der Klangfarbe und Resonanz ihrer Stimme. Die Waldhexe konnte die Laute anderer Menschen offensichtlich ebenso gut imitieren wie die der Tiere. »Die Drachen haben in der Dämmerung vor zwei Tagen unser Lager angegriffen. Der Groß-Seanalair hat uns ausgesandt, Verstärkung zu holen und den Gefangenen nach Caeryla zu bringen. Ich fürchte, die Drachen verfolgen uns.«

Iseult spürte, wie sich die Soldaten rund um sie regten, und wünschte, Meghan hätte nicht darauf bestanden, dass sie den größten Teil ihrer Waffen in dem auf den Sattel des Pferdes gebundenen Rucksack verbarg. Sie fühlte sich ohne sie unwohl und verletzlich.

»Ich bezweifle sehr, dass die Drachen so weit nach Süden kommen würden«, sagte Seanalair MacGrannd und Iseults Herz sank. »Ich möchte Euren ausführlichen Bericht hören, bevor Ihr durch den Pass zieht. Wir haben strikte Anweisung erhalten, niemanden durchzulassen.«

»Und wir haben strikte Anweisung erhalten, diesen Gefangenen so rasch wie möglich nach Caeryla zu bringen!«, fauchte Meghan.

»Ich bin der Seanalair der Legion und ich befehle Euch abzusteigen und mir Bericht zu erstatten!«

Meghan saß sehr aufrecht auf dem Rücken der nervösen Stute und ihr roter Umhang wehte im Wind. Iseult erhaschte einen kurzen Blick auf das Ende ihres Zopfes, das unter dem Saum des Umhangs hervorsah, und hoffte, dass niemand sonst es bemerkt hätte. »Also gut, wenn Ihr darauf besteht, Seanalair MacGrannd, aber darf ich der Großsucherin Glynelda dann berichten, dass unsere Verzögerung auf Eure Veranlassung hin erfolgte?«

Seanalair MacGrannd wich mit zutiefst bestürzter Miene einen Schritt zurück. »Die Großsucherin verlangt Eure Anwesenheit?«

»In der Tat! Wir haben hier ein *Uile-Bheist*, das sie dringend verhören lassen möchte. Und eine Verzögerung wird ihr überaus missfallen.«

Der Seanalair schaute zu dem fest auf den Sattel gebundenen und geknebelten Bacaiche. »Er sieht für mich nicht wie ein *Uile-Bheist* aus.«

Meghan nickte Iseult überdrüssig zu. »Zeigt es ihm.«

Iseult zog den Umhang zurück, um die großen Schwingen zu offenbaren, die nun fest an Bacaiches Seite gebunden waren, sowie die Klauenfüße. Bacaiche holte mit einer Klaue in Richtung des Seanalair aus und schrie durch den Knebel. Der Führer der Legion sprang mit vollkommen überraschter Miene zurück. »Was ist er? So etwas hab ich noch nie gesehen!«

»Wir auch nicht!«, erwiderte Meghan. »Und jetzt muss ich weiterziehen. Die Großsucherin ist wirklich sehr erpicht darauf, ihn zu verhören!«

»Das kann ich mir vorstellen«, sagte der Seanalair und winkte sie durch. Während sie den Weg hinabgaloppierten, der zwischen den großen Felsen nach Rionnagan hineinführte, konnte Iseult ihn Befehle rufen hören, das Lager aufzulösen und sich auf den Marsch nach Norden zu begeben. Keiner der Soldaten wirkte sehr glücklich darüber.

»Wenn wir Glück haben, lösen wir vielleicht sogar noch eine Rebellion aus«, sagte Meghan und lachte dabei. »Gut gemacht, Iseult, der Plan hat traumhaft funktioniert!«

Als sie wenige Meilen weiter im Schutz eines Stechginsterbusches rasteten, stritten Meghan und Bacaiche lange und erbittert darüber, was mit den Uniformen geschehen sollte. Die Pferde waren auf der anderen Seite des Passes freigelassen worden, wie Meghan es dem Hengst der Herde versprochen hatte. Sie würden in dieser Nacht, im Schutz der Dunkelheit, zurücklaufen. Die Sättel und Zaumzeuge wurden in die Schlucht geworfen und verschwanden unter der schäumenden Wasseroberfläche des Rhyllster. Bacaiche meinte, sie sollten getarnt bleiben, da die ortsansässigen Bauern dann weitaus mehr Ehrfurcht vor ihnen hätten und so wahrscheinlich bereitwilliger ihre Vorräte ergänzen und ihnen weniger Schwierigkeiten machen würden. Meghan war anderer Meinung. Sie glaubte, dass es nicht lange dauern würde, bis die Großsucherin von ihrem Trick erfuhr, und daher wissen würde, dass Meghan und Bacaiche in Reichweite waren. Beide wurden als solch große Feinde der Banrìgh angesehen, dass sie sie nur allzu gern gefangen nehmen würde. Außerdem bestand die Gefahr, auf eine weitere Legion Rotgardisten zu treffen, deren Seanalair vielleicht nicht so einfach zu überlisten wäre wie MacGrannd. Meghan meinte, sie sollten sich so unauffällig wie möglich verhalten, in Deckung bleiben und langsam auf Tulachna Celeste zustreben.

Während sie stritten, schwieg Iseult, putzte nur ihre Waffen und befestigte sie liebevoll wieder an ihrem Gürtel. Meghan wandte sich zu ihr um. »Was denkst du, Iseult?«

Das Mädchen zuckte die Achseln. »Dass man denselben Trick nie zwei Mal benutzen soll.«

Meghan sah sie verwundert an und nickte dann. »Das stimmt«, sagte sie. »Was schlägst du vor?«

»Die Uniformen loszuwerden, denn wenn wir damit erwischt werden, beweist das unser Vergehen. Ich kann jederzeit neue finden, wenn wir sie brauchen sollten. Und nachts weiterzuziehen. Wenn wir Vorräte brauchen und sie nicht selbst finden können, sollte nur jeweils einer von uns ein Dorf betreten, denn sie werden nach einer Dreiergruppe suchen. In hoch gelegenen Gebieten zu bleiben und uns einen Fluchtweg offen zu halten. Mehr kann ich nicht vorschlagen, ohne die Beschaffenheit des Geländes zu kennen.«

»Was bist du – eine Art Berhtilde?«, spöttelte Bacaiche. Iseult verstand nicht, was er meinte, erwiderte seinen Blick aber mit unbewegter Miene, bis er fortsah.

»Sie versteht anscheinend wirklich etwas von Kriegsführung«, sagte Meghan und ihre Stimme klang sowohl bewundernd als auch besorgt.

»Ich bin eine Narbige Kriegerin«, sagte Iseult stolz.

Im Vergleich zu den Bergen waren die Highlands Rionnagans mit ihren weiten, kahlen Hochmooren, die sich endlos unter dem Sternenhimmel dehnten, leicht zu durchqueren. Ihre Vorräte waren nach der harten Reise durch die Berge fast vollständig verbraucht und so beschloss Meghan, ein Dorf zu suchen, wo sie Hafer, Mehl, Quark, frisches Gemüse und andere Grundnahrungsmittel einhandeln konnten. Da sie größere Dörfer meiden wollte, folgten sie dem hohen Kamm des Hügels vom Fluss fort, sodass sie nach Südosten strebten, der aufgehenden Sonne zu.

Schon bald war die Luft vom frischen Duft grüngrauer Gräser und tirilierendem Vogelgesang erfüllt. Das Moor um sie herum war so kahl, dass sie bei Tage weiterzuziehen beschlossen. Bacaiche erhob seine Stimme und sang mit den Vögeln, während Iseult verzückt lauschte. Auf dem Rückgrat der Welt waren Vögel selten und diejenigen, welche die Schneestürme und die bittere Kälte überlebten, hatten nur raue, krächzende Stimmen, die trostlos und furchtbar klangen. Das wohlklingende Trällern von Bacaiches Stimme ließ sie einen höchst ungewohnten Kloß in ihrem Hals spüren.

Bald sahen sie dunklen Rauch vor der Dämmerung und beschleunigten unbewusst ihre Schritte. Iseult schaute zu Meghan und sah den Donbeag jetzt auf ihrer Schulter sitzen, sich mit einer Pfote am langen Zopf der Hexe festhalten und mit der anderen ihre Wange tätscheln. »Du und Bacaiche solltet besser ein Versteck suchen, Iseult, und ich werd hinabgehen und sehen, was ich finden kann«, sagte die Hexe und die Anspannung in ihrer Stimme war offensichtlich.

»Ich werd mit Euch gehen«, sagte Iseult. »Es könnte gefährlich werden.«

»Ein Grund mehr, warum du hier bleiben solltest.«

»Ich bin die Narbige Kriegerin. Ich werde Euch beschützen.«

»Es wäre mir lieber, wenn du hier bleibst und Bacaiche beschützt.«

»Ich brauch kein kleines Mädchen zu meinem Schutz!«, erwiderte Bacaiche verärgert.

Iseult schaute zu Meghan und sagte: »Ich werd mit Euch gehen.«

Meghan zögerte einen Moment und nickte dann widerwillig. »Gut, aber du musst dich still verhalten und genau das tun, was ich dir sage.«

»Ja, Alte Mutter«, erwiderte Iseult sanftmütig.

Sie stiegen zusammen den langen grünen Hang zum Dorf hinab, wobei sich Iseult mehrere Schritte hinter der Zauberin hielt. Sie brauchten nicht lange, um erkennen zu können, dass die schwarze Rauchfahne aus den ausgebrannten Überresten eines Hauses aufstieg, das in einiger Entfernung vom Dorf halb versteckt in einem Wäldchen stand. Eine Menge Dorfbewohner hatten sich vor dem Haus versammelt und betrachteten traurig die rauchenden Ruinen. Ein Hausierer in einem klapperigen alten Wagen war an den Rand der Menge herangefahren und die Ortsansässigen erklärten ihm die Situation lauthals.

»Sie war die beste weise Frau in diesem Teil des Landes«, sagte eine dünne alte Frau mit grauen, um den Kopf geschlungenen Zöpfen. »Eà verdamme diese rotbejackten Soldaten! Warum haben se nich' die weise Frau von irgend'nem anderen Dorf hängen können?« Als die übrigen Dorfbewohner sie recht nervös zum Schweigen aufforderten, schüttelte sie ihren runden, grauen Kopf und murmelte verbittert: »Was wird nur aus der Insel?«

Da Iseult größer war als die meisten Menschen der Menge, konnte sie über deren Köpfe hinweg den baumelnden Leichnam einer alten Frau sehen, die am Sturz ihres eigenen Tores gehängt worden war. Meghan musste, klein wie sie war, Geschick walten lassen, um eine gute Sicht zu haben. Sobald sie die tote Frau sah, zog ein kummervoller Ausdruck über ihr Gesicht, was Iseult erneut verwirrte.

»Was hat die Roten Garden denn in diese von aller Wahrheit verlassene Ecke der Welt geführt?«, fragte der Hausierer und ein Chor von Stimmen antwortete ihm.

»Sie waren hinter 'nem Pferdedieb her, der das Pferd der Großsucherin gestohlen hat!«

»Irgendein rothaariges Mädchen ...«

»Sie sagten, sie wär eine Hexe«, erklärte eine Frau mit ausgemergeltem Gesicht, eine Hand auf ihren geschwollenen Leib gelegt.

»Ach, ja, davon hab ich gehört!«, rief der Hausierer aus.

»Die Großsucherin war wirklich *fiadhaich*! Schwor, sie würd die Hexe höchstpersönlich aufspüren!«

»Deswegen hätt sie unsere weise Frau nicht ermorden müssen«, sagte die Frau mit den grauen Zöpfen.

»Sie sagten, die weise Frau Manissia hätte der Hexe zur Flucht vor den Soldaten verholfen«, bemerkte ein Würdenträger, der unbehaglich die Amtskette um seinen Hals betastete. »Darum haben sie sie gehängt.«

»Sie hatten kein Recht nich', unsere weise Frau zu hängen, die schon ihr ganzes Leben lang in dieser Gegend gelebt hat und ihre Mutter und ihre Großmutter auch. Was sollen wir ohne weise Frau anfangen? Manissia war eine der Besten und jetzt haben wir niemanden mehr, der uns hilft.«

Der Bürgermeister des Dorfes wirkte besorgt. »Die Großsucherin sagte, Manissia hätte Hexerei gebraucht, um der rothaarigen Hexe zur Flucht zu verhelfen. Und die Strafe für Hexerei ist der Tod, wie ihr alle wisst.«

»Was is' schon dabei, wenn Manissia einige Hexentricks im Ärmel hatte!«, erwiderte die Frau mit zorngeröteten Wangen. »Sie hat uns und unserem Dorf ihr Leben lang treu gedient. Nun, sie hat dich sogar zur Welt gebracht, Jock MacCharles – und was hat es ihr gebracht?«

Der Wortwechsel war so erregt geführt worden, dass niemand Meghan und Iseult am Rande der Menge bemerkt hatte. Aber der Bürgermeister sah sich bei den vernichtenden Worten der Frau nun unbehaglich um und sein Blick fiel auf Iseults Kopf mit den kurzen, rotgoldenen Locken, die gerade eben unter ihrer Mütze hervorsahen.

»Da ist sie!«, schrie er. »Es ist die rothaarige Hexe, die zum Ort ihrer Verbrechen zurückgekehrt ist! Fangt sie!«

Jedermann wandte sich um und sah hin und Iseult nahm automatisch eine Kampfposition ein, die Hand rutschte augenblicklich zum Waffengürtel. Meghan war jedoch schneller. Sie rief mit gebrochener, nörgelnder Stimme aus: »Ach, nein, guter Herr, das is' meine Enkelin. Da ham se sich wohl geirrt.«

»Es ist dasselbe Mädchen«, schrie eine Frau mittleren Alters. »Obwohl sie ihr Haar abgeschnitten hat.«

»Nein, wirklich, es kann gar nich' dasselbe Mädchen sein«, unterbrach der Hausierer. »Denn als ich heut Morgen losfuhr, hört ich, dass die rothaarige Hexe beim Einreiten in Caeryla gefangen genommen worden sei. Ist das zu fassen? Reitet das Pferd der Großsucherin einfach rotzfrech nach Caeryla hinein. Lady Glynelda will ihr selbst den Prozess machen, hab ich gehört.«

»Sie müssen das falsche Mädchen haben!«, rief der Bürgermeister aus. »Denn dies ist das Mädchen, das bei Manissia gewohnt hat. Ich hab sie selbst durch Quotil reiten sehen.«

»Sie sieht ihr wohl unheimlich ähnlich«, sagte Meghan stirnrunzelnd. »Denn Mari war während der letzten sechs Wochen immer bei mir und wir waren niemals zuvor in Quotil.«

Die Menge geriet in Streit, während der Bürgermeister einigen der Kleinbauern zurief, Iseult zu ergreifen, aber Meghan hielt stand und stimmte die Menge durch reine Willenskraft um.

»Sie is' meine Enkelin«, sagte sie mit ihrer gebrochenen Stimme.

»Sie is' ihre Enkelin«, wiederholte jemand in der Menge gehorsam.

»Sie is' nich' die Hexe, die ihr sucht.«

»Sie is' nich' die Hexe, die wir suchen.«

»Die Hexe, die ihr sucht, is' gefangen genommen worden.«

»Die Hexe, die wir suchen, is' gefangen genommen worden.«

Inzwischen wiederholte die gesamte Menschenmenge, einschließlich des Bürgermeisters mit seinem runden, roten Gesicht, Meghans Worte mit ausdruckslosen Mienen.

»Ihr werdet uns jetzt durchlassen.«

Die Menge teilte sich ohne Murren und Iseult trottete zutiefst beeindruckt hinter der kleinen Gestalt der Zauberin her. Als sie einen raschen Blick zurückwarf, sah sie, dass der Blick des Hausierers in dem klapperigen Wagen auf ihnen verweilte, und sie beschleunigte ihren Schritt, bestrebt, außer Sicht zu gelangen. Sobald sie die Biegung des Hügels umrundet hatten, legte Meghan ihre gebrochene Stimme und gebeugte Gestalt ab und schritt wieder aufrecht dahin.

»Diese Menschenmenge ist Zwang gewohnt«, sann sie. »Ich würd sagen, die weise Frau Manissia, Eà sei ihrer Seele gnädig, hat das Dorf jahrelang um den Finger gewickelt. Wenn sie diesen Trick jedoch bei der Großsucherin versucht hat, überrascht es mich nicht, dass sie gehängt wurde. Solche hübschen Tricks können eine Sucherin nicht täuschen.«

Sie erreichten das Lager, in dem Bacaiche verborgen lag, kurz vor Sonnenuntergang, aber Meghan ließ ihnen keine Gelegenheit, etwas zu essen oder zu schlafen. »Isabeau war hier«, erzählte sie Bacaiche kurz. »Eine weise Frau hat ihr zur Flucht verholfen, wurde aber dafür von der Liga gegen Hexen gehängt. Es ist ihre Hütte, die dort brennt. Die Dorfbewohner haben über dich nichts gesagt, was mich glauben lässt, dass deine Flucht nicht allgemein bekannt wurde. Sie sagten nur, eine rothaarige Hexe habe das Pferd der Großsucherin gestohlen. Ich kann nicht glauben, dass Isabeau so töricht war!«

Bacaiche öffnete den Mund zu einer Erwiderung, aber Meghan fuhr ihn an: »Du solltest Isabeau dankbar sein! Wenn sie dich nicht gerettet hätte, wärst du jetzt auf dem Weg zur Banrìgh. Nun ist sie gefangen genommen worden und in Schwierigkeiten und sie hat nicht deine Erfahrung. Sie ist kaum jemals aus unserem Tal herausgekommen. Ich bin sehr ärgerlich auf dich, Bacaiche. Du weißt, dass sie sich für dich in Gefahr gebracht hat, und du hast sie der Liga gegen Hexen preisgegeben!«

»Ich wollt nicht mit einem verflixten Mädchen belastet sein! Ich wusste nicht, wer sie war!«

»Was werden sie ihr antun, wenn sie sie haben? Sie schlagen und foltern, sie höchstwahrscheinlich vergewaltigen, weil sie ein hübsches Mädchen ist! Und dann wird sie gehängt werden, wie diese arme, alte weise Frau dort hinten oder, noch schlimmer, verbrannt werden. Eine nette Art, das Mädchen zu behandeln, das dich gerettet hat!«

Bacaiche schwieg und schaute nur noch eigensinniger und mürrischer drein als jemals zuvor. Meghan war jedoch noch nicht fertig. Sie durchbohrte ihn mit ihrem Blick und fuhr verächtlich fort: »Du sagst, du willst den Leitstern erlangen, Bacaiche. Wenn es soweit ist, musst du bereit und in der Lage sein, ihn zu handhaben. Der Leitstern erfordert Geistes- und Herzensgröße. Glaubst du wirklich, du wärest schon dazu in der Lage?«

Bacaiche schluckte hinunter, was er hatte sagen wollen, machte auf dem Absatz kehrt und ging davon.

Sie aßen im Gehen – Meghan war zu sehr von Angst gepeinigt, um ihnen eine Rast zu gönnen – als Iseult plötzlich aufschrie und zu Boden fiel. Und sie schrie erneut auf, während sich Meghan eilig neben sie kniete. »Was ist los? Hast du Schmerzen?«

»Meine Arme, meine Beine, ich fühl mich, als würde ich auseinander gezogen!«, schrie Iseult und rieb sich Schultern und Hüften.

»Beim Zentaur, was ist mit dem Mädchen los? Sie wird die Soldaten auf uns aufmerksam machen, wenn sie so schreit«, sagte Bacaiche unbehaglich.

Meghan nahm eine Dose Salbe aus ihrem Rucksack und rieb Iseults Gelenke kräftig damit ein. »Ich weiß es nicht. Rheuma irgendeiner Art? Es scheint keine größere Entzündung zu bestehen …«

Plötzlich setzte sich Iseult kerzengerade auf, stöhnte vor Schmerz und umklammerte mit der rechten Hand ihre Linke. »Oh, Götter!«, schrie sie. »Meine Hand!« Sie wiegte sich vor Schmerz vor und zurück und sank dann jäh ohnmächtig zur Seite.

Meghan rieb Iseults Hände mit bleichem Gesicht zwischen den ihren und rief ihren Namen. »Es muss Isabeau sein!«, rief sie. »Iseult muss irgendwie mit ihr verbunden sein. Ich kann mir nicht vorstellen, was sonst nicht stimmen könnte, und ich hab wirklich ein äußerst ungutes Gefühl wegen Isabeau. Schnell, Bacaiche, wir müssen weiterziehen. Kannst du Iseult tragen? Oh, Eà, bitte, lass Isabeau in Sicherheit sein.«

Als Iseult schließlich wieder zu sich kam, stolperte Bacaiche gerade unter ihrem Gewicht dahin und fluchte heftig. »Setzt mich ab«, sagte sie. »Bitte.«

»Ach, du hast also beschlossen aufzuwachen? Wurde auch verdammt Zeit! Ich hab mir fast den Rücken gebrochen, während ich dich durch die Gegend schleppte!«

Er setzte Iseult ab, aber die Beine gaben erneut unter ihr nach und sie schlug geräuschvoll auf dem Boden auf. Sie fühlte sich unwohl und benommen und ihr gesamter Körper schmerzte, besonders ihre pochende Hand. Sie untersuchte sie sorgfältig, aber sie sah genauso aus wie immer, und ihre Finger öffneten und schlossen sich wie gewohnt.

Meghan kam und half ihr hoch, wobei sie ihrem Großneffen einen zornigen Blick zuwarf. »Wie fühlst du dich?«, fragte sie Iseult.

»Kannst du gehen?«

»Ja«, sagte Iseult, obwohl sie sich absolut nicht sicher war, dass sie wirklich gehen konnte. Tränen traten ihr in die Augen und sie senkte den Kopf, damit niemand es sähe. Nach einigen tiefen Atemzügen versiegten sie und Iseult erhob sich durch reine Willenskraft.

»Hier, trink etwas davon. Damit wirst du dich besser fühlen«, sagte die alte Hexe und gab Iseult etwas von ihrem heilenden *Mithuan,* das Iseult froh trank.

»Ich möchte mich irgendwo aufstützen«, sagte sie schwach und Meghan reichte ihr ihren großen Stab, der kunstvoll mit Weinranken und Blumen verziert war. Bald wich die Benommenheit und Iseult konnte leichter gehen, obwohl sie gelegentlich auf ihre Hand hinabblickte und die Finger beugte, als sei sie erstaunt, dass sie noch da waren.

Als die Sonne hinter den Horizont sank, stolperte Iseult und fiel erneut hin; eine Woge der Schwärze brach über sie herein. Als sie schließlich wieder zu Bewusstsein kam, konnte sie die Tränen nicht mehr aufhalten, die ihre Wangen hinabströmten. »Was ist los? Was geschieht mit mir?«

»Ich glaube, du erlebst, was auch immer Isabeau geschehen ist«, sagte Meghan und strich ihr die rotgoldenen Locken aus der Stirn. »Komm, bleib einen Moment still liegen. Sag mir, hast du jemals zuvor ohne sichtbaren Grund Schmerzen oder Benommenheit verspürt?«

»Vor einigen Jahren verspürte ich einen scharfen Schmerz im Knöchel, durch den ich einen oder zwei Tage hinkte, obwohl ich mich nicht verletzt hatte.« Iseult lag still und genoss die tröstende Hand der alten Hexe auf ihrer Stirn.

»Isabeau hat sich vor einigen Jahren den Knöchel gebrochen, als sie zu fliegen versuchte und von einem Ast sprang«, sagte Meghan nachdenklich. Sie runzelte die Stirn und blickte prüfend in die rasch hereinbrechende Dunkelheit, als wollte sie sie zwingen, ihr zu enthüllen, was mit Iseults Zwilling geschah.

»Isabeau ist in schrecklichen Schwierigkeiten«, murmelte sie. »Ich kann es spüren. Iseult, es tut mir Leid, aber wir müssen weitergehen. Schaffst du es?«

»Ich bin eine Narbige Kriegerin«, erwiderte Iseult kalt. »Natürlich schaff ich es.«

Obwohl sie während der letzten Tage nur selten gerastet hatten, schlug die alte Hexe ein Tempo an, dem sowohl Iseult als auch Bacaiche kaum folgen konnten. Sie marschierten die ganze Nacht durch die Dunkelheit weiter, und während Iseult benommen voranstolperte, betrachtete sie Meghans kleine, aufrechte Gestalt und staunte über die alte Frau. Sie hatte sie lange nur für eine gebrechliche, alte Frau gehalten, da sie so knorrig und gebeugt wirkte, als müsste sie bei Berührung zu Staub zerfallen. Ihre Schroffheit hatte sie beleidigt, ihr Weinen über tote Tiere verwirrt, ihr Gerede von Zwillingen und Macht und Prophezeiungen beunruhigt. Dennoch hatte sie nun Tag für Tag verborgene Kräfte in der alten Frau entdeckt. Sie erkannte überrascht, dass der förmliche Respekt, der einer weisen alten Frau zustand, einer aufrichtigeren Zuneigung wich. Sie war keine Alte Mutter wie diejenigen, die Iseult kannte, sondern glich mehr ihrer eigenen Großmutter, die geheimnisvoll und mächtig war und eher mit Willensstärke als mit Körperkraft herrschte. Iseult entschied, dass Meghan eine weitere Feuermacherin und daher selten und kostbar war. Sie musste beschützt und umsorgt werden und Iseult war die Einzige, die dazu in der Lage war. Das war die Pflicht und das Privileg einer Narbigen Kriegerin.

Jorge der blinde Seher

Jorge legte sich in dem groben Heu zurück und schmiedete Pläne. Er reiste nicht mehr im Verborgenen, sondern war stattdessen in die Dörfer und Städte gegangen. Die dichten Wälder am Rande der Sithicheberge waren weiten Ausblicken auf grüne Hügel gewichen, an denen hier und da dünne Wasserrinnsale schimmerten. Im Westen überragten die Weißlockenberge schneebedeckte Felsenspitzen vor dem Himmel, wobei die beiden Gebirgsketten am Hauer, dem vollkommen symmetrischen, doch höchsten Berg Eileanans, aufeinander trafen. Sein Gipfel war meist wolkenverhangen; doch es gab viele Geschichten darüber, wie der Hauer manchmal Feuer und Rauch in den Himmel spie.

Der Weg, dem Jorge folgte, wand sich zwischen fruchtbaren Obstgärten und Wiesen dahin, auf denen schwarzgesichtige Schafe und struppige Ziegen grasten. Die Obstbäume standen in Blüte, und obwohl Jorge ihre ätherischen Farben nicht sehen konnte, duftete die Luft köstlich, die er im Gehen tief einatmete, während er Eà für die neue Jahreszeit dankte. Er nahm sich Zeit, blieb stehen um mit den Hütejungen auf den Wiesen und den Kleinbauern zu sprechen, die sich um ihre bestellten Flecken Erde kümmerten. Bei fast jedem Farmhaus, an dem er vorüberkam, bat er um Nahrung. Allen Menschen, denen er begegnete, murmelte er seine Gerüchte und Prophezeiungen zu und war über die darauf erfolgenden Reaktionen überrascht.

Anscheinend waren die Geschichten vom Geflügelten Mann in diesen Landesteilen wohl bekannt und von Hausierern, Jongleuren und Bootsführern aus dem Süden verbreitet worden. Es hieß, der Geflügelte Mann sei der wahre Anführer der berüchtigten Untergrundbewegung und der Krüppel nur seine rechte Hand. Seine Bande bestünde sowohl aus Zauberwesen als auch aus Menschen, einschließlich vieler Hexen, die den Verfolgungen entkommen waren. Der Geflügelte Mann sei sogar selbst eine Hexe und könne große magische Taten vollbringen.

Die Leute von Rionnagan waren nicht so wie die schwerfälligen Kleinbauern von Blèssem oder die Berhtilden, die grimmigen, jungfräulichen Kriegerinnen von Tirsoilleir mit ihren Verstümmelungen und ihren Opfern. Die Magie war ihnen angeboren und lag ihnen im Blut. Rionnagan war die Heimat des großen Clans der MacCuinn und das alte Hauptquartier der Bewahrerin des Schlüssels; deswegen hatten sich die Bewohner Rionnagans nie richtig an die Zerstörung der Türme gewöhnt. Erzählungen über einen geflügelten Krieger erfreuten ihre Herzen und sie hatten den alten Mann, der mit weiteren Geschichten über die Großtaten des Helden kam, gerne verpflegt und beherbergt.

Jesyah flog hinab und der durch seinen Vorbeiflug entstehende Windzug bewegte Jorges Haar. Jesyah stieß ein triumphierendes Krächzen aus, das von Müll und Abfällen zeugte. Vor ihnen befand sich ein Dorf mit einem geschäftigen Marktplatz – für einen hungrigen Vogel der Himmel. Jorge seufzte und erhob sich mühsam. Der Rabe konnte Jorges Abneigung gegen das Betteln oder das Durchwühlen alten Abfalls nicht verstehen. Er begriff nicht, dass sich Jorge niemals an seinen jähen Statuswechsel gewöhnt hatte. Der große Seher und Zauberer war jetzt nur noch ein wandernder Bettler, sein einziges Zuhause eine zugige Höhle.

Der Zauberer hörte den Markt zunächst nur, ein Geplapper von rauen Stimmen, Tratsch und lautem Warenanpreisen. Dann erst roch er ihn – Dung, Schweiß und Blut, der frische, erdige Geruch von Gemüse und der starke Geruch von Getreide. Jesyah hüpfte im Schlamm vor ihm her und flog dann zu einem Dachfirst hinauf, während Jorge sich mit dem Stab seinen weiteren Weg erspürte. Er erhob sein klagendes Bettlergeschrei, klapperte mit seiner Schale, folgte dem Klang freundlicher Stimmen und mied den Tritt oder den Hohn der Unfreundlichen, während er die Menge mit seinem Hexensinn absuchte. Dies war das letzte Dorf vor der steilen Gebirgskette der Weißlockenberge, es verbarg sich halb in den Ausläufern des Waldes. Hier hätten vielerlei Arten von Lebewesen leben sollen, aber obwohl er Anzeichen von Mischlingen sah, konnte er an ihrem Geruch erkennen, dass sie in der Angst lebten, entdeckt zu werden. Es gab hier keine Zauberwesen, keine *Uile-Bheistean*. Hier und da erhaschte er jedoch flüchtige Eindrücke von etwas anderem, etwas, das sein Blut vor Aufregung in Wallung brachte. Hier war ein großes *Talent*, dessen war er sich sicher; er spürte das Prickeln der Macht wie gasförmiges Quecksilber in seiner Nase.

Er reckte den struppigen weißen Kopf vor, stolperte durch die Menge und versuchte, die Quelle der Macht zu finden. Ihrer Schnelligkeit und Beweglichkeit nach zu urteilen, hätte es ein Irrlicht oder sogar ein kleines Waldzauberwesen sein können. Aber die Magie glich nicht der eines einfachen Zauberwesens. Sie war eindeutig menschlich, wenn auch mit einem Hauch Zauberei vermischt.

Gerade als er die Quelle der Magie ausfindig gemacht zu haben glaubte, kam sie hüpfend und mit jungenhaftem Kichern auf ihn zugesprungen. Zwei Jungen prallten gegen ihn und warfen ihn um. Eine junge Frau schalt die Jungen, half Jorge dann auf und klopfte ihm den Staub von der zerlumpten Kleidung und vom Bart. »Es tut mir Leid. Die Jungen richten so viel Unheil an.«

Diese erhoben sich lachend und stießen einander an. Jorge drehte hilflos den Kopf und versuchte, den Schlag einzuordnen, den er hörte. Der Junge mit der Magie richtete sich auf und sagte verwundert: »Mam, er is' blind. Der arme alte Mann is' blind. Ach, sollt ich nicht …?«

»Nein, nein, komm weg, Junge«, sagte die Frau hastig und ergriff seinen Arm. Sie entschuldigte sich erneut bei Jorge und zog den Jungen fort. Jorge hörte ihn sagen: »Aber Mam …« Jorge beschäftigte sich wieder mit dem Betteln um Speisereste und Münzen, wobei er von Ersterem erstaunlich viel und von Letzterem nichts bekam. Großzügig, aber arm, stellte er fest, während er um Ecken schlich, seine Gerüchte verbreitete und seine Prophezeiungen murmelte.

Eine junge Frau beugte sich zu ihm und flüsterte ihm ins Ohr: »Still, alter Mann, es sin' Soldaten im Dorf, die nach *Uile-Bheistean* suchen. Sie werden Euch für 'ne Hexe halten.«

Jorge beachtete die Warnung, denn er wollte unbedingt den Jungen wiederfinden, und wenn die Roten Garden Schwierigkeiten machten, hätte er keine Gelegenheit mehr dazu. Als die Marktleute zusammenpackten und die Luft frostig wurde, schleppte sich Jorge davon, während er den Raben fragte, ob er, wie erbeten, darauf geachtet hätte, wohin der Junge gegangen sei. Jesyah war dem Kind und seiner Mutter von der Menge unbemerkt bis zu einem Haus außerhalb des Dorfes gefolgt und brachte Jorge nun dorthin, indem er lautlos durch die grauen Felder glitt.

Jorge streckte seinen Geist aus und erhaschte die von panischem Schrecken erfassten Gedanken der Mutter, während sie ihren Jungen schalt. *Du darfst über so was nich' sprechen, wo dich jedermann hören kann. Du darfst nich' denken, dass du jeden, der krank oder lahm oder blind ist, heilen sollst. Sie werden dich mir fortnehmen, sie werden dir wehtun und dich töten, wenn sie erkennen …*

Das Wort *heilen* stach aus dem Wirrwarr von Gedanken hervor und Jorge blieb erstaunt und hoffnungsvoll still stehen. Wenn die Vorzeichen und Träume stimmten, stand ihnen ein weiterer Krieg bevor, ein heftiger und blutiger Krieg. Von allen

Talenten, die in den vor ihnen liegenden schweren Zeiten gebraucht würden, war das des Heilens das wichtigste. Und es war solch ein seltenes *Talent* – durch Auflegen der Hände zu heilen und weniger mit der Kenntnis über Kräuter und Minerale, Medizin und Breiumschläge. Denn wie sonst könnte ein kleiner Junge heilen? Er musste magische Hände haben …

Jorges Knie zitterten, als er zur Vordertür hinaufging, und er musste sich auf seinen Stab stützen, während er sanft anklopfte. Innen erklang ein erschrecktes Scharren und dann folgte eine lange Pause. Jesyah flatterte gerade auf seine Schulter herab, als sich die Vordertür öffnete.

»Gnade mir, wenn das nich' der blinde Bettler ist!«, rief die Frau aus und Jorge spürte die Wärme, die sie ausstrahlte, während sie die Tür weiter öffnete. »Kommt doch rein, denn es wär für niemanden von uns gut, wenn die Roten Garden Euch hier sähen und nachschauten.«

Sie führte ihn hinein, machte es ihm am Feuer bequem und reichte ihm Suppe, während Jorge kaum ein Wort sprach. Sie schien den auf seiner Schulter kauernden Raben und den Schmutz an seiner zerlumpten Kleidung nicht zu bemerken. Jorge rührte ihre einfache Großzügigkeit. Als er zu Ende gegessen hatte, schaute er auf und sagte sanft: »Ich bin wegen des Jungen gekommen.« Er spürte, wie die Frau erstarrte. »Ich erkenne, dass er Macht hat. Ich kann es sehen.«

»Ihr seid nur ein blinder, alter Bettler, was könnt Ihr schon sehen?«, schrie sie wütend.

»Ich sehe, was Eure Augen nicht sehen können«, sagte Jorge freundlich. »Fragt mich nicht, was ich sehe, weil ich dann gezwungen bin, es Euch zu sagen, und Ihr wollt vielleicht nicht hören, was ich zu sagen hätte.«

Er hörte, wie sie sich schwerfällig niederließ, und spürte dann, wie sie seine Hand zwischen die ihren nahm. Ihre Handflächen waren rau und schwielig. »Was soll ich tun? Was soll ich tun?«, murmelte sie.

»Ihr müsst den Jungen meiner Obhut überlassen.«

Sie erwiderte schwach: »Aber warum? Er war bis jetzt bei mir in Sicherheit.«

»Der Rìgh hat Sucher ausgesandt, um jedes Wesen und jedes Ding mit magischen Kräften aufzuspüren. Euer Junge lodert wie 'ne Fackel. Wenn Sucher dieses Tal durchqueren, werden sie ihn finden. Daran besteht kein Zweifel.«

Sie wehklagte ein wenig und bewegte ihre Finger unruhig über seinen. »Aber was könnt *Ihr* tun?«

»Ich kann ihn abschirmen und, wenn nötig, schützen.«

»Ihr seid ein Zauberer.«

»Ich bin, was ich bin, meine Liebe. Seid versichert, dass dem Jungen kein Schaden zugefügt wird, wenn ich es irgendwie verhindern kann. Er wird bei mir sicherer sein als hier.«

»Nein, wie könnt Ihr so was sagen? Er sollt bei seiner Mam sein. Wer kann ihn besser beschützen als ich?«

»Was wollt Ihr tun, wenn die Roten Garden kommen? Wie wollt Ihr sie aufhalten?«

»Das Dorf kümmert sich um seine Bewohner.«

»Das Dorf würde bis auf die Grundmauern niedergebrannt und jedermann erhängt, der seine Hand gegen die Garden erhöbe.«

»Wir könnten ihn verstecken.«

»Ihr begreift es nicht. Ich bin blind und doch konnte ich der Spur Eures Sohnes folgen, als er durch den Markt lief. Ich konnte Euch hierher folgen. Und wenn ich es kann, können es auch andere.« Während er dies aussprach, spürte er, wie die Frau in sich zusammensank, und wusste, dass er sie überzeugt hatte. Er fragte sich, ob es seinen Schwur, die Wahrheit zu sagen, beeinträchtigte, wenn er nicht erwähnte, dass sein zweites Gesicht ausgesprochen präzise war und er viele Dinge sah, die andere nicht sehen konnten, selbst die Sucher der Liga gegen Hexen nicht, von denen nur wenige überhaupt ein großes *Talent* besaßen.

Genau in diesem Moment wurde eine Tür schwungvoll geöffnet und ließ einen Schwall kalte Luft herein. Das Kind betrat den Raum, während ihm seine magische Ausstrahlung voranströmte. Jorge atmete tief ein und ergriff seinen Stab.

Der Junge sah ihn und kam schlitternd zum Halt. »Schau, Mam, der alte, blinde Mann is' hier. Is' er gekommen, damit ich ihn berühre?«

Jorge wich jäh verängstigt zurück, als das Kind auf ihn zukam und seine Handflächen ausstreckte, als wollte es sie auf den Kopf des alten Mannes legen. Für Jorge schienen die Hände des Kindes machtvoll zu leuchten und er wusste, dass seine Augen geheilt würden, wenn es ihn berührte. Jesyah flog krächzend in die Dachsparren hinauf und Jorge kletterte über die Bank davon und stieß dabei das Kamingeschirr um, sodass die Schürhaken und Feger ins Feuer stürzten.

Die Frau umfasste seine Schultern. »Es is' in Ordnung, alter Mann, es is' wahr. Er kann Euch heilen, obwohl ich nich' versteh, wie das sein kann.«

»Nein, nein, er darf mich nicht berühren«, rief Jorge und stürzte erneut davon, als das Kind mit noch immer ausgestreckten Händen auf ihn zukam.

»Aber Ihr seid blind und ich kann Euch wieder sehen lassen, ich kann es wirklich«, sagte der Junge und trottete hinter ihm her. Er bekam eine Ecke von Jorges Plaid zu fassen und der Seher verspürte einen Moment lang reine Panik. Jesyah stürzte von den Dachsparren herab wie ein schwarzer Lichtblitz und der Junge schrie auf, fiel zu Boden und hob die Arme über den Kopf. »Ich bin aus gutem Grund blind«, keuchte Jorge, kletterte über den Tisch und stieß sich heftig die Hüfte.

Jesyah flatterte in die Dachsparren zurück und sowohl die Frau als auch der Junge erhoben sich wieder, obwohl sie noch immer Scheu vor dem Raben hatten. Jorge konnte ihre zweifelnden Blicke spüren und der Junge fragte eher traurig: »Ihr wollt nich' geheilt werden?«

»Nein, Junge. Ich kann mit meinen blinden Augen Dinge sehen, die ich verpassen würde, wenn meine alltägliche Sicht zurückkehrte. Ich bin schon weitaus länger blind, als du auf der Welt bist, oder auch nur deine Mutter, was das betrifft. Ich bin zufrieden damit, blind zu bleiben.«

Der Junge setzte sich auf die Bank und sagte froh: »In Ordnung, ich werd Euch nicht berühren.«

»Versucht er jedermann zu berühren, der krank oder verkrüppelt ist?«, fragte Jorge.

Die junge Frau nickte, wurde sich dann bewusst, dass der Seher es nicht sehen konnte, und antwortete mit gedämpfter Stimme: »Ja mein Laird.«

»Ich bin kein Laird, nur ein blinder Bettler. Ich brauche einen kräftigen Jungen, der mir hilft, meinen Weg zu finden.«

»Ach, das kann ich! Darf ich, Mam?«

»Du willst mich verlassen?«

»Nur für eine kleine Weile, Mam. Außerdem hab ich es dir gesagt. Ich hatte Träume vom Krieg und du weißt, dass man mich brauchen wird.«

Jorge spürte, wie sein Kinn herabsank, und spürte den wehmütigen Blick, den die Frau ihm zuwarf. »Ihr wisst nicht, was Ihr verlangt, alter Mann«, sagte sie. »Tòmas ist kein gewöhnlicher Junge. Ihr werdet Mühe haben, ihm Sicherheit zu bieten.«

»Wie alt bist du?«

»Ich bin acht«, antwortete Tòmas vollkommen gelassen. »Nun, fast!«

»Magst du mich auf meinen Reisen begleiten?«

»Werde ich betteln müssen?«

»Nein, wenn du nicht willst, obwohl ich es für eine ausgezeichnete Möglichkeit halte, wichtige Informationen zu bekommen. Die Menschen ignorieren einen Bettler, verstehst du?«

»Die Menschen ignorieren mich niemals.«

»Nun, wir werden dir beibringen müssen, wie man ignoriert wird, mein Junge, denn Aufmerksamkeit ist genau das, was wir nicht wollen.«

»Also werdet Ihr ihn mir wirklich nehmen?«, fragte seine Mutter und ihre Stimme war eine seltsame Mischung aus Zorn, Sorge, Bedauern und Erleichterung. »Kann ich nicht auch mitkommen?« Jorge schüttelte den Kopf. »Es tut mir Leid, aber drei sind schon eine Menschenmenge, und für eine Menschenmenge ist es schwierig, unbemerkt durch die Linien der Roten Garden zu gelangen.«

»Was werdet Ihr mit ihm tun?«

»Ich werd ihn mit in meine Heimat in den Weißlockenbergen nehmen und ihn lehren, wie er sein *Talent* kontrollieren und verbergen kann. Er wird mein Lehrling und Gehilfe sein. Und dann, wenn die Zeit kommt, werden wir ihn einsetzen. Denn Euer Junge hat Recht, ein Krieg steht bevor und die Vorzeichen sind nicht gut. Wir leben in gefährlichen Zeiten, meine Liebe, und ein Heiler ist selten und kostbar. Aber Ihr braucht nicht zu befürchten, dass ich ihn zu Schaden kommen lassen werde.«

»Werden die Hexen zurückkehren?«, fragte der Junge mit seiner hohen Piepsstimme.

»Wenn Eà es zulässt«, antwortete der blinde Seher.

Isabeau die Gefangene

Isabeau erwachte in einem roten Nebel aus Schmerz und stöhnte leicht, als die dunkle Stille allmählich wich. Sie konnte tiefe, raue Stimmen bestürzt und ängstlich rufen hören, lag in dumpfem Unverständnis da und lauschte darauf.

»Die Großsucherin wird unsere Köpfe fordern!«

»Ruft die Schlosswachen! Sagt ihnen, dass die Hexe den Großinquisitor getötet hat!«

»Jemand muss die Leiche fortschaffen. Tritt nich' ins Blut, du Narr!«

Isabeau wimmerte und drehte den Kopf vom Licht fort, dessen Helligkeit ihr in die Augen stach.

»Die Hexe kommt zu sich.« In der rauen Stimme klang Angst mit.

»Soll ich sie wieder bewusstlos schlagen?«

»Nein, lass sie in Ruhe. Sie werden sie für die Verhandlung wach haben wollen. Aber lass sie in Ketten.«

»Wenn sie den Großinquisitor so angekettet töten konnte, warum ist sie dann nicht entkommen?«

»Sie hat uns wahrscheinlich kommen hören«, erwiderte der andere Soldat und rief dann aus: »Natürlich! Das können wir der Großsucherin erzählen. Die abscheuliche Hexe wäre entkommen, wenn wir nich' was Verdächtiges gehört und nachgeguckt hätten.«

»Ich hab nichts gehört.«

»Gut, du kannst ihr das sagen, wenn du willst. Ich hab aber Lärm gehört und bin rechtzeitig hierher gelaufen, um die Hexe an der Flucht zu hindern, wenn auch zu spät um den Großinquisitor zu retten.«

»Sie muss sehr mächtig sein, wenn sie Baron Yutta töten konnte.« Erneut klang Besorgnis in der Stimme des Soldaten mit.

Sein Gefährte spie geräuschvoll auf den Boden. »Je eher wir sie an das *Uile-Bheist* im See verfüttern, desto besser, mein ich. Obwohl es schade ist – sie ist ein hübsches Ding.«

»So hübsch nun auch wieder nich'.«

»Ach, ich würd keine Hexe anrühren, gleichgültig wie hübsch sie is'. Vielleicht würde mein bestes Stück einschrumpfen und abfallen und wo wär ich dann?«

Isabeau glitt in die Dunkelheit und wieder heraus und spürte ein seltsames Tosen in den Ohren. Das raue Gelächter kam in Wogen und klang bizarr und teuflisch. Sie versuchte, sich zusammenzurollen, merkte aber, dass sie sich nicht rühren konnte, wegen des kalten Eisens an Handgelenken und Knöcheln.

»Sie regt sich.« Das Licht kam näher, sodass sie stöhnte und den Kopf hin- und herwarf. »Er hat ihre Hand völlig zerquetscht. Sieh dir das an.«

»Tod allen Hexen«, sagte der andere fromm.

»Sie is' noch ein Kind. Kann nicht viel älter als meine Schwester sein, die erst fünfzehn is'. Wahrhaftig – das muss wehtun! Schlimm.« Er öffnete die Schraubvorrichtung und als das Blut in Isabeaus zerquetschte Finger zurückfloss, schrie sie auf und wurde erneut bewusstlos.

Als sie wieder zu sich kam, lag sie unter einer Decke auf dem Boden. Sie regte sich ein wenig und war froh, als sie merkte, dass sie sich überhaupt bewegen konnte. Isabeau schmiegte sich in den rauen Stoff, während die bittere Kälte auf ihre nackte Haut traf. Einen Moment lang konnte sie sich nicht erinnern, was geschehen war, aber dann sah sie auf dem Boden eine von einem

Umhang verhüllte Gestalt und die Erinnerungen strömten auf sie ein. Sie wünschte, dem wäre nicht so. Als sie sich zusammenzurollen versuchte, um den Erinnerungen zu entgehen, schrie ihr ganzer Körper protestierend auf und sie schluchzte leise.

»Still, Hexe«, sagte Blyns raue Stimme. »Reg dich nich' und red nich', sonst schlag ich dich wieder bewusstlos. Deine Verhandlung wurde vorverlegt, denn du bist viel zu gefährlich, um noch eine Nacht am Leben gelassen zu werden.« Isabeau war so benommen und hatte solche Schmerzen, dass sie wenig Sinn in dem erkennen konnte, was der mit einer Kapuze verhüllte Wächter sagte. Sie wollte nur wieder schlafen und schloss seufzend die Augen. Sie hörte Füße um sich herumtrampeln und weitere Stimmen, aber dann herrschte Stille. Isabeau musste eine Weile geschlafen haben, denn das Nächste, was sie bemerkte, war, dass sie durch den beißenden Geruch von Riechsalz unter der Nase wachgerissen wurde.

»Komm, es is' Zeit für deine Verhandlung. Steh auf.«

Isabeau öffnete die Augen und schrak verängstigt zurück, als sie die unheimliche Kapuze des Wächters sah. »Spiel bei mir nich' das Kind«, sagte Blyn. Sie schüttelte den Kopf, ihre blauen Augen waren vor Entsetzen geweitet. Er gab ihr etwas zu trinken, das wie Feuer in ihrer Kehle brannte. Ihr Blick klärte sich und die Schwäche wich ein wenig. Elendig zitternd schaute sie nach unten und spürte, wie sich ihr Magen verkrampfte. Ihre linke Hand war eine blutige Masse, glich eher der Flosse eines Otters als einer Hand. Die Finger und der Daumen waren in der Nähe des Gelenks zerquetscht und Splitter drangen durch die angeschwollene und geschwärzte Haut. Isabeau wusste genug übers Heilen, um zu erkennen, dass sie bestenfalls verkrüppelt bleiben würde. Schlimmstenfalls würde sie ihre Hand verlieren, wenn sie nicht bald behandelt würde.

»Wir werden sie verbinden müssen«, sagte Blyn. »Ich kann dich nicht das ganze Schloss unseres Laird mit Blut volltropfen lassen. Ben, hol den Blutsauger!«

Isabeau gelang es, sich aufzusetzen und an ein Bein der Folterbank zu lehnen. Sie blickte wie gebannt auf ihre Hand. Nach langer Wartezeit kam der Arzt herangeschlichen, ein aufgeregter, kleiner Mann mit einer mit Troddeln versehenen Kappe auf dem Kopf, und betrachtete angewidert die blutbefleckten Folterinstrumente. »Es ist nicht nötig, die Hexe zur Ader zu lassen, denn sie wird ohnehin heute Nacht hingerichtet. Ich werd sie nur säubern.«

»Ich bin keine Hexe«, sagte Isabeau deutlich.

Der mit der Kapuze verhüllte Wächter und der Arzt wechselten ungläubige Blicke und dann wurde Isabeau gezwungen, eine übel schmeckende Flüssigkeit zu trinken, durch die sich in ihrem Kopf alles drehte. Der Arzt säuberte sorgfältig ihre Wunden, schiente grob ihre Finger und wickelte das Ganze in Verbände.

»Das sollte die Blutung eine Weile stoppen«, sagte er und packte seine Tasche wieder ein. »Auf jeden Fall lange genug, dass sie die Verhandlung übersteht. Ich weiß nicht, warum sie sich die Mühe noch machen, denn sie ist eindeutig eine Hexe, so wie sie den Großinquisitor getötet hat, angekettet und gefesselt wie sie war!«

»Ich hab den Großinquisitor nicht getötet!«, sagte Isabeau verzweifelt. »Es war ein Unfall. Das Rad hat sich einfach gelöst.«

Sie wechselten über ihren Kopf hinweg erneut Blicke und dann sagte der Wächter mit schwerfälligem Lachen: »Erzähl das den Richtern!«

In dem Moment schwang die Tür der Folterkammer auf und ein Kontingent Roter Garden marschierte herein. Blyn trat augenblicklich zurück und blieb mit über seiner wuchtigen Brust verschränkten Armen stehen.

»Kann sie gehen?«, fragte ein Wächter und der Riese brummte bestätigend.

Sie zogen sie hoch und bald darauf konnte Isabeau stehen. »Ich muss mich waschen und säubern«, sagte sie und blickte dem Rotgardisten in die Augen. Kurz darauf nickte er und sie wurde in den Raum des Großinquisitors geführt, wo noch immer ihr Rucksack auf dem Tisch lag. Es war schwer abzuwarten, bis man die Tür hinter ihr geschlossen hatte, aber sobald Isabeau allein war, eilte sie hin und durchstöberte den Rucksack. Ihre Finger schlossen sich mit pochendem Herzen um den magischen Beutel und sie presste ihn an ihre Brust, während sie Eà inbrünstig dankte.

Das Wiedererlangen des Talismans gab ihr neuen Mut, denn der Großinquisitor hatte ihren Rucksack zwar untersucht, aber er war jetzt tot und sein Wissen mit ihm gegangen. Wenn es Isabeau nur gelänge, die Richter von ihrer Unschuld zu überzeugen oder erneut zu entkommen!

Mit neuerlicher Hoffnung durchsuchte sie ihren Rucksack noch einmal und fand die kleine Flasche *Mithuan*, die sie darin trug. Sie schaffte es, die Flasche zu öffnen, indem sie sie zwischen den Knien hielt, trank mehrere Mundvoll und spürte die Flüssigkeit durch ihren Körper strömen, ihr neue Kraft verleihen und die Schmerzen lindern. Sie wusch sich langsam das Gesicht und so viel ihres Körpers wie sie erreichen konnte und versuchte, den Gestank von Baron Yuttas Berührung sowie den Schmutz ihrer Nacht in der Zelle loszuwerden. Sie konnte sich nicht die Haare waschen, denn das dauerte viele Stunden, aber sie schüttelte das Stroh heraus und auch, so gut sie es mit einer Hand konnte, die Läuse, und wand das lange Seil dann am Hinterkopf zu einem groben Knoten. Mit ihren Sinnen kehrten auch ihre Erinnerungen zurück und sie weinte langsame, heiße und beschämte Tränen, während sie sich wusch.

Als sie sich so weit gesäubert hatte, wie es ihr möglich war, nahm sie ein kleines Gefäß mit einer Salbe hervor, die stark roch und beim Einreiben wie Feuer brannte, ihren Gelenken aber große Erleichterung verschaffte. Sie hielt häufig inne um sich auszuruhen, während sie das graue Gewand anzog, das sie in ihrem Rucksack trug, und die sittsame weiße Kappe über ihr Haar zog, wobei sie möglichst viele Haare darunterstopfte. Sie befestigte den Beutel mit seinem kostbaren Inhalt in ihrem Kleid, trug ihn direkt auf der Haut.

Während sie sich zurechtmachte, ging sie ihre Geschichte noch einmal durch, suchte nach Fehlern und verbesserte Details, bis sie sich sicher war, überzeugend lügen zu können. Sie hatte, trotz ihrer Schwüre, keine Bedenken zu lügen, denn sie wusste, dass die Vergeltung für Wahrheitsliebe der Tod war, und Isabeau wollte jetzt noch nicht sterben.

Sie wurde aus dem Zellenblock heraus in den Hof geführt, wo sie auf einen von einem großen, alten Zugpferd gezogenen Karren gehoben wurde. Die Hände wurden ihr wegen ihrer Verletzung nicht gefesselt, aber sie banden sie mit einem Seil um den Hals fest an den Karren. Isabeau presste ihre verletzte Hand an sich, als der Karren aus dem Hof auf die Straßen der Stadt rumpelte. Sie wurde sich augenblicklich der Tatsache bewusst, dass ihre Verhandlung wohl keine verschwiegene, unwichtige Angelegenheit war. Die Straßen Caerylas waren von Menschen gesäumt – von Menschen die sie verhöhnten und mit faulem Obst bewarfen, und von anderen, die besorgt und mitleidig zusahen. Da Isabeau die Geschosse aus Angst, sich zu verraten, nicht mit Magie abwehren konnte, verharrte sie mit hoch erhobenem Kopf in Schweigen.

»Verdammte Hexe!«, buhte die Menge. »Böse Zauberin.«

Isabeau tat ihr Bestes, wie ein einfaches Mädchen vom Lande zu wirken, das nicht verstand, was mit ihm geschah, aber innerlich brannte sie vor Zorn und wollte Feuerkugeln schleudern, wie sie es nach ihrer Prüfung während des Kampfes mit den Roten Garden getan hatte.

Das Zugpferd strengte sich an, um das Gewicht des Fahrzeugs die steilen Kopfsteinpflasterstraßen zum Schloss hinaufzuziehen, das auf einer hohen Landspitze über der Stadt und dem dunstverhangenen Wasser des Sees thronte. Isabeau wurde mehrere Male fast zu Boden geschleudert, als der Karren über die

Steine holperte, aber es gelang ihr, das Gleichgewicht zu bewahren. Sie biss sich vor Schmerzen in der Hand die Lippen blutig. Ein kleiner Junge bewarf sie mit einer Tomate und erwischte sie voll an der Wange, woraufhin die Menge johlte, aber sie ignorierte es und sah die Menschen trotzig an. Ein junger Mann in einem hellblauen Wams sah sie bestürzt an, als ob er sie wiedererkannt hätte, und Isabeau wandte sich um und beobachtete ihn, während der Karren weiterrollte. Sie war sich ebenfalls sicher, dass sie ihn schon einmal irgendwo gesehen hatte. Der Gedanke steigerte ihr Unbehagen nur noch.

Schließlich befanden sie sich innerhalb der Schlossmauern und die Wächter stießen Isabeau in die große Halle, in der öffentliche Verhandlungen durchgeführt wurden. Die Wände waren von neugierigen Zuschauern gesäumt und auf einem wunderschön geschnitzten Thron auf einem Podest saß ein kleiner Junge, nicht älter als sieben Jahre. Er war sehr dunkel, hatte schwarzes Haar und schwarze Augen sowie glatte, olivfarbene Haut. Isabeau machte vor ihm einen Hofknicks und verneigte sich vor den Richtern – zwei Männer und einer Frau in Karmesinrot. Isabeaus Blut gefror, als sie die Hexenschnüfflerin Glynelda erkannte, und sie war froh, dass die Großsucherin sie niemals wirklich gesehen hatte. Das war ihre einzige Hoffnung.

Ein Herold stand auf, begrüßte die Lords und Ladys ausführlich und formell und verlas dann mit gewundenen Worten die Anklagen. Müde und mit schmerzenden Gelenken konnte Isabeau sie fast nicht verstehen und so zögerte sie, als sie gefragt wurde, was sie darauf erwidern wolle. »Es tut mir Leid, aber ich habe nicht verstanden, was Ihr gesagt habt.«

Die Menge murmelte und lachte leise und Isabeau errötete. Der Laird Serinyza beugte sich vor und sagte mit hoher, klarer Kinderstimme: »Du bist der Hexerei beschuldigt.«

Isabeau erschauderte. »Der Hexerei? Ich?« Sie ließ Tränen aufwallen. »Aber ich bin nur ein Mädchen vom Lande, Mylord. Ich bin Mari Collene aus Byllars. Meine Familie ist in unserer

Gegend für Frömmigkeit und Gesetzestreue wohlbekannt. Tatsächlich hat mein Dad unseren Laird einmal vor dem Ertrinken gerettet und daher durften wir den Bergfried betreten um unsere Waren und Habe zum Handeln hineinzubringen.«

Wie sie gehofft hatte, wirkte die Natürlichkeit ihrer Geschichte auf die Leute, die leise miteinander flüsterten. Isabeau dankte Meghan erneut für ihre besessene Geheimhaltung, was bedeutete, dass Isabeaus Geschichte praktisch wasserdicht war. Es gab eine Familie Collene in Byllars, einem kleinen Dorf in den Highlands, und ein Collene hatte auch den ortsansässigen Laird vor dem Ertrinken gerettet, was zu den besagten Privilegien geführt hatte, die Isabeau gerade erwähnt hatte. Außerdem gab es in der Familie Collene auch eine weise Frau, die stets irgendwo unterwegs war und Kräuter sammelte und üblicherweise eines oder zwei ihrer Enkelkinder bei sich hatte. Die Familie war in den Bezirksunterlagen aufgeführt und es gab mehrere Enkelinnen namens Mari, weshalb Meghan diesen Namen für ihren Schützling ausgewählt hatte. Isabeau hatte diese Geschichte schon geübt, als sie noch ein kleines Kind war. Einer der Richter beugte sich herab und fixierte sie mit starrem Blick. »Du bist des Diebstahls eines Pferdes durch den betrügerischen Gebrauch der Hexerei angeklagt, junge Dame, sowie der Rettung eines Staatsfeindes. Außerdem hast du dich der Festnahme widersetzt und mehrmals versucht, unserem rechtmäßigen Gewahrsam zu entfliehen, wiederum durch den betrügerischen Gebrauch deiner Hexerei. Und als wären diese Verbrechen noch nicht abscheulich genug, bist du außerdem des Mordes an Baron Yutta, dem Großinquisitor der Liga gegen Hexen, angeklagt. Was hast du dazu zu sagen?«

»Ich hab niemals nich' ein Pferd gestohlen«, schluchzte Isabeau. »Das is' alles nich' wahr! Ach, bitte glaubt mir, mein Laird. Ich wurde geschlagen und gefoltert und eingesperrt, aber ich hab nichts Falsches getan!«

»Du bist auf einem hübschen Vollbluthengst nach Caeryla hereingeritten. Sollen wir dir vielleicht glauben, dass ein einfaches Mädchen vom Lande wie du ein solches Pferd besitzt?«

»Ach, nein, Eure Lairdschaft. Das Pferd gehört nich' mir.« Die Worte erregten Aufsehen, aber Isabeau fuhr tapfer fort. »Aber es gehörte meinem Dad, bis es vor vielen Jahren gestohlen wurde.«

»Beschuldigst du mich jetzt des Diebstahls?«, sagte die Lady Glynelda in derart frostigem Tonfall, dass Isabeau ernsthaft zu stottern und zu schwanken begann.

»Nein, nein, Mylady, so was würd ich niemals behaupten, nein. Aber vielleicht habt Ihr das Pferd von jemandem gekauft, der es von jemandem gekauft hat, der es gestohlen hat, mehr wollt ich damit nicht sagen.«

»Du weißt, dass der Hengst Garlen einst der Banrìgh selbst gehörte und bester Herkunft ist?«, fragte die Großsucherin verächtlich, aber Isabeau nickte eifrig.

»Oh, ja, er is'n feiner Hengst, Mylady, von der Angharar-Blutlinie.« Dann ratterte Isabeau die Blutlinien des Pferdes herunter, dankbar sowohl für die Unterhaltung der Wächter, die sie belauscht hatte, als auch für ihr ausgezeichnetes Gedächtnis. Sie konnte erneut erkennen, dass sie die Menge beeindruckt hatte, obwohl die Richter skeptisch blieben. Sie stellten weitere Fragen über die Blutlinien, in der Hoffnung, sie zu Fall zu bringen, aber Isabeau war sehr vorsichtig und nutzte ihr fundiertes Wissen über Pferde. Alle Pferde auf der Insel stammten von jenen ab, die bei der Großen Durchquerung hierher gebracht worden waren, da Pferde in Eileanan nicht heimisch waren. Aber nur wenige stammten von den sechs großartigen Hengsten von Cuinn Löwenherz ab. Lasair entstammte dieser Linie, die auf den weiten Ebenen von Tìreich von dem großen Pferde-Laird Ahearn selbst gezüchtet wurde.

»Und woher weiß ein Mädchen vom Lande so viel über Pferde?«, fragte die Hexenschnüfflerin. »Es ist offensichtlich, dass sie eine geübte Pferdediebin ist.«

»Ich bin keine Pferdediebin!«, rief Isabeau zornig. »Ach, ich bitte um Verzeihung, Mylady, aber die Familie Collene ist eine ehrwürdige Familie und niemand hat jemals so was von uns behauptet. Nein, mein Dad arbeitet in den Ställen des Laird und wir sin' schon seit vielen Generationen Pferdeausbilder und Züchter.« Letzteres entsprach nicht der Wahrheit, da die wirklichen Collenes Jäger waren, aber Isabeau dachte, sie könnte damit durchkommen. »Lasair wurde meinem Dad als kleines Fohlen übergeben, aus Gefälligkeit für die Lebensrettung des Laird.«

»Wie hast du den Hengst genannt?«, fragte die Sucherin stirnrunzelnd.

»Lasair. Das is' sein Name.« Sie erzählte, dass sie die vielen Meilen nach Caeryla gelaufen sei um für ihren Vater und ihre Großmutter, die weise Frau, Besorgungen zu machen, bis sie schließlich auf Lasair getroffen sei, der frei auf dem Hochland gegrast habe. Isabeau habe ihn sofort erkannt und zu sich gerufen und sei die letzten wenigen Meilen zur Stadt geritten, wo sie habe um Rat fragen wollen, was mit ihm zu tun sei. Obwohl ihrem Vater der Hengst vor vielen Jahren gestohlen worden sei, habe er ein neues Brandmal auf der Flanke, und sie, Mari, habe nicht gewusst, wie die gesetzmäßige Lage bei einem Jahre zuvor gestohlenen Pferd sei.

Die Befragung ging hin und her, aber es war keine Lücke in Isabeaus Geschichte zu finden. Plötzlich nahm die Sucherin einen großen Briefbeschwerer hoch und warf ihn Isabeau an den Kopf. Isabeaus instinktive Reaktion wäre gewesen, ihn mit Magie abzulenken, aber sie erinnerte sich rechtzeitig und wehrte sich nicht. Er traf sie hart zwischen die Augen und sie sank blutend zu Boden.

Der Gerichtssaal war sofort in Aufruhr und Laird Serinyza protestierte verärgert. Die Sucherin selbst war ein wenig beunruhigt. »Es tut mir Leid, mein Laird«, sagte sie. »Das ist ein üblicher Trick, um eine Hexe zu entlarven, die Gegenstände normalerweise ablenken kann.«

»Ich bin keine Hexe nich'«, schluchzte Isabeau und versuchte, den Blutfluss mit der Hand zu stoppen. »Ich hab doch schon gesagt, dass ich keine Hexe bin. Warum tut ihr mir so weh?«

Laird Serinyza wies den Arzt an, sich um Isabeau zu kümmern, und bald war ihr Kopf verbunden und der Tumult im Gerichtssaal legte sich. Isabeau machte viel Aufhebens von ihrer Verletzung, schluchzte leise und hielt sich den Kopf. Zwischen den Schluchzern erzählte sie dem Gericht erneut, wie sie gefoltert worden war, und hielt ihre blutbefleckte, verbundene Hand hoch, damit sie sie sahen.

Die Hexenschnüfflerin erinnerte das Gericht daran, wie Isabeau mit Hilfe ihrer Hexerei zu entkommen versucht hatte.

»Ich hab das Schloss mit meiner Haarnadel geöffnet!«, rief Isabeau aus und die Großsucherin warf ihr einen dermaßen hasserfüllten Blick zu, dass sich Isabeaus Kehle vor Angst verengte.

Die Richter begannen leise zu debattieren. Die Lady Glynelda musste zugeben, dass sie den Dieb nicht gesehen hatte, der ihr Pferd gestohlen hatte, dass es bei Nacht geschehen sei und sie geschlafen hatte. Sie beschrieb hochmütig, wie sie Isabeau aufgespürt hatte, indem sie den in der Luft liegenden Spuren der Zauberei gefolgt war, sowie den physischen Beweisen wie Hufabdrücken und den Resten eines Feuers, wo der Dieb Rast gemacht hatte. Sie sagte, der Dieb hätte einem Staatsfeind zur Flucht verholfen – einem gefährlichen *Uile-Bheist*, den ihre geliebte Banrìgh unbedingt wieder einfangen wollte, bevor er noch mehr Unheil anrichtete. Sie war auf dem Weg gewesen, ihn zur Verurteilung nach Caeryla zurückzubringen, und er war in der Nacht mit der Hilfe des Diebes entkommen, der auch alle ihre Pferde befreit hatte. Nur indem sie die Roten Garden requirierte, die den Pass bewachten, hatte sie ihnen überhaupt folgen können.

Laird Serinyza fragte die Großsucherin, ob sie jetzt irgendwelche Hexerei riechen könne, und die Hexenschnüfflerin nickte. Isabeaus Herz sank. Stunden waren vergangen, seit sie die Macht zuletzt gebraucht hatte, und sie hatte sich gründlich gewaschen, aber das hatte offensichtlich nicht genügt.

»Aber ja, es riecht hier danach, gewiss«, sagte die Sucherin. »Ich kann ihren Gestank riechen und mir stehen alle Haare im Nacken zu Berge.«

»Das könnte an der Schlange liegen«, sagte der junge Laird ruhig. »Man hat mich gelehrt, sie sei ein magisches Wesen, und dieses Schloss ist stets vom Dunst des Sees erfüllt, der vielleicht den Geruch der Zauberei heranträgt.«

Die Hexenschnüfflerin blickte finster drein, als sei ihr die Idee verhasst, dass irgendein magisches Wesen existieren durfte. Isabeau fragte sich in der Tat, warum sie es nicht zur Strecke gebracht hatten, wenn man bedachte, dass der Liga gegen Hexen jedes magische Wesen verhasst war. Sie dachte aber, dass es vielleicht zu bequem war, es sowohl als Vollstrecker als auch als Verteidiger der Stadt einzusetzen.

»Es stimmt, dass es hier stets nach Hexerei stinkt, mein Laird«, sagte die Sucherin, »aber dies ist etwas anderes. Ich hab die Zelle untersucht, in der die Hexe eingesperrt war, und dort gab es eindeutige Spuren von Hexerei, die sich deutlich von dem Geruch einer Zauberwesenschlange unterschieden. Auch das Schloss stank danach.«

Isabeaus Herz sank erneut. Sie fragte sich, wie Hexenschnüffler Magie so deutlich riechen konnten. War es ein Talent? Oder wurden sie auf irgendeine Art dazu ausgebildet? Wenn es eine angeborene Fähigkeit war, dann waren sie doch gewiss auch Hexen? Die Verhandlung schleppte sich dahin. Die Richter argumentierten nun über Isabeaus Geschichte, wobei die Lady Glynelda darauf beharrte, dass Isabeau log, während die anderen Richter halbwegs von ihrer Geschichte überzeugt waren. Besonders ein Richter stellte sich gegen die Großsucherin, ein ältlicher Mann mit ordentlich in Wellen gelegtem, weißem Haar und einem grünen Samtwams. Er sagte müde: »Sind wir es nicht leid, unsere Menschen der Seeschlange zu verfüttern oder sie zur Verbrennung nach Dùn Gorm zu schicken? Sie ist anscheinend nur ein Mädchen vom Lande und gewiss zu jung um die Fähigkeiten erlernt zu haben, welche die Großsucherin ihr so sicher anlastet. Die Gesetze der Wahrheit verlangen, dass niemand gefoltert werden soll, ohne dass zunächst seine Schuld bewiesen wurde. Und doch wurde sie auf die Streckbank gebunden und es wurden ihr die Daumenschrauben angelegt, eine grausame Foltermethode für ein unbewiesenes Verbrechen. Und wir haben keinen positiven Beweis, keine Zeugen aus erster Hand. Alles, was gesagt wird, soll durch die Tatsache bewiesen werden, dass sie Hexerei benutzt hätte, aber sie ist so jung – wie könnte sie solcher Geschicklichkeit und Gerissenheit fähig sein?« Isabeau verspürte zum ersten Mal Hoffnung, aber sie hielt den Kopf sittsam gesenkt.

»Die Begriffe der Hexen gehen Euch leicht von der Zunge, Laird Bailey, mit großer Vertrautheit und Behaglichkeit.« Die Stimme der Großsucherin troff vor Bitterkeit.

»Verzeiht, Lady Glynelda Großsucherin. Ich bin ein alter Mann und manchmal stehen meine Jugendjahre deutlicher vor mir, als das mittlere Alter, was auch für meine Sprache gilt. Ich möchte nur, dass wir vorsichtig und klug urteilen, dass wir nicht voreilig ›Hexe‹ schreien, wenn vielleicht nur eigentümliche Zufallseinflüsse im Spiel sind.«

»Zufall! Ich kann wahrhaftig erkennen, dass die Gegenwart nicht so klar vor Euch steht wie die Vergangenheit, mein Laird, wenn Ihr glaubt, dass hier der Zufall eine Rolle spielen könnte. Ein Zufall, dass mein Pferd gestohlen wurde und dieses Mädchen es reitet? Ein Zufall, dass sie uns wieder und wieder entkommt, obwohl ich die besten Spurenleser in ganz Rionnagan zur Verfügung habe? Ein Zufall, dass sie sich bei einer Dorfhexe verbirgt oder dass sie Baron Yutta tötet?«

Der junge Laird hob Schweigen gebietend die Hand. »Bitte, hören wir mit diesem Gezänk auf«, sagte er und die Richter schwiegen augenblicklich, obwohl sie nicht allzu erfreut darüber schienen, sich von einem siebenjährigen Jungen, der in seinem hohen Sitz winzig wirkte, sagen lassen zu müssen, was sie zu tun hatten. »Ich denke, ich weiß eine Lösung«, sagte er. »Die Beschuldigte sagte, sie habe den Hengst im Hochmoor frei laufend vorgefunden, und er habe sie erkannt und sei zu ihr gekommen, als sie ihn rief. Wenn das der Wahrheit entspricht, würde sich gewiss erweisen, dass der Hengst die Beschuldigte kennt, womit ihre Aussage bewiesen wäre. Warum rufen wir nicht den Hengst herbei?«

Erleichterung durchströmte Isabeau, obwohl einer der Richter höhnisch sagte: »Also wirklich, mein Laird, es ist lächerlich, ein Pferd als Zeugen aufzurufen …« Hier und da ertönte in dem von Menschen überfüllten Saal Gelächter, während gemurmelte Unterhaltungen laut wurden. Schließlich setzte sich der junge Laird jedoch durch und Lasair wurde hereingebracht, wiehernd und mit scharfkantigen Hufen nach dem Mann auskeilend, der ihn führte. Er wieherte Isabeau angstvoll zu, die jedoch nicht zu antworten wagte. Laird Serinyza wies die Großsucherin Glynelda an, vom Podest herabzusteigen und zu Isabeau zu treten, was sie mit vor Zorn starrer Miene tat. Einige wenige in der Menge kicherten und sie sah sich mit ihr deutlich ins Gesicht geschriebener Wut zu ihnen um. Die Menge verfiel in Schweigen. Lasair wurde in die Mitte des Raumes geführt, wo er sich aufbäumte, sodass der Stallbursche Mühe hatte, die Zügel festzuhalten. Dann ließ er los und Isabeau streckte die Hand aus und wieherte ihm »Lasair« zu, während die Sucherin ungeduldig »Garlen!«, rief.

Der Fuchs warf den wunderschönen Kopf auf, preschte zu Isabeau, lehnte sich an sie und wieherte unruhig. Lady Glynelda sagte verärgert: »Tatsächlich hab ich das verdammte Pferd noch niemals im Leben gerufen. Dafür hab ich einen Stallburschen!« Laird Serinyza sagte: »Seht, der Hengst kennt sie«, und Isabeau unterdrückte ihre Erleichterung. Der ganze Raum schien sich zu entspannen und Isabeau hielt den Atem an, nun sicher, dass sie freigelassen würde. Der Laird war die höchste Autorität bei dieser gerichtlichen Entscheidung, der höchste Richter außer dem Rìgh selbst.

»Sind noch weitere Beweise zur Aufrechterhaltung der Anklagen des Pferdediebstahls, der Hexerei, des Widerstands gegen die Gefangennahme und des Mordes vorzubringen?«, fragte der Herold.

»Ja«, rief die Großsucherin, »und ich denke, das wird den Fall zum Abschluss bringen.« Sie hielt zwischen zwei Fingern etwas in die Höhe und jedermann im Gericht bemühte sich, es zu sehen, aber was auch immer sie festhielt, schien unsichtbar, wodurch die Hexenschnüfflerin eher lächerlich wirkte. Als Glynelda den verwirrten Blick des Jungen bemerkte, erhob sie sich und trat zu ihm hinüber, der nun auf der Kante seines gewaltigen Thrones saß. Die Züge des jungen Laird sanken herab und Isabeaus Herz sank gleichermaßen. Die Großsucherin lächelte.

»Ich habe dies in der Nähe des Ortes an einem Ast gefunden, wo das *Uile-Bheist,* das wir gefangen hatten, geschlafen hat«, sagte sie mit triumphierender Stimme. »Es beweist, dass die Beschuldigte in den Büschen gelauert hat, während wir das Lager errichteten! Wir wissen, dass Hexerei nötig gewesen sein muss, um das *Uile-Bheist* zu befreien, sodass dies der Beweis dafür ist, dass die Beschuldigte eine Hexe ist!«

Isabeau bemühte sich verzweifelt zu erkennen, was die Großsucherin so triumphierend vor dem Gericht in die Höhe hielt, während im Raum gemurmeltes »Was ist es?« wie eine Seuche die Runde machte. Niemand konnte in den Händen der Hexenschnüfflerin etwas erkennen. »Es beweist außerdem, dass die beschuldigte Hexe meinen Hengst Garlen und die Pferde der Spurenleser, die das *Uile-Bheist* für uns aufgespürt haben, verhext und gestohlen hat. Zu diesen abscheulichen Verbrechen kommt der heimtückische und scheußliche Mord am Großinquisitor der großen Liga gegen Hexen, ebenfalls durch die üble Anwendung der Hexerei!«

Erst dann trat sie zu Isabeau und zeigte ihr, was sie in der Hand hielt – eine lange Strähne hellroten Haars. Dann riss sie Isabeau die Leinenkappe vom Kopf und zog so fest an ihrem Haar, dass Isabeau mit einem Schmerzensschrei auf die Knie fiel. Mit großem Gepränge verglich die Sucherin die Strähne mit Isabeaus rötlichen Locken. »Die Beschuldigte ist der Anklagen überführt!«

Isabeau versuchte, ihr Haar zu befreien, aber die Sucherin griff noch fester zu, sodass Isabeau dachte, sie würde ihr die Haare samt Wurzeln ausreißen. »Seht Euch die Länge dieses Haars an! Ich würd meinen gesamten Jahreslohn wetten, dass diese prächtigen Locken noch niemals mit einer Schere in Berührung gekommen sind. Dieses Mädchen ist eine Hexe! Ohne jeden Zweifel! Sie hat das *Uile-Bheist* befreit, das wir in den Bergen aufgespürt haben, und sie hat den Großinquisitor getötet, als er versucht hat, die Art ihrer Hexerei herauszufinden. Ich sage: Ertränkt sie! Verfüttert sie an die Seeschlange!«

Als die Menge im Sprechchor zu rufen begann: »Ertränkt sie! Ertränkt sie!«, trat Isabeau die Großsucherin hart in den Bauch, wand ihr Haar aus deren schwächer gewordenem Griff und sprang auf Lasairs Rücken. Bevor jemand mehr als nur aufschreien konnte, galoppierte der Hengst bereits durch den großen Saal, während die schreiende Menge aus dem Weg zu springen versuchte. Ein Mann trat vor das wild mit den Augen rollende Pferd und wurde niedergeritten. Während die Roten Garden ihr nachliefen, schrien und ihre Lanzen schwangen, rief die Großsucherin Glynelda: »Haltet sie auf! Sie hat mein Pferd wieder gestohlen!« Und der junge Laird auf seinem Thron lachte, bis ihm Tränen die Wangen hinabrannen.

Bereits den berauschenden Geschmack der Freiheit schmeckend, ließen Isabeau und Lasair die massiven Türen hinter sich und preschten die Stufen hinab. Vor ihnen bemühte sich eine Schlosswache, die hohen Tore zu schließen, die das Schloss von der Stadt trennten, aber Isabeau trieb Lasair an und der Hengst galoppierte über den Wächter hinweg, sodass er aufschrie und mit über den Kopf erhobenen Armen hinfiel. Dann waren sie in der Stadt; die Hufe klangen laut auf den Pflastersteinen. Hunde und Hühner stoben vor ihnen auseinander und sie stießen den Roten Garden hinter ihnen einen Karren mit Gemüse in den Weg. Sie sprangen über eine niedrige Mauer, wobei Lasair in der Geschmeidigkeit seiner Bewegungen seine Abstammung zeigte. Es ging eine schmale Gasse hinab und durch ein Labyrinth gewundener Straßen und schließlich verklangen die Geräusche der Verfolger. Isabeau riskierte einen Blick hinter sich und sah nur Leere.

»Wir haben es geschafft!«, wieherte sie und Lasair wieherte ebenfalls – und bekam Antwort von einem weiteren Pferd, als sie um eine Ecke auf einen Platz einbogen, der voller dunkel gekleideter Schlosswachen war. Isabeau zerrte an der Mähne des Hengstes, der jäh wendete und in die schmalen Straßen zurückeilte, aber schon erklangen wieder laute Verfolgungsgeräusche hinter ihnen, und nun waren die Verfolger zu Pferde. Lasair wurde müde und einmal glitt sein Huf auf undefinierbarem Schlamm aus, sodass er beinahe den Halt verlor. Sie preschten auf einen weiteren Platz voller Menschen und Isabeau musste Lasair scharf zügeln um niemanden zu töten. Jenseits des Platzes hob ein Mann, der einen farbenprächtigen Wohnwagen fuhr, die Hand, und Isabeau glaubte, ihren Namen zu hören, aber unmittelbar hinter ihr waren zwei Rotgardisten, welche die Jagd beide genossen. Isabeau trieb Lasair voran, versuchte, sich durch die Menge zu schlängeln, und hielt überall nach einer Fluchtmöglichkeit Ausschau. Eine Hand wurde erhoben und ihre Zügel ergriffen und sie ließ das Leder in Flammen ausbrechen, sodass der Soldat schreiend wieder losließ. Eine Lanze schwirrte auf sie zu und nur ihre Übung rettete sie, indem sie die Hand hob und sie in eine Mauer ablenkte. Nun war sie gefangen, mit dem Rücken zur Wand, und nur Lasairs auskeilende Hufe hielten die Wächter mit ihren langen Lanzen noch fern. Und auch Isabeau war sehr müde, konnte sich kaum noch aufrecht halten, während Blut aus der Wunde zwischen ihren Augen sickerte und ihre verletzte Hand Übelkeit erregend pochte. Sie unternahm einen letzten tapferen Versuch, trieb Lasair in großem Tempo voran, aber der junge Rotgardist drängte sein Pferd ebenfalls vorwärts, und der Hengst prallte gegen ihn. Isabeau verlor das Gleichgewicht und taumelte aus dem Sattel, während ihr die Pflastersteine rasch entgegenkamen.

Als Isabeau durch Schläge wieder ins Bewusstsein geholt wurde, ging die Sonne gerade unter. Sie lag in einer Pfütze kalten Wassers auf einem hölzernen Steg, während Dunst um sie waberte und das Wasser des Sees gegen den Landungssteg schwappte.

»Ich wollte, dass du merkst, was geschieht«, zischte die Sucherin Isabeau ins Gesicht. »Du hast geglaubt, du könntest mich lächerlich machen!« Und sie schlug Isabeau erneut hart, sodass ihr Kopf rückwärts auf den Holzboden aufschlug.

Eine Menschenmenge stand um sie herum, einschließlich des jungen Laird, der verängstigt wirkte, und der großen Gestalt Blyns, dessen Gesicht noch immer von der unheimlichen schwarzen Kapuze bedeckt war. Isabeau war so benommen und hatte durch ihre Verletzungen solche Schmerzen, dass sie kaum erkannte, was geschah. Sie wurde halb zum Rand des Landungsstegs gestoßen und halb getragen, das Wasser unter ihr war schwarz und vom treibenden Dunst verhüllt.

Lange Reden wurden gehalten, aber Isabeau registrierte kein Wort, stand nur benommen da und starrte in die rasch hereinbrechende Dunkelheit. Plötzlich ertönte ein Schrei und alle sprangen hastig vom Rand zurück.

»Es kommt!«, schrie der Laird teils aufgeregt, teils angstvoll. Isabeau schaute mit trübem Blick auf und sah einen kleinen Kopf auf einem langen, gewundenen Hals sich durch die blassen Dunstschwaden rasch nähern. Der Kopf drehte sich hierhin und dorthin, als schnuppere das Wesen in die Luft, und alle schrien und liefen vom Landungssteg fort, bis auf Isabeau, die an Händen und Füßen gefesselt war, der grimmig dreinblickenden Sucherin in ihren roten Gewändern, den Wächtern und dem von der Kapuze verhüllten Scharfrichter. Die Seeschlange war gekommen. Isabeau sah fasziniert zu ihr hoch, dann wurde sie hart zwischen die Schulterblätter gestoßen und sie fiel hinab, während sich das dunkle Wasser wirbelnd über ihrem Kopf schloss.

Maya die Banrìgh

Die Banrìgh saß an dem langen, geschmückten Tisch, zerbröckelte ihr Brot und nickte zustimmend zu dem, was der Laird neben ihr gerade sagte. Der Prionnsa von Blèssem und Aslinn, Alasdair MacThanach, erhob Einspruch gegen die Einstellung des Handels mit den anderen Inseln im Archipel, aber seine Worte schienen keine Wirkung auf den Rìgh zu haben, der verdrießlich in den Bodensatz seines Weinglases schaute. Maya berührte mit dem Arm seinen Ellbogen, doch er beachtete es nicht, und so war Maya gezwungen, dem Laird selbst zu antworten, etwas, was sie stets nur sehr ungern tat.

Sie wusste, dass der Laird des Clans der MacThanach besorgt darüber war, wie er die Erträge seiner fruchtbaren Felder nach der Ernte im Spätherbst verkaufen sollte. Üblicherweise verschiffte das Land Blèssem seine Getreide und Früchte entlang der Küsten Eileanans zu den anderen Ländern und über das östliche Meer zu den benachbarten Inseln. Eileanan hatte ein Monopol auf Getreide wie Weizen, Mais und Gerste, weil die Samen für solche Feldfrüchte, den alten Geschichten nach, vom Ersten Hexensabbat auf diesen Planeten gebracht wurden und ursprünglich nicht auf den Inseln vorkamen

Während die Banrìgh die von ihm begehrten, tröstenden Worte sprach, sah sie den Prionnsa von Carraig, Linley MacSeinn, sich hinüberbeugen und seinem Nachbarn etwas ins Ohr flüstern. Maya betrachtete ihn nachdenklich. Obwohl sie nicht hören konnte, was er sagte, konnte sie doch vermuten, dass er etwas Vernichtendes über den Verlust der Meerhexen gesagt hatte. Die Yedda von Carraig waren jahrhundertelang die einzige Waffe der Inselbewohner gegen die Fairgean gewesen, da sie die Macht hatten, die Meerleute mit Gesängen zu bannen. Aber die Zerstörung des Turms der Meersinger in Carraig hatte bedeutet, dass keine Yedda geblieben waren, um die Handelsschiffe in Sicherheit zu singen. Aus diesem Grunde wagten es die Händler nicht mehr, von den Küsten Eileanans hinauszusegeln, weil außerhalb der Hafenfelsen die Fairgean warteten.

»Ihr habt eine Lösung für unser Problem, MacSeinn?«, fragte sie und sah ihn befriedigt erbleichen.

»Nein, nein, Eure Hoheit«, antwortete er. »Obwohl ich von Seiner Hoheit noch immer nichts über die Invasion der Fairgean in meine Länder gehört habe. Es sind vier Jahre vergangen, seit ich hierher geflohen bin, und nichts ist geschehen!«

»Seid versichert – der Rìgh ist nicht untätig«, erwiderte Maya und wünschte, ihr Ehemann würde das einfältige Lächeln von seinem Gesicht tilgen und dem Gespräch folgen. »Seine Hoheit hat mehrere Kundschafter nach Carraig geschickt, wie Ihr wisst. Wir haben noch keine Nachricht erhalten. Es war ein langer und schneereicher Winter und die Berge waren unpassierbar. Nun, da die Zeit der Blüten gekommen ist, erhalten wir vielleicht Nachricht.« Sie wandte sich wieder ihrem kaum berührten Mahl zu, aber der Laird des Clans der MacSeinn war noch nicht zufrieden.

»Es sind vier Jahre vergangen, Eure Hoheit! Vier Jahre, seit mein Clan wegen der abscheulichen, mordenden *Uile Bheistean* aus unserem Land fliehen musste! Ich möchte wissen, wann der Rìgh die Flotte aufrüsten und sie ins Meer zurücktreiben wird, wo sie hingehören!«

Mayas Augen und Ohren wurden von einer roten Woge des Zorns erfüllt. Sie starrte den großmäuligen Laird wütend an und zischte: »Wir können die Flotte aus demselben Grund nicht aussenden, aus dem die Handelsschiffe im Hafen vor Anker liegen!

Das Meer ist voller Fairgean, welche die Schiffe durchlöchern und versenken würden, sobald sie kein Land mehr sichten!«

»Wenn die Yedda noch lebten, wäre dies niemals geschehen«, platzte Laird MacSeinns junger Sohn heraus und wurde sofort feuerrot, als rund um den großen Tisch scharf der Atem eingesogen wurde. Der Prionnsa von Carraig wurde recht blass, denn was er vielleicht seinen Freunden und seiner Familie zugeflüstert hatte, eignete sich nicht zur Wiederholung am Tisch des Rìgh. Jaspar schien es jedoch nicht gehört zu haben und obwohl Maya den gesamten Clan der MacSeinn in einem plötzlichen Impuls am liebsten in die Kerker geschickt hätte, beherrschte sie sich. Wenn Jaspar nicht auf die verräterische Behauptung reagierte, konnte sie ihre Macht nicht so öffentlich zeigen und einen der großen Prionnsachan der Insel und seine Familie einsperren lassen. Sie warf dem jungen Burschen einen mahnenden und Laird MacSeinn einen warnenden Blick zu, bevor sie ihre Aufmerksamkeit erneut dem Essen zuwandte.

An ihrer anderen Seite saß der Rìgh zusammengesunken auf seinem Stuhl, blickte auf sein unberührtes Mahl und seufzte wegen etwas, was nur er hören konnte. Maya trat ihn unter dem Tisch, sich der neugierigen Blicke des Hofes, der aß und trank und rund um sie herum giftigen Klatsch verbreitete, wohl bewusst. Er bemerkte es anscheinend nicht. Sie seufzte. Es wurde immer schwerer, ihn zu erreichen, wo er doch einst jedem ihrer Worte gebannt gelauscht hatte. Er schien sich in seine Dämmerwelt zurückzuziehen, wo nur Kindheitserinnerungen und der weit entfernte Gesang des Leitsterns Bedeutung für ihn hatten. Die verworrenen Angelegenheiten des Hofes und des Landes, das Machtgerangel unter den Lairds und unbedeutenderen Prionnsachan, die Rückkehr der Fairgean – nichts von alledem schien ihn mehr zu interessieren. Der Rìgh überließ gerne alles seiner Frau, aber es passte Maya nicht, so öffentlich zu regieren. Sie arbeitete am besten im Geheimen und Verborgenen, indem sie eine Vermutung hier und einen Hinweis dort platzierte. Und nun, wo die vielen Fäden, die sie während der vergangenen sechzehn Jahre gesponnen hatte, langsam verflochten wurden, wäre Maya gerne von solch unbedeutenden Angelegenheiten wie den Ängsten der Händler, den Abgaben der Weber und der Frage, warum kleine Kinder nachts spurlos aus ihren Betten verschwanden, verschont geblieben. Sie war im Moment besonders über die vielen Lairds verärgert, die darauf beharrten, ihre Sprösslinge sogar mit an den hohen Tisch zu bringen. Der Ausbruch des jungen MacSeinn vor wenigen Augenblicken wäre niemals erfolgt, wenn die Leute von den Erzählungen über Geister, die des Nachts kamen und lautlos ihre Kinder mitnahmen, nicht in so törichter Weise beunruhigt wären. Er hätte an den unteren Tischen speisen sollen, wie es alle anderen Edelknaben auch taten!

Maya fühlte sich nicht wohl. Die Hitze störte sie wie niemals zuvor, das geschmorte Schweinefleisch bereitete ihr Übelkeit, und das Summen der Stimmen verursachte ihr Kopfschmerzen. Die Angst war allgegenwärtig, wie eine Dolchklinge, die unter ihrem Brustbein gedreht wurde. Manchmal sehnte sie sich nach dem vagen Frieden einer Bauersfrau vom Lande, die sich nur um die Ernte und die Launen ihres Mannes sorgen musste. Als sie erneut seufzte und das unberührte Brot wieder auf ihren Teller legen wollte, rutschte sie plötzlich mit dem Ellbogen ab und traf damit den Rand ihres Tellers, sodass das gesamte Essen auf ihren Schoß kippte und sowohl den Laird zu ihrer Linken als auch den Rìgh zu ihrer Rechten mit Bratensoße bekleckerte. Maya hatte sich beinahe mit einem höchst unbanrìghhaften Fluch verraten, fing sich aber rechtzeitig, lächelte und machte eine heitere Bemerkung über ihre Ungeschicklichkeit, bevor sie aufstand und den Raum verließ.

Wieder wünscht mir eine verdammte Hexe Schlechtes, dachte sie und wusste, dass sie wahrhaftig zerstreut sein musste, wenn ihr solch eine Kleinigkeit entging. Normalerweise konnte Maya die schlechten Wünsche der Hexen mühelos abwehren, aber nun, da ein Kind in ihrem Bauch wuchs, fühlte sie sich so unwohl und beansprucht, dass sie ihr anscheinend ständig entgingen. Während der letzten Monate, seit der Komet über den Himmel gezogen war und sie den Zeugungszauber angewandt hatte, waren ihr Dinge aus der Hand gefallen, hatte sie sich die Hüfte oder die Zehen angestoßen, hatte Soße verschüttet, Ziergegenstände umgestoßen und war über ihre Röcke gestolpert. Anscheinend wünschte ihr jede Hexe im Land Schlechtes!

Plötzlich verengten sich Mayas Augen und sie fragte sich, ob sie unbeabsichtigt auf die Wahrheit gestoßen war. Vielleicht konnten die dreimal verfluchten Hexen die Vorzeichen des Himmels ebenso erkennen, wie Sani es konnte. Vielleicht wussten sie, dass alle Pläne Mayas nun zur Entscheidung drängten, dass das Land bald – wenn alles wie geplant verlief – wieder Mayas Volk gehören würde und alle diese Menschen Sklaven würden.

Als sie ihre Räume betrat, wartete ihre Dienerin bereits auf sie; ihr heller Blick flackerte vor Ungeduld. »Dank Jor, dass Ihr endlich gekommen seid, Maya. Was habt Ihr mit Eurem Gewand gemacht – weitere schlechte Wünsche? Könnt Ihr uns nicht von diesen verflixten Hexen befreien?«

»Ich versuch es ja«, grollte Maya, streifte das bekleckerte Gewand ab und warf es auf den Boden. Dann belebten sich ihre Augen. »Sani, du solltest wirklich nicht auf den Gott aller Meere schwören! Stell dir vor, wenn jemand dich hört!«

Sani warf ihr einen giftigen Blick zu und öffnete den Mund zu einer Erwiderung, nur um ihn wieder zu schließen, weil es wirklich nichts gab, was sie darauf sagen konnte. Sie hatte Maya nur allzu häufig für genau das Gleiche gescholten. Maya fühlte sich schon wesentlich besser, entkleidete sich ganz und glitt in das Becken der Mitte des Raumes. »Vorsichtig!«, warnte Sani scharf, aber Maya wollte nicht aufpassen. Sie hatte schon mehrere Tage nicht zum Meer hinuntergehen können und fühlte sich vollkommen verspannt. Sie ließ das Salzwasser an ihre ausgetrocknete Haut schwappen und entspannte sich allmählich.

Sani schnalzte verärgert mit der Zunge und verschloss die Tür.

»Ich bin beunruhigt«, sagte sie, »weil es mir kalt den Rücken hinablief! Ich habe Angst, dass etwas fehlgeschlagen ist.«

Maya rollte sich wohlig herum, wodurch Wasser über den Rand des eingelassenen Beckens rann.

»Habe ich also die Erlaubnis meiner Banrìgh, den Spiegel zu gebrauchen?«, fragte Sani sarkastisch und Maya gab ihre Zustimmung. Sie war zu glücklich, im Wasser zu sein, um sich über Sanis Tonfall zu ärgern. Die kleine, alte Frau durchquerte den Raum und schloss eine Schublade in der hohen Kommode neben Mayas Bett auf. Ehrfurchtsvoll nahm sie einen ovalen Handspiegel hervor, dessen Griff wie die Schwanzflosse eines schmalen Fisches geformt war. Sie setzte sich an den Tisch, legte den Spiegel vorsichtig vor sich hin und vollführte ein Geheimzeichen darüber. Lange Zeit blickte sie in seine silberfarbene Oberfläche, während Maya hin- und herschwamm und sich nach dem Meer sehnte. Dann erstarrte die alte Frau plötzlich und wurde blass. »Maya, Maya! Die Drachen! Was wird Euer Vater sagen?«

»Was ist passiert?«, fragte Maya auftauchend.

»Die Drachen haben Rache genommen. Sie haben die gesamte Legion Gardisten ausgelöscht, die wir gegen sie gesandt hatten!«

Maya spürte Furcht in sich aufsteigen und sank zitternd wieder ins Wasser hinab. »Haben die Drachen … sie verbrannt?«

»Ich fürchte, ja.«

Maya empfand jähen Zorn. »Aber ich dachte, sie würden die Soldaten eines ihrer kostbaren MacCuinns nicht angreifen! Uns wurde versichert, dass sie nicht angreifen würden! Was ist mit ihrem heiligen Pakt? Haben sie sie zu überraschen versucht? Wie konnte das geschehen?« Sie warf sich hin und her, sodass reichlich Wasser in den Raum spritzte.

»Ich weiß es nicht«, sagte Sani. »Ich hab mich auf den Sucher Thoth konzentriert, aber ich konnte nur Rauch sehen, weswegen ich weiter nach oben stieg und schließlich die mit den verkohlten und zerfetzten Leichen der Getöteten übersäte Weide sah. Daraufhin schwebte ich noch höher, bis ich das Schlachtfeld erkennen konnte, und da war ein Drache, dessen Nüstern noch immer rauchten, sein Rachen war ganz blutig, während er auf dem Leichnam eines Eurer Soldaten herumkaute.«

Maya sprang, von Abscheu erfüllt, mit einem Satz aus dem Becken, sodass das Wasser von ihrem schlanken Körper herabströmte. In diesem Moment klopfte es an der Tür. »Rasch, meine Tochter«, befahl Sani, verdeckte den Spiegel vorsichtig mit einem Tuch und ging zur Tür. Maya hüllte sich in ihr Nachtgewand, bevor Sani die Tür öffnete.

»Warum stört Ihr die Banrìgh beim Bade?«, schalt die alte Frau. Vor der Tür stand die Köchin Latifa mit einem Tablett. »Es tut mir Leid, Mistress Sani, ich hab nur bemerkt, dass unsere Banrìgh ihr Abendessen gar nich' angerührt hat, und dacht mir, dass sie vielleicht was braucht, was ihren Appetit anregt. Und da ich weiß, wie wichtig es is', dass sie bei Kräften bleibt und alles, da dacht ich einfach …«

Sani nahm das Tablett und schlug ihr die Tür vor der Nase zu. »Sie dachte wohl eher, sie könnte durchs Schlüsselloch spionieren! Ich frage mich, wie lange sie schon hier gestanden und gelauscht hat.«

Maya zog das Nachtgewand enger um sich und hob die Deckel auf dem Tablett an. Zu ihrer Erleichterung waren es Fisch und in Seetang gewickelte Ryssamen, so wie sie es mochte. »Ach, Latifa ist harmlos«, sagte sie leichthin. »Sie ist inzwischen so alt, dass sie wahrscheinlich ohnehin nichts hören könnte. Aber behalt sie dennoch im Auge, für alle Fälle.« Sie setzte sich an den Tisch, wobei sie sorgfältig darauf achtete, nicht gegen den Spiegel zu stoßen, und begann zu essen. »Versuche, mit der Großsucherin Glynelda Kontakt aufzunehmen. Finde heraus, was oben in den Sithichebergen geschieht – warum alles so misslingt.«

Sani gehorchte, wiegte sich vor dem Spiegel vor und zurück und murmelte vor sich hin. Schließlich klärte sich ihre Sicht anscheinend, denn sie richtete sich auf und beugte sich mit grimmigem Gesicht über den Spiegel. »Ich grüße Euch, Großsucherin. Was habt Ihr zu berichten?«

»Alles verläuft planmäßig, Mylady, obwohl wir den Krüppel nicht, wie angewiesen, gefangen nehmen konnten. Wir hatten ihn jedoch gefasst und Ihr hattet tatsächlich Recht: Er ist ein *Uile-Bheist* mit Schwingen wie ein Vogel.«

»Wenn Ihr ihn lang genug in Händen hattet, um feststellen zu können, dass er Schwingen hat, warum ist er dann nicht auf dem Weg zu uns?«

»Er wurde gerettet, Mylady, von Rebellen und Hexen. Viele unserer Soldaten und die besten Spurenleser suchen draußen in den Hügeln und wir sind zuversichtlich, ihn bald wieder in Händen zu haben.«

»Das genügt nicht!«, höhnte Sani. »Ihr hättet ihn niemals entkommen lassen dürfen!«

»Wir haben eine der Hexen gefangen genommen, die ihn befreit hat, Mylady!«, sagte die Großsucherin Glynelda eifrig. Maya beugte sich beim Essen hinüber und konnte so die verwässerte Spiegelung von Glyneldas Gesicht im Spiegel sehen. »Sie wurde an das Seeungeheuer verfüttert, wie es hier oben Brauch ist.«

»Wie konnte sie wissen, dass Ihr ihn hattet? Ihr solltet in aller Heimlichkeit handeln!«

»Ich weiß es nicht, Mylady.« Glyneldas Bestürzung war deutlich erkennbar.

»Warum nicht? Wurde sie nicht befragt?«

»Nun, ja, sie wurde befragt, Mylady, aber sie hat den Großinquisitor getötet, sodass alles, was er entdeckt hatte, bevor er starb, mit ihm gestorben ist.«

Maya und ihre runzelige, alte Dienerin sahen einander vollkommen bestürzt an. Der Großinquisitor, Baron Yutta, war einer der mächtigsten Zauberer im Dienste der Banrìgh gewesen, ein solch umsichtiger und gerissener Diener, wie man ihn sich nur erhoffen konnte. Sani hatte seine Vorliebe, Schmerzen zuzufügen, früh entdeckt, und er hatte ihr am besten von allen Mitgliedern der Liga gegen Hexen gedient, hatte Hexen und Revolutionäre ebenso mühelos aufgespürt, wie ein Jagdhund die Spur des Wildes roch.

»Ihr hättet sie hierher bringen sollen!«, sagte Sani verärgert. »Sie war offensichtlich eine mächtige Zauberin, wenn sie den Anführer der Rebellen befreien und dann den Großinquisitor töten konnte. Ihr seid eine Närrin! Warum habt Ihr sie nicht zu uns bringen lassen? Wir wären sehr daran interessiert gewesen, sie selbst zu befragen.«

In der trüben Spiegelung sahen sie die Großsucherin die Lippen benetzen. »Sie war eine gerissene, verschlagene Hexe, Mylady. Wir haben sie durch die ganzen Highlands gejagt und sie ist uns beinahe drei Mal entkommen. Nur mein persönlicher Einsatz in diesem Fall führte zu ihrer Festnahme. Ich befürchtete, sie würde erneut entkommen, wenn wir sie am Leben ließen. Und es gab noch einen weiteren Grund für ihre Hinrichtung. Die Jagd nach den magischen Scheusalen hat die Menschen hier sehr beunruhigt. Sie leben schon solange mit ihren hergelaufenen Drachen und Schlangen, und wollen nicht, dass sie vernichtet werden. Es war eine öffentliche Zurschaustellung von Macht und Disziplin, Mylady.«

»Seid Ihr sicher, dass die Hexe tot ist?«, flüsterte Maya und Sani wiederholte ihre Frage mit lauterer Stimme.

»Aber ja, Mylady. Ich habe ihre Hinrichtung selbst überwacht. Sie wurde an Händen und Füßen gefesselt in den See geworfen und das *Uile-Bheist* wartete bereits, es roch seine Nahrung.« Als sie von der Seeschlange sprach, verzog sie den Mund, als schmecke sie etwas Ekelhaftes. »Sie wird wahrscheinlich gefressen worden sein, bevor sie überhaupt ertrinken konnte.«

»War die Hexe alt, sehr alt, und klein? Mit schwarzen Augen?«, fragte Maya und Sani wiederholte ihre Frage wieder.

»Nein, Mylady, sie war jung, noch ein Mädchen, und rothaarig. So bin ich ihr auf die Spur gekommen – ich fand eine Strähne ihres Haars beim Lager, nachdem wir entdeckt hatten, dass der Gefangene befreit worden war. Ich konnte ihr mit Hilfe des Haars folgen und dann beweisen, dass sie die Gesuchte war. Rotes Haar ist in den Bergen nicht so selten wie an der Küste, Mylady, aber dennoch selten genug.«

»Habt Ihr denn Spuren der Oberzauberin Meghan gefunden, die mit den Tieren spricht und der Erde gebietet?«, fragte Sani auf Mayas Vorgabe hin. »Meine Banrìgh ist noch immer sehr erpicht darauf, die abtrünnige Cousine des Rìgh zu finden. Wenn sie noch lebt, hofft der Rìgh noch immer, sie auf den richtigen Weg führen zu können. Und wenn sie tot ist, nun, dann werden wir sie mit allem gebührenden Prunk bestatten.«

Glynelda zögerte und sagte dann vorsichtig: »Mylady, der Sucher Thoth hat mir vor einigen Wochen eine Nachricht gesandt. Er sagte, er sei auf eine Konklave von Hexen gestoßen, die beim höchsten Stand des Kometen ihre abscheulichen Riten ausführten, und hat ihre Feste mit Hilfe des Grauen gestürmt. Mindestens eine Hexe wurde getötet, vielleicht auch zwei, obwohl die zweite Leiche nicht gefunden wurde. Die anderen Hexen sind durch den Gebrauch ihrer gefährlichen Talente entkommen, aber er hat mir versprochen, dass man sie finden wird. Er erzählte dann, dass eine der Hexen die Erde zu ihren Füßen aufbrechen ließ und alle Feld- und Waldtiere auf ihren Ruf hin kamen und für sie kämpften.«

»Meghan!«, keuchte Maya. »Sie muss es sein!«

»Warum, Großsucherin, habt Ihr uns diese Neuigkeiten nicht mitgeteilt? Ihr wisst, wie begierig der Rìgh auf Nachricht von seiner Cousine ist.«

»Bitte verzeiht, Mylady, ich dachte nur, ich könnte Euch bald mit besseren und genaueren Nachrichten versorgen. Wir hörten stets von Sichtungen der alten Hexe, aber es sind immer nur Geschichten. Ich wollte sicher sein, bevor ich berichte.«

»Und warum sind mehrere Wochen vergangen, ohne dass eine

dieser Hexen gefangen genommen wurde? Wie viele sind entkommen?«

»Vermutlich war die Hexe, die wir letzte Nacht erwischten, eine jener Hexen, denn wir haben sie durch die untere Kette der Sithicheberge und durch den Pass nach Rionnagan verfolgt, und das war der Weg, auf dem wohl einige der Hexen entkommen sind. Thoth folgte derjenigen, die, wie wir befürchteten, die Oberzauberin war, sowohl weil er wusste, dass sie wichtig war, als auch weil sie auf die Drachentreppe zuhielt und er ihre Absichten fürchtete.«

»Also, Meghan, hast du deine hübschen Finger wieder in meinen Angelegenheiten gehabt!«, zischte Maya.

»Und welche Nachrichten gibt es von den Drachen, meine Liebe?«, fragte Sani honigsüß.

»Meine Boten sind noch nicht zurückgekehrt, aber ich werde bald Neues erfahren und bin zuversichtlich, dass wir von der Auslöschung dieser verfluchten Drachen hören werden«, sagte die Großsucherin selbstgefällig.

Sani beugte sich vor, sodass ihr Mund nur Zentimeter von dem verzauberten Spiegel entfernt war. »Ihr irrt Euch, Glynelda. Und Ihr werdet für Eure Fehler bezahlen! Ihr sagtet, die Drachen würden unsere Streitkräfte nicht angreifen, sie würden den alten Pakt ehren, der mit Aedan Weißlocke getroffen wurde, und wir könnten sie alle vernichten. Ihr habt Euch geirrt und die Banrìgh mag keine Fehler!«

Selbst in der trüben, sich kräuselnden Oberfläche des Spiegels konnten sie das Gesicht der Großsucherin aschgrau und ihre Augen schwarz vor Angst werden sehen. »Was … warum? Was ist passiert?«

»Die Drachen haben die Legionen angegriffen und sie vernichtet. Während wir miteinander sprechen, putzen sie sich die Rachen, während unsere Truppen in ihren eigenen Blutlachen liegen. Die Drachen haben jetzt Menschenfleisch geschmeckt. Könnt Ihr behaupten, sie würden es nicht mögen?«

»Wie konnte das geschehen? Dieser Narr Thoth! Er muss zu selbstsicher geworden sein ...«

»Und wer hat uns allen Grund zur Selbstsicherheit gegeben?«, fragte Sani ruhig. »Wer hat uns versichert, dass alle Drachen warten würden, bevor sie sich rächten, dass ihre Ehre bedeutete, den Pakt von Aedan Weißlocke nicht zu brechen, bis es zu spät wäre?«

Die Großsucherin hatte ihre Angst nur einen Moment gezeigt. Obwohl sie noch immer bleich war, sagte sie nun zuversichtlich: »Ihr habt mich gebeten, Euch alles zu sagen, was ich über die Drachen weiß, Mylady, und das habe ich getan. Aber ich bin kein Drachen-Laird. Ich kann nicht in die Köpfe solch gewaltiger und fremdartiger Wesen hineinsehen. Alle Bücher über Drachen wurden mit den unglückseligen Türmen und den verfluchten Hexen verbrannt. Als Ihr mich darum batet, habe ich Euch gesagt, was ich weiß: dass die Drachen gemächlich, aber schrecklich handeln, dass sie den mächtigen Vorfahren des Rìgh ehren und auch, anders als die Menschen, ihren Geist und nicht nur ihr Wort ehren werden, dass weibliche Drachen selten sind und Nachwuchs nur schwer zu züchten ist. Wie kann man mir da Vorwürfe machen?«

»Ihr hättet das Töten der Drachen selbst überwachen sollen!«

»Aber Ihr hattet mich angewiesen, das geflügelte *Uile-Bheist* zu finden und zu Euch zu bringen«, sagte die Großsucherin. »Ich habe nur Eure Befehle befolgt.«

Sani wurde der Großsucherin überdrüssig, was an ihrer Miene erkennbar war. »Hütet Euch, Glynelda, dass Ihr mich nicht verstimmt«, flüsterte sie. »Ihr seid Großsucherin. Ich hab Euch über alle anderen erhoben, weil ich Euch für fähig hielt. Ich möchte mich nicht geirrt haben.«

»Nein, Mylady.« Die Großsucherin leckte sich die Lippen. Sani wischte mit der Hand über die Spiegeloberfläche, und sie und Maya beobachteten beide, wie sie wieder glänzend und klar wurde. Danach saßen sie schweigend da, bis Maya schließlich sagte: »Meghan ist mir ein Dorn im Auge. Wir müssen sie aufspüren.«

»Ihr glaubt, dass sie etwas mit dem unerwarteten Angriff der Drachen zu tun hatte?«

»Aber sicher, diese ganze Geschichte trägt ihre Handschrift.«

»Wir jagen sie schon seit sechzehn Jahren, Maya, und sie entkommt uns immer wieder.«

»Sie ist in den Untergrund gegangen. Darum haben wir solange nichts von ihr gehört. Bei Jor, ich hatte gehofft, sie wäre tot!«

Sani sagte nichts wegen des Fluchs, sondern blickte nur erneut in den Spiegel. »Soll ich versuchen, mit dem Kristallsehen etwas herauszufinden?«

Maya nickte. »Versuche erneut, Meghan zu finden. Vielleicht hat sie ihren Schutz im Überschwang des Augenblicks aufgegeben.«

»Und wir müssen uns mit Eurem Vater in Verbindung setzen«, sagte Sani boshaft.

Maya spürte, wie sie erbleichte, weigerte sich aber, Sani die Genugtuung zu gönnen, sie um mehr Zeit betteln zu sehen.

»Trete zuerst mit den anderen Suchern in Verbindung und setze sie auf die Spur sowohl des Krüppels als auch der Oberzauberin. Nein! Noch besser! Zieh den MacRuraich zu Rate. Es ist an der Zeit, dass er wieder für uns arbeitet«, befahl sie. »Und dann lass mich selbst mit meinem Vater sprechen.«

Lilanthe vom Wald

Lilanthe stand am Rande eines hohen Steilabbruchs und blickte auf die dreihundert Fuß unter ihr liegende, wogende Ebene hinab. Sie erkannte den Abgrund durch Isabeaus geographische Angaben als die Große Wasserscheide, eine schmale, steile Felswand, die eine wirkungsvolle Barriere zwischen dem verbotenen Land Tirsoilleir und den westlichen Ländern Eileanans bildete. Sie fragte sich traurig, was die blauäugige Hexe wohl gerade tat. Sie hoffte, dass ihre Mission gut vonstatten ging, und dachte sehnsüchtig an Isabeaus Versprechen, Lilanthe bei ihrer Rückkehr wieder aufzuspüren. Wie Isabeau gesagt hatte – wer wusste, was das Gewebe der Weberin vorsah? Vielleicht würden sich ihre Fäden noch eher wieder kreuzen.

Lilanthe hatte das Vertrauen in die Schicksalsgöttinnen schon vor langer Zeit verloren. Das Vertrauen in Eà konnte sie jedoch nicht verlieren, da es ihr in Fleisch und Blut übergegangen war, ihre Wurzeln jede Nacht in die Erde zu graben und ihre Nahrung von Eà zu beziehen. Aber es war leicht, sich von den Schicksalsgöttinnen loszusagen, da ihr deren Spinnerei und Weberei nur Kummer und Herzeleid eingebracht hatte. Sie hoffte dennoch, dass Isabeau Recht hatte und sich ihre Wege wieder kreuzen würden. Inzwischen fand Lilanthe es jedoch schwierig, ihre glückliche, ziellose Reisestimmung wiederzufinden. Sie fühlte sich rastlos und einsam und voller Bewunderung für das, was sie als Isabeaus Zielstrebigkeit ansah. Sie war dem Grat des Steilabbruchs gefolgt, während sie sich müßig gefragt hatte, wie Tirsoilleir wohl aussah. Doch die fahlen Hügel und Felder sahen Rionnagan sehr ähnlich, nur dass sie flacher waren. Kein Anzeichen irgendwelcher Kriegerinnen war zu sehen, obwohl Lilanthe in der Ferne einige wenige hohe Türme ausmachen konnte, welche die Lage ihrer Kirchen bezeichneten. Obwohl die gewaltigen Alainnfälle wirklich so Aufsehen erregend waren, wie die Leute behaupteten – breite Flächen weißen Wassers, das dreihundert Fuß in einen wild schäumenden See hinabstürzte –, wurde sie ihrer rasch müde und begann sich zu fragen, was sie als Nächstes tun sollte.

Die Sithicheberge verliefen in Form eines umgekehrten Lächelns um die sanft abfallenden Hügel Rionnagans herum, während die Drachenklaue scharfzahnig von ihrem unteren Rand herausragte. Östlich fiel sie in die Große Wasserscheide ab, deren steile Klippen nur wenige erklettern konnten. Wenn Lilanthe dem oberen Rand des Felsens einige Tage lang zurückfolgte und sich dann wieder nach Süden wandte, sollte sie einen Weg in die Wälder Aslinns hinunter finden können, wo sie, wie Isabeau glaubte, vielleicht sicher wäre. Auf diese Weise konnte sie die Sithicheberge, die nun von Legionen von Soldaten wimmelten, verlassen, ohne den Pass in Erwägung ziehen zu müssen. Auf diese Weise, sann Lilanthe, würde sie sich wieder nach Osten zurückwenden, wo auch Isabeau hingezogen war.

Sie warf noch einen staunenden Blick auf den Schwindel erregenden Abgrund vor sich und lauschte noch einmal auf das ferne Tosen der über die wie ein Pferdehuf geformten Felsen hinwegstürzenden Alainnfälle. Dann machte sie sich wieder auf den Weg, sprang leichtfüßig auf dem Felsenrand des Plateaus entlang und spürte die harten Steine unter ihren bloßen Füßen. Sie folgte der Biegung des Grats mehrere Tage lang ost- und dann südwärts. Hier fielen die scharfkantigen Sithicheberge zu sanfteren Hügeln ab, deren Fuß von den dichten Wäldern Aslinns bedeckt war. Lilanthe merkte, dass sie sich darauf freute, wieder von Bäumen umgeben zu sein, und begann von einer Lichtung mit einem See, der Aussicht auf Berge und üppiger, fruchtbarer Erde zu träumen.

Zunächst musste sie jedoch einen Weg an der Vorderseite des Felsens hinab finden, da es keine andere Möglichkeit gab, den Waldboden zu erreichen. Schließlich fand sie eine Stelle, wo einst ein schmaler Wasserfall einen Weg durch die steilen Wände geschnitten hatte, der viel versprechend wirkte. Ein Erdrutsch hatte seinen Verlauf verändert und moosbewachsene Felsen und einen gelegentlichen Flecken Kräuter zurückgelassen, da das Wasser Erde angeschwemmt hatte, die sich an Rissen und Spalten festgesetzt hatte. Lilanthe wusste, dass sie aus ihren Händen und Füßen Wurzeln treiben konnte um sich in der Erde festzuhalten, und ließ sich so langsam über den Felsrand hinab. Die Vorderseite des Felsens war fast dreihundert Fuß hoch, und wo sie nicht vollkommen senkrecht abfiel, ragte sie über das Tal hinaus, sodass Lilanthes Abstieg gefahrvoll war. Mehrere Male konnten ihre tastenden Wurzelfasern keinen Riss finden, in den sie sich hätten hineinschmiegen können, und einmal klammerte sie sich entsetzt an die Felswand und fand kein Vorankommen. Sie musste vorsichtig ihre Gestalt wechseln, bis sie mehr Baum als Mensch war. Dann streckte sie langsam, ganz langsam alle ihre Zweige und Wurzeln aus, bis sie schließlich Halt fand und ihren Körper aus Fleisch und Holz hinüberschwingen konnte, ein Vorgang, den Baumwandler selten kontrollieren konnten. Schließlich erreichte sie jedoch den Grund, stand bis zu den Oberschenkeln im Teich unter dem Wasserfall, wusch sich Schweiß und Entsetzen ihres Abstiegs ab und kühlte ihren überhitzten Lebenssaft.

Aslinn war genauso schön, wie Isabeau versprochen hatte. Große Bergeschen ragten hoch über den Talböden auf und kristallklare Wasserfälle rauschten von den Bergen herab und bildeten darunter sich schlängelnde Flüsse und Teiche. Singvögel schossen durch die klare Luft, tirilierten wie toll und einmal sah

Lilanthe einen Bhanaisvogel durch den Baldachin aus Zweigen fliegen, der seinen über drei Fuß langen, karmesinrotgoldenen Schwanz nach sich zog. Sie ging nun langsamer voran, konnte ihre vollkommene Lichtung aber nicht finden. Es gab kleine Seen im Überfluss und an einem klaren Tag waren die schneebedeckten Berge im Hintergrund ebenso schön wie jeder Tagtraum. Und die Erde war fruchtbarer Laubhumus und schmeckte wundervoll. Das Problem lag bei Lilanthe. Ihre Anfälle von Einsamkeit und Selbstmitleid häuften sich inzwischen und sie hatte sich angewöhnt zu grübeln, wie es die alte Lilanthe niemals getan hätte, während sie von der Schönheit um sich herum keine Notiz nahm.

Als sie eines Morgens erwachte und ihre Wurzeln als Vorbereitung aufs Aufstehen reckte, sandte sie wie stets ihren Geist aus und war überrascht festzustellen, dass sie nicht mehr allein war. Nur wenige Stunden entfernt spürte sie Spuren von Bewusstsein – eine Gruppe Menschen und Tiere, deren Geistgedanken recht laut und aufdringlich waren. Wie immer fasziniert von anderem intelligenten Leben, merkte Lilanthe, wie sie durch den Wald auf die Gedanken zuhielt. Es war ein Lager reisender Jongleure und Spielleute, die von Rionnagan aus nach Osten zogen. Das Lager erwachte gerade, kleine Kinder tollten, ungeachtet der kühlen Bergluft, nackt umher, Frauen zündeten Feuer an oder wuschen sich das Gesicht und Männer streuten für Hühner in Käfigen Körner aus oder zündeten sich ihre Pfeifen an, während sie über das Feuer hinweg miteinander plauderten. Lilanthe kroch in die Büsche am Rande der Lichtung und beobachtete die Menschen fasziniert. Bald wehten Essensgerüche zu ihr heran und ihr lief das Wasser im Mund zusammen. Auch wenn sie einen Großteil ihrer Nahrung der Erde entzog, in die sie ihre Wurzeln versenkte, hatte sie dennoch einen Magen, ähnlich wie Menschen, und besaß zweifellos Geschmacksknospen. Lilanthe hatte keine warme Mahlzeit mehr gehabt, seit sie und Isabeau einander Gesellschaft geleistet hatten, da sie eine natürliche

Angst vor Feuer und keinerlei Neigung verspürte, eines anzuzünden.

Die Jongleure aßen ihre Mahlzeit mit Muße, unterhielten sich und lachten und rauchten – und das alles gleichzeitig. Eines der kleinen Kinder schlug rund um die Erwachsenen herum Purzelbäume und sank schließlich unmittelbar am Rande der heißen Kohlen zusammen. Erschreckte Schreie erklangen und das Kind wurde gerettet und abgeklopft, bevor es hart auf die Beine geschlagen und kopfüber seiner Mutter zugeworfen wurde. Die Sonne stand schon hoch am Himmel, bevor sie ihre Sachen packten und die gedrungenen Pferde wieder vor die Wohnwagen schirrten. Sie zogen ostwärts und Lilanthe folgte ihnen.

Bis zum dritten Tag hatte sie die Beziehungen zwischen den meisten dieser Menschen erkannt. Es gab sechs Wohnwagen, die meisten davon bis zum Bersten mit mindestens drei – einer mit vier – Generationen der jeweiligen Familie belegt, angefangen von einem zahnlosen, alten Weib bis zu dem Kind, von dessen Missgeschick Lilanthe am ersten Tag Zeuge gewesen war. Die Wohnwagen wurden selten betreten, sondern enthielten stattdessen die wenige Habe der Jongleure: ihre Requisiten und Instrumente, ihre bunte, abgerissene Kleidung, zerbeultes Kochgeschirr und Säcke und Fässer mit Vorräten, einschließlich eines Fasses Whisky, der in Lilanthes Heimatdorf Feuerwasser genannt wurde. Eines Nachts zapften sie das Fass großzügig an und es wurde rund um das Feuer getanzt und gelacht und viele Geschichten wurden erzählt. Lilanthe schlich in dieser Nacht bis zu der Gruppe heran, verbarg sich unter einem der Wohnwagen und kuschelte sich in die Schlafdecken der Familie, die sich später unter dem spärlichen Schutz des Holzbodens des Wohnwagens niederlegen würde.

Lilanthes Lieblingsjongleur war jung, hatte glänzend schwarze Augen und wirres, dunkles Haar. Sein Bart und Schnurrbart begannen gerade zu sprießen, was ihm ein eher unfertiges Aussehen verlieh, das gut zu seinem geflickten, himmelblauen

Wams und der schmutzigen, karmesinroten Hose passte. Er hatte Lilanthes Interesse hauptsächlich durch sein Können als Jongleur geweckt. Es faszinierte sie, wie die goldenen Kugeln in immer komplizierteren Mustern aus seiner Hand wirbelten, und häufig folgte sie ihm, wenn er aus dem Lager schlich, um ungestört zu üben. Er jonglierte immerzu – Töpfe und Pfannen, wenn er abwaschen sollte, Steine und Kiesel, die er in der Tasche mit sich herumtrug, Dolche und Schwerter, wenn er mit seiner Schwester Nummern einstudierte. Sie war ein zierliches Kind mit ebenso strahlenden und schwarzen Augen wie seine, obwohl ihr Haar brauner war und rötlich schimmerte. Sie beide waren auch geübte Akrobaten und wenn Lilanthe zusah, wie sie ihre Saltos und Luftsprünge machten, staunte sie manchmal, da sie niemals zuvor solche Behändigkeit bei menschlichen Wesen erlebt hatte. Sie glichen eher Cluricauns als Menschenkindern, besonders wenn sie zwischen den Ästen der Bäume spielten, sich von Ast zu Ast schwangen und Saltos vollführten.

Ihr Vater, ein schwerer Mann mit blutunterlaufenen Augen, ängstigte Lilanthe und sie schlüpfte häufig davon, wenn er in Sicht kam. Er war ein Feuerschlucker und jemanden beim Verschlucken von Flammenzungen zu beobachten, war mehr, als die Baumwandlerin ertragen konnte. Er war es, der die lautesten Geschichten erzählte und die fröhlichsten Melodien auf der Fiedel spielte und häufig die Frauen der Gruppe in die Kehrseite kniff, während er ihren Männern kameradschaftlich auf die Schulter schlug. Er hatte keine eigene Frau und bemerkte anscheinend nicht, dass seine Kneiferei die anderen Männer ärgerte. Seine Mutter reiste jedoch mit ihnen und sie war die Einzige, die seine Großspurigkeit im Zaum halten konnte, besonders wenn das Feuerwasser durch seine Adern lief. Anders als alle anderen der Gruppe, schlief seine Mutter nicht auf dem Boden unter den Wohnwagen, sondern darinnen, und kam nur hervor, wenn die Feuer angezündet wurden und Tee gekocht wurde. Lilanthe wusste nicht, warum die Jongleure eine solche Faszination auf sie ausübten, außer vielleicht, dass sie ihre Einsamkeit ein wenig milderten. Sie stellte fest, dass ihre Possen sie oft zum Lachen brachten, weshalb sie das Gesicht in den Händen verbergen musste, damit ihr kein Laut entschlüpfte und sie verriet. Es war einfacher, wenn sie Baumgestalt annahm, denn dann drückte sich ihr Lachen nur in einem leichten Beben ihrer herabhängenden Zweige aus, was leicht der Wind hätte verursachen können. Manchmal glaubte sie, den jungen Mann in ihre Richtung blicken zu sehen, aber sein Blick schien jedes Mal an ihr vorbeizuwandern, und dann stieß sie den Atem aus und war sicher, dass er sie nicht bemerkt hatte.

Eines Tages schlich er früh aus dem Lager, bevor alle anderen wach waren, und Lilanthe verwandelte sich in ihre menschliche Gestalt um ihm zu folgen. Er ging ein Stück und verließ dann den grünen Weg, dem die Jongleure folgten, bis er eine Lichtung mit einem stillen Teich fand. Er beugte sich über das Wasser und Lilanthe spürte, wie er seinen Geist aussandte, wie er suchte. Sie zog ihren Geist ganz klein und still zusammen, wie ein gejagtes, im Gras erstarrtes Kaninchen. Er suchte jedoch weit entfernt und sie dachte, dass er sie vielleicht nicht bemerkte. Sie hätte sich abschirmen sollen. Sie dachte niemals daran, dass einer dieser einfachen, reisenden Unterhaltungskünstler solche Reichweite oder Macht haben könnte. Er musste sich sehr gut verbergen, da sie es nicht sofort erkannt hatte. Sie erinnerte sich an Isabeau und daran, wie vollkommen sie abgeschirmt gewesen war, und ermahnte sich in Gedanken, nicht zu vergessen, dass Menschen ihren Geist auch verbergen konnten.

Lilanthe spürte, wie der junge Mann seinen Geist wieder in seinen Körper zurückkehren ließ und presste ihre nackten Füße tiefer in die Erde. Ein köstlicher Schauder überlief ihre Haut und sie öffnete der Sonne und der Luft ihre Poren. Sie war fast verwandelt, ihr Seh- und Hörvermögen waren gedämpft; andere Sinne traten in den Vordergrund, empfindsamer als irgendeiner ihrer menschlichen Sinne, als sie spürte, wie er sich zurücklehnte und sie ansah. Tief in ihrem Geist fragte er: *Sollen wir uns einander vorstellen?*

Allein schon der Schreck verzögerte Lilanthes Verwandlung und einige panikartige Gedanken überstürzten sich, bevor sie die Verwandlung rückgängig machte. Ihre Füße bewegten und beugten sich, ihre Arme verdichteten sich und passten sich wieder in die warme Haut ein und dann sah sie ihn mit vor Angst geweiteten Augen an.

»Ist schon gut«, sagte er laut. »Ich werde dir nichts tun oder jemandem von dir erzählen. Ich weiß, dass sie Wesen wie dich jagen und dich wegen dem töten, was du bist. Du brauchst keine Angst zu haben. Ich bin Dide.«

Sie schwieg und fragte sich, ob sie davonlaufen sollte. Jetzt, wo er Bescheid wusste, war die Verwandlung kein Ausweg mehr, da er sie mit Feuer oder Axt vernichten konnte. Und sie wäre hilflos, wenn ihre Wurzeln tief in der Erde steckten.

»Ich habe gesehen und gespürt, dass du uns beobachtet hast«, sagte er und erhob sich vorsichtig. »Ich glaube nicht, dass es sonst jemand bemerkt hat, außer wahrscheinlich meine Großmutter, und sie würde dir am wenigsten von allen etwas tun. Hab keine Angst. Wie heißt du?«

Sie antwortete nicht und so näherte er sich ihr Schritt für Schritt, während sie tiefer ins Unterholz zurückwich und sich erneut fragte, warum sie nicht davonlief. Bald war er ihr nahe genug, dass sie seinen menschlichen, fleischfressenden Gestank riechen und sehen konnte, wie strahlend seine Augen waren, wie die Augen eines Donbeag, glänzend und schwarz.

»Bitte vertrau mir. Ich bin sehr froh, jemanden wie dich zu finden – wirklich glaub mir. Ich bin Dide. Ich bin dein Freund.«

»Ich bin Lilanthe.«

Er stand still. »Guten Morgen, Lilanthe«, sagte er. »Hast du Hunger?«

Sie nickte, denn ihr menschlicher Magen fühlte sich tatsächlich leer an, und sie hatte während der letzten Tage wenig Zeit gehabt, nach Nahrung zu suchen. Er steckte die Hand in die Tasche und zog einen runzligen Apfel für sie hervor. Als Lilanthe ihn nicht aus seiner Hand nehmen wollte, legte er ihn auf den Boden und trat zurück. Lilanthe hob ihn hastig auf und roch daran, bevor sie vorsichtig an seiner süßen, gummiartigen Oberfläche knabberte.

»Lass uns reden«, sagte er und kauerte sich vorsichtig auf den Boden. »Aber leise, denn das Lager wird bald erwachen, und dann wird Nina nach mir suchen.«

Dieses morgendliche Gespräch war das erste von vielen weiteren Gesprächen, weil Lilanthe den Wohnwagen, obwohl sie entdeckt worden war, weiter nach Aslinn hinein folgte. Zweimal am Tag und manchmal häufiger schlich Dide davon, damit sie sich treffen konnten. Zunächst sprach er mehr als sie, denn er versuchte, ihr Vertrauen zu gewinnen. Er erzählte ihr von seiner Kindheit, vom Bereisen der Länder Eileanans in einem Wohnwagen, vom Aufführen von Tricks und Akrobatik für hingeworfene Pennys oder eine kostenlose Übernachtung in einem Gasthaus. Und er versicherte ihr immer wieder, dass ihr Geheimnis bei ihm sicher sei. »Nicht alle Menschen sind mit dem Erlass gegen Zauberwesen einverstanden.« Dide hockte auf dem Ende eines Baumstamms, während Lilanthe gut sieben Schritte entfernt saß, eine Wange auf die Knie gestützt, die Arme eng um sich geschlungen. »Die Tötung von Zauberwesen ist nichts als eine Verhöhnung von Aedans Pakt und der Rìgh sollte das wissen. Seit der Leitstern verloren wurde, ist in diesem Land alles schief gegangen. Darum müssen wir den Leitstern wiederfinden. Der Rìgh stirbt, das weiß jeder. Irgendeine schreckliche Krankheit saugt das Leben aus ihm heraus, aus Geist und Seele gleichzeitig. Nun, wir haben ihn vor wenigen Monaten gesehen, als wir in Rhyssmadill spielten, und er war aschgrau und hatte ein törichtes Lächeln auf dem Gesicht wie ein Kind. Enit sagte dann, er würde noch innerhalb dieses Jahres sterben, und sie irrt sich niemals.« Enit war Dides Großmutter und er sprach oft von ihr, da sie, wie auch seine Schwester Nina, seine beste Freundin war. »Wenn der Rìgh ohne Erben stirbt, wird es gewiss einen Bürgerkrieg geben. Darum errichten die Fairgean im Norden und Osten allmählich Stellungen, denn wenn der Rìgh Jaspar erst tot ist, wird niemand die Krone übernehmen können, und außerdem haben wir ohne den Leitstern keinen wirklichen Schutz gegen die Fairgean. Alle Yedda sind fort …« Als er das Unverständnis auf Lilanthes Gesicht sah, kam er wieder auf sein ursprüngliches Thema zurück. »Was ich damit zu sagen versuche, ist, dass du keine Angst vor mir haben musst. Ich bin mit dem Erlass des Rìgh nicht einverstanden. Genauer gesagt, hass ich ihn und kämpfe gegen ihn an …« Er hielt erneut inne und sagte dann hastig: »Ich werd dir alles darüber erzählen, denn dann wirst du erkennen, dass ich kein Feind, sondern dein Freund bin. Ich liebe die Zauberwesen und kann nicht verstehen, warum der Rìgh sie ausrotten will. Du warst schon lange vor der Großen Durchquerung hier, mit der wir Menschen in dieses Land kamen.«

»Nun, das glaub ich nicht«, sagte Lilanthe kess. »Ich bin erst achtzehn Jahre alt.«

Dide war entzückt über das Aufblitzen ihrer Persönlichkeit.

»Ich mein, die Zauberwesen …«

»Ich bin halb menschlich, weißt du. Mein Vater war wie du, nur meine Mutter war eine Baumwandlerin.«

»Ich glaub, die meisten von uns haben irgendwo in sich etwas von Zauberwesen.« Dide klang unsicher.

Lilanthes Miene wurde wieder mürrisch. »Die meisten täten es nicht zugeben.«

»Einst haben sie es zugegeben. Nun, es heißt, die MacAislins wären mehr als zur Hälfte Nissen und Baumwandler, denn diese Wälder waren einst dicht von ihnen besiedelt und die Kinder der Aislinna leben hier schon seit über eintausend Jahren. Die Familie ist jetzt natürlich fast ausgestorben, aber darum hatten sie den Sommerbaum als ihr Wappen angenommen. Darum bin ich wirklich hier – mein Herr hat mich hergeschickt, weil ich mich am Turm der MacAislin mit jemandem in Verbindung setzen soll. Denn er hat erfahren, dass der Turm wieder besetzt ist, und er hofft, dass es sich um ein Familienmitglied handelt oder dass vielleicht einer der Traumwandler zurückgekehrt ist.«

Wärme und Lebendigkeit kehrten in Lilanthes Gesicht zurück und sie beugte sich vor, wobei sich ihr grünes Haar über ihre Schultern ergoss. »Wer sind die Traumwandler?«

»Aislinnas Turm ist der Turm der Träumer. Er wurde jedoch in der Zeit des Verrats zerstört, obwohl jahrelang Gerüchte umgingen, viele der Träumer seien in der Nacht davongeschlichen und dem Massaker so entkommen. Einige können auf der Traumstraße vorausreisen, verstehst du, und waren so vielleicht vorgewarnt. Wir hoffen, dass die Geschichte stimmt und dass jetzt, wo der Turm aufgegeben wurde, einer oder sogar mehrere zurückgekehrt sind. Mein Herr hat jemanden gesehen, verstehst du. Er ging zum Turm der Raben, gebrauchte dort den Teich des Kristallsehens und versuchte, nacheinander alle Türme zu erreichen. Im Turm der Träumer überraschte er jemanden, hat sie aber verschreckt. Er konnt nicht wieder mit ihnen in Verbindung treten.«

»Woher weißt du das alles?«

»Ich kenne meinen Herrn gut. Er hat viele Jahre lang bei uns gelebt. Ich kann mit ihm in Verbindung treten und er kann mit mir Kontakt aufnehmen, solange wir uns in der Nähe von Wasser aufhalten. Ich versuche ihn jedes Mal während der Dämmerung zu erreichen, aber er hat in letzter Zeit geschwiegen. Das macht mir Sorgen.«

»Wer ist dein Herr?«

»Hast du vom Krüppel gehört?«

»Nein.«

»Nun, das überrascht mich. Obwohl du, nehm ich an, ein Waldwesen bist und daher vielleicht noch nichts von ihm gehört hast. Er ist der Anführer … der Rebellen. Er ist derjenige, der jede Aktion gegen die böse Banrìgh und ihre Roten Garden leitet, der gefangene *Uile-Bheistean* rettet oder Hexen oder sogar törichte, alte weise Frauen und kluge Männer, die zu viele Schwierigkeiten gemacht haben und deshalb der Hexerei beschuldigt wurden. Wir gewinnen allmählich an Stärke, und unsere Pläne reifen langsam. Bald wird ein neuer Schussfaden eingefädelt.«

»Und was wird dann geschehen?«

»Das ist in der Tat die Frage. Wenn alles planmäßig verläuft, werden wir die böse Banrìgh stürzen und uns auf die Suche nach dem Leitstern begeben. Ist er erst in unseren Händen, werden wir die Fairgean von unseren Küsten vertreiben, und Menschen und Zauberwesen können wieder in Eintracht leben.«

»Aber sind die Fairgean nicht auch *Uile-Bheistean*? Sie waren gewiss schon lange vor der Großen Durchquerung hier, genau wie dic Baumwandler und Nissen.«

Dides olivfarbene Haut errötete langsam, bis sogar seine Ohrläppchen rot waren. »Das stimmt vermutlich. Aber die Fairgean haben Aedans Pakt niemals unterschrieben, nich' wahr? Und sie versuchen, uns schon seit eintausend Jahren zu vernichten.«

»Aber Carraig war ihr Land, oder nicht? Ich meine, ursprünglich. Zumindest haben meine Ma und mein Pa es mich so gelehrt, soweit ich mich erinnere. Die gesamte Nordküste, und auch Siantan. Sie müssen an Land kommen, um ihre Kinder zu gebären und aufzuziehen, und jene Felsenküsten waren ihr Geburtsort.«

»Aber sie waren grausam, Lilanthe. Sie haben niemals irgendeinem Pakt zugestimmt. Sie haben nur immerzu gekämpft, bis der eine oder der andere von uns tot waren. Wir haben sie abgewehrt und Jahre später kommen Horden von ihnen zurück.«

»Ich frage mich, wo sie jetzt ihre Kinder gebären?«, sann Lilanthe.

»Zweifellos an den Küsten Carraigs, nachdem sie alle Yedda getötet und praktisch den gesamten Clan der MacSeinn ausgerottet haben! Es heißt, nur der Laird selbst sei übrig geblieben, sowie sein Sohn und eine Hand voll Gefolgsleute. Und hast du es niemals verdächtig gefunden, dass dem Erlass des Rìgh gegen Hexerei alle Yedda zum Opfer gefallen sind, weshalb die Fairgean *so* leicht in Carraig einfallen konnten?«

»Nein«, sagte Lilanthe.

Es entstand eine Pause, Dide hochrot, seine schwarzen Augen funkelnd. Dann verrauchte sein Zorn etwas und er sagte, ein wenig barsch: »Wie dem auch sei, der Punkt is', dass ein neuer Faden in den Wandteppich eingewoben wird. Ich bin nicht dein Feind, ich bin dein Freund. Ich will dir helfen.«

»Wie?«

Dide geriet erneut ein wenig aus der Fassung. »Ich ... weiß es nicht. Ich mein vermutlich, dass ich allen *Uile-Bheistean* helfen, sie von dem Erlass gegen Zauberwesen befreien und Aedans Pakt erneuern will.«

»Das wollte auch Isabeau tun«, murmelte Lilanthe leise.

Die Wirkung ihrer Worte war elektrisierend. Dide richtete sich jäh auf und fragte: »Du kennst Isabeau? Rotes Haar, blaue Augen? Immer lachend?«

»Ja! Du kennst sie auch?«

»Ich hab sie vor vielen Jahren gekannt, als wir Kinder waren. Ich dacht, ich hätte sie kürzlich wiedergesehen, in Caeryla. Hoffentlich war es nicht sie.«

»Isabeau wollte nach Caeryla. Sie wollte dort jemanden treffen ...«

»Nun, ich hoff, es war nicht Isabeau! Obwohl sie sich umsah, als ich sie rief ...« Dides Gesicht war plötzlich überschattet.

»Warum? Was ist geschehen? Geht es ihr gut?«

»Nun, wenn es Isabeau war, geht es ihr überhaupt nicht gut. Sie war der Hexerei angeklagt. Sie wollten sie an das *Uile-Bheist* im See verfüttern. Wir sind unmittelbar vor Sonnenuntergang fortgeritten, und alles, worüber man in Caeryla reden hörte, war die rothaarige Hexe. Ihre Hinrichtung sollte das Schauspiel des Monats sein. Alle gingen sie hin!«

Lilanthe erhob sich. »Oh, nein! Nein! Sie kann nicht gefangen genommen worden sein. Warum hast du ihr nicht geholfen? Warum hast du nichts unternommen?«

»Was konnte ich tun?«, fragte Dide. »Ich war allein und sie wurde von einer gesamten Truppe Soldaten begleitet, ganz zu schweigen von den meisten Stadtbewohnern Caerylas. Ich war mir nicht einmal sicher, dass sie es war. Ich hab nur das rote Haar gesehen ...«

Die Baumwandlerin brach in heftiges Weinen aus, wandte sich um und lief in den Wald. Dide, der ziemlich beunruhigt und dem selbst etwas weinerlich zumute war, lief hinter ihr her, aber Lilanthe war verschwunden. An diesem Abend half er nur schweren Herzens, den Wohnwagen zu packen, und obwohl er unruhig seinen Geist aussandte, war keine Spur von Lilanthe erkennbar.

Drei Tage zogen die Jongleure die grüne Straße entlang, folgten dem gewundenen Fluss und lagerten jeden Abend an seinen stillen Teichen. Dide war in einer verzwickten Lage. Er wagte seine fieberhafte Unruhe nicht zu zeigen, denn seine langen Zeiten der Abwesenheit und sein zerstreutes Schweigen gaben den anderen Jongleuren bereits Anlass, ihn zu necken, und er musste stets darauf achten, wie die anderen zu scheinen, damit sie sein verräterisches Geheimnis nicht errieten. Die Strafe für eine Verbindung zu den Rebellen war der Tod und Dide wollte nicht, dass er oder der Wohnwagen seines Vaters in Verdacht gerieten. Die Möglichkeit, dass die Hexe, die in Caeryla hingerichtet worden war, vielleicht Isabeau gewesen sein könnte, bedrückte ihn noch zusätzlich, denn obwohl seit ihrer Begegnung acht Jahre vergangen waren, hatte er stets an sie gedacht und sich gefragt, ob sie sich wiedersehen würden. Jeden Morgen schlich er davon und blickte in einen der Teiche, falls sein Herr ihn zu erreichen versuchen sollte, oder falls Lilanthe zurückkehrte. Am vierten Tag beobachtete er freudlos, wie das dunkle Wasser mit zunehmender Helligkeit einen schönen Silberschimmer annahm, als er ein weiteres, fremdes Bewusstsein bemerkte. Er schaute mit jäher

Freude auf und da war Lilanthe; ihr grünes Haar war verfilzt, ihr Gesicht schmutzverschmiert und die Augen schienen vom Weinen fast zugeschwollen.

»Ich möchte mich euch anschließen«, sagte sie. »Ich möcht auch eine Rebellin werden.«

Gedanken überschlugen sich in Dides Geist. Seine erste Reaktion war, sie zurechtzuweisen, aber es gehörte zu Dides Aufgabe, neue Rekruten für seinen Herrn zu finden, besonders solche, die eigene Magie besaßen. Er erkannte auch, wie tief Lilanthes Kummer saß, obwohl er ihn nicht vollkommen verstand.

»Dann sollt ich dich besser meiner Großmutter vorstellen«, sagte er. »Sie wird wissen, was zu tun ist.«

Maya die Verhexerin

Maya saß in ihrem Raum, blickte in den Sonnenuntergang hinaus und versuchte, die leichten Schauder zu kontrollieren, die ihren Körper überliefen. Es war Zeit, mit ihrem Vater in Verbindung zu treten, und die Aussicht erfüllte sie mit Angst. Es war sinnlos, sich daran zu crinnern, dass sie die Banrìgh Eileanans war, die mächtigste Frau im Land. Es war sinnlos, sich zu sagen, dass sie hier in Rhyssmadill weit von ihrem Vater entfernt war. Allein der Gedanke, mit ihm sprechen zu müssen, erfüllte sie mit Entsetzen.

Mayas Vater war ein Mann, den man fürchten musste. Er entstammte einer Kriegerrasse voller Stolz auf Stärke und voller Verachtung für Schwäche; ihr Leben wurde von uralten Traditionen und strengen Magien bestimmt. Und obwohl viele Jahre vergangen waren, seit Maya bei ihrem Vater gelebt hatte – sie war den Priesterinnen von Jor übergeben worden, als sie kaum mehr als ein Kleinkind war –, genügte allein der Gedanke an ihn, um ihre Eingeweide sich verkrampfen zu lassen. Sani wusste das und brachte den alten Spiegel mit einem boshaften Schimmern in den kleinen, hellen Augen herbei. Der fischschwanzähnliche Spiegel war sehr alt, das Metall inzwischen grün angelaufen, obwohl die ovale Oberfläche noch immer glänzte. Kein einziger Kratzer verunstaltete seine polierte Vorderseite und wenn Maya ihn in Händen hielt und ihr Spiegelbild betrachtete, nahm ihr Gesicht eine rätselhafte Schönheit an, die irgendwie fremdartig schien.

Den Spiegel als Fokus benutzend, wie Sani es sie gelehrt hatte, blickte Maya in ihr täuschend gelassenes Gesicht und rief ihren Vater. Seine vielen Namen und Titel gingen ihr gestelzt, aber melodisch von den Lippen. Während sie sie intonierte, versank ihr Spiegelbild in trüben Kräuselungen. Sie rief ihren Vater weiterhin und sein Gesicht näherte sich durch den verzerrenden Schleier; es war düster vor Zorn. Er brüllte mit weit geöffnetem Mund, und zeigte dabei seine gelb schimmernden Fangzähne.

»Warum hast du nicht früher Verbindung mit mir aufgenommen?« Sein Gesang klang eher wie das Aufprallen von Brechern auf einem eisbedeckten Strand als wie das leise Schwappen von Mayas Stimme.

Sie versuchte, die Klangfarbe ihrer Melodie zu verstärken. »Es war nicht sicher.«

»Nicht sicher! Hast du dort nicht die Kontrolle? Bist du nicht die Banrìgh?«

»Der Palast ist voller aufrührerischer Lairds und spionierender Diener. Ich konnte zu diesem Zeitpunkt keine Preisgabe riskieren. Je fester mein Griff, desto misstrauischer werden sie.«

»Schwach und töricht, wie alle Frauen es sind. Wann wird mein Wille geschehen? Welche Neuigkeiten gibt es?«

»Der Erlass gegen Zauberwesen setzt sich durch. Es wurden uns Zauberwesen aller Arten übergeben. Die meisten sind nutzlos, aber einige ... einige haben sich als nützlich erwiesen. Uns wurden viele Rebellen und Hexen offenbart, weil sie Mitleid mit den Zauberwesen haben und sich unwissentlich verraten. Der größte Schlag ist uns mit der Entdeckung einer weiteren Rebellenfeste in Rurach und mit der Auslöschung des gesamten Rattennests gelungen. Die Narren waren zum Turm zurückgekehrt, den ich natürlich hatte bewachen lassen. Blèssem und Aslinn sind vollkommen unter Kontrolle, wie du weißt, und obwohl Rurach und Tìreich noch ein wenig widerspenstig sind, spielt das keine große Rolle, weil wir an anderen Fronten die Oberhand haben.«

»Und was ist mit deinen alten Feinden, den Drachen?«

Maya hätte den Blick gerne abgewandt, aber sie wagte es nicht. »Die Drachen haben sich erhoben.«

Ihr Vater warf den Kopf zurück und brüllte erneut und der Spiegel war vom unangenehmen Anblick seiner Zunge und Fangzähne erfüllt. »So sei es!«, sagte er schließlich. »Jedes Mal, wenn wir darum gekämpft haben, wiederzuerlangen, was rechtmäßig uns gehört, haben sich die Drachen gegen uns gestellt. Ich bin jedoch unzufrieden, *Tochter.*« Er spie die Bezeichnung verächtlich aus und tatsächlich wollte er sie beleidigen, wenn er sie an ihren niedrigen Status erinnerte. Für ihn und seinesgleichen waren Töchter nur Pfänder in den Spielen der Macht, die sie alle so unaufhörlich verfolgten. Wenn schwere Zeiten herrschten, wurden weibliche Babys ertränkt, damit mehr Nahrung für die Jungen vorhanden war. Wenn ein weibliches Kind bis zum Erwachsenenalter überlebte, hatte sie keine Kontrolle über ihre Zukunft, da sie mit dem Mann vermählt wurde, den ihr Vater oder Bruder zu dem Zeitpunkt begünstigte. Die Männlichkeit wurde durch Darbietungen von Brutalität und Kraft bewiesen und die Aufteilung von Nahrung, Raum und Frauen durch Männlichkeit entschieden. Maya war dem nur durch eine seltsame Wendung des Schicksals entkommen, die dafür gesorgt hatte, dass sie den Priesterinnen von Jor übergeben wurde, welche die Macht in ihr erkannten und für ihre eigenen Zwecke zu benutzen versuchten.

»Du hast versagt«, fuhr er fort. Sie beherrschte ihre Züge, konnte es aber nicht verhindern, dass Schweiß auf ihrer Stirn ausbrach. »Du solltest den Drachen mit zungenfertigen und glatten Worten schmeicheln, die euch Frauen so vertraut sind. Du solltest ihnen hübsche Geschenke machen und aalglatte Versprechungen abgeben, bis ihre Wachsamkeit nachließe, und dann mit vergifteten Lanzen über sie herfallen. Was hast du falsch gemacht?«

Maya heftete ihren Blick an seinen und sagte sanft: »Ein Kontingent von Gardisten, die in den Weißlockenbergen Hexen suchten, geriet in Panik, als ein Drache herabkam, um sie nach dem Grund ihrer Anwesenheit zu fragen. Sie hatten ihre vergifteten Lanzen bei sich. Eure Hoheit wäre gewiss froh zu erfahren, dass Euer Drachenfluch genauso gewirkt hat, wie Ihr es vorhergesagt habt.«

»Natürlich hat er gewirkt, Närrin. Und erwarte nicht, dass ich dir glaube, der Kreis der Sieben hätte sich nur erhoben, weil ein Drache getötet wurde. Unfälle geschehen nun mal. So etwas hätten die Männer leicht mit ihrer Angst vor Drachen erklären können, von der diese Feiglinge meist überwältigt werden. Die Drachen wissen, dass sie nicht zu nahe kommen dürfen ...«

»Der Drache war weiblich – und trächtig.«

Er schnaubte angewidert und verächtlich. »Das hat ihr kaltes Blut wohl in Wallung gebracht. Sie haben solch seltsame Vorstellungen. Warum hast du keine Verhandlungstruppe ins Drachental gesandt? Wenn sie eure Herolde erst hineingelassen hätten, dann hättest du über sie herfallen können.«

»Das haben wir getan«, stotterte Maya, »aber sie wollten unsere Herolde nicht akzeptieren.«

»Eure Herolde nicht akzeptieren! Die Herolde des Rìgh von Eileanan nicht akzeptieren? Ihr müsst sie wirklich zutiefst verletzt haben. Nein, irgendetwas verschweigst du mir. Was ist mit den anderen Stacheln, die noch in unserem Fleisch sitzen? Was ist mit der Oberzauberin? Was ist mit ihr?«

Maya leckte sich wider Willen über die Lippen und schluckte. »Wir haben Grund zu der Annahme, dass die Oberzauberin Meghan NicCuinn vor uns bei den Drachen eingetroffen ist und schlecht über uns gesprochen hat. Wir hatten sie in ihrem Geheimversteck im Schatten der Drachenklaue aufgespürt und sie und einige Mitglieder des Hexensabbats bei ihren scheußlichen Geheimriten überrascht. Einige der Hexen wurden getötet, obwohl sie die Mächte der Erde und des Feuers anriefen. Die Oberzauberin ist entkommen, aber wir haben eine Hexe gefangen genommen und hingerichtet, die vermutlich ihr Lehrling war, eine mächtige Hexe. Wir sind der Oberzauberin jetzt hart auf den Fersen und zuversichtlich, dass wir sie bald erwischen.«

»O ja, zuversichtlich. Zuversichtlich, wie du es auch zuvor warst. Du warst sechzehn Jahre lang zuversichtlich, sie vernichten zu können, und ich habe nichts als leere Worte erlebt. Sie hat also bei den Drachen schlecht über euch gesprochen und jetzt haben sich die Drachen erhoben. Bei Jor! Dass ich gezwungen bin, mich auf eine schwächliche Frau als meine Handlangerin zu verlassen! Bring das für mich in Ordnung, sonst werde ich, bei Jor, dein Blut fordern!«

»Ja, Eure Hoheit.« Maya senkte den Kopf und versuchte, ihre gelassene Miene beizubehalten.

»Und was ist mit dem Krüppel? Ich merke, dass du ihn nicht erwähnst. Ich hoffe, du hast mich nicht auch dabei enttäuscht?«

»Wir haben den Anführer der Rebellen im Spiegel ausfindig gemacht, indem wir seinen Hexendolch und Stab gebraucht haben, und haben so auch erfahren, wohin er reiste. Wir waren sicher, dass er uns letztendlich zu Meghan führen würde. Er hat uns viele Male überlistet und getäuscht und jedes Mal haben wir das Netz fester um ihn gezogen.«

»So? Als wir das letzte Mal darüber sprachen, hast du genau dieselben Worte benutzt. Ich möchte wissen, ob das Netz fest genug zugezogen wurde, um ihn festzuhalten. Ich sagte dir letztes Mal, du solltest es nicht riskieren, ihn in diesen jorverdammten Bergen zu verlieren, wo ein Tal aussieht wie das andere. Ich sagte dir, du solltest ihn gefangen nehmen, wenn er durch den Pass käme, und dort das Versteck der Oberzauberin aus ihm herauspressen. Hast du das nicht getan?«

Maya schwitzte erneut. »Doch, Eure Hoheit, nur …«

»Oh, ich verstehe. Eine weitere Entschuldigung? Wie hast du mich jetzt wieder enttäuscht?«

Maya sprach hastig. »Meghans Lehrling hat unsere Pläne vereitelt. Sie hat ihn in der Nacht seiner Gefangennahme befreit und unsere Männer auf eine hastige Jagd geführt, während er in die Berge entkam. Wir haben sie jedoch gefangen genommen und hingerichtet.«

»Während euch der Krüppel erneut durch die Finger geschlüpft ist. Warum konntest du ihn nicht wieder aufstöbern?«

»Er hat aufgehört kristallzusehen.«

»Also weiß er, dass ihr ihn beobachtet!«

»Es scheint so.«

»Und hättest du es mir erzählt, wenn ich nicht gefragt hätte?«, sang er mit trügerisch sanfter Stimme. Sie bemühte sich um eine Antwort, aber er zog die Lefzen hoch, zeigte seine schimmernden Fangzähne und brüllte erneut. Maya wäre fast zurückgezuckt. Schließlich hörte er auf und schnaufte: »Verflucht seien deine weiblichen Geheimnisse. Verflucht deine glatte, hinterhältige Art. Dass ich solche Angelegenheiten Narren und Schwächlingen überlassen muss! Dass die stolzen Kinder Jors so tief gesunken sind, da sie auf eine geistesschwache Halbblutfrau angewiesen sind!«

»Wir sind dem Sieg näher als jemals zuvor, Vater!« Maya sah ihren Vater mit flammendem Blick an. »Sagst du nicht immer, dass die Gezeitenwogen von Jors Zorn langsam strömen, die Felsen aber zu Sand zermahlen werden?«

Er stierte sie aus grimmigen, hellen Augen an und lachte dann kalt. »Nur zu wahr. Aber wisse, wenn der Winter naht, wenn die Geburt erfolgt ist und das Junge schwimmt, werden wir kommen! Du solltest besser dafür sorgen, dass ich mich auf dich freue, und diese verrunzelte, austergesichtige Priesterinnenvettel ebenso!«

Dann war er fort, und Mayas eigenes Spiegelbild trieb durch die gekräuselten Tiefen des Spiegels auf sie zu. Sie war entsetzt, als sie ihr aschfarbenes Gesicht und ihren verängstigten Blick sah.

Auch Sani war verängstigt. »Ihr Närrin! Nur weil er auf der anderen Seite des Landes weilt, ist das noch lange keine Entschuldigung dafür, ihn so zu erzürnen! Sein Arm reicht sehr weit.

Glaubt nicht, Ihr wärt hochgestellt und mächtig, mein hübsches Kind, nur weil Ihr einen Rìgh dazu verhext habt, Euch zu heiraten. Ihr seid noch immer nichts! Ihr seid noch immer eine unwürdige Halbbluttochter und bedeutet weniger als ein Sandkorn für den großen Felsen, also für Seine Hoheit, für den Gott aller Meere, den Herrn aller Flüsse und Gezeitenströme, den Reiter der Seeschlange. Lasst mich Euch sagen, dass Ihr auch mich in Gefahr bringt, wenn Ihr Euch in Gefahr bringt, und glaubt nicht, ich würd Euch erlauben, mich zu Fall zu bringen!«

»Das reicht!«, kreischte Maya. »Der Arm meines Vaters reicht vielleicht wirklich weit, aber meiner ist noch immer näher.« Und sie schlug auf die kleine, alte Frau ein und stieß sie gegen den Tisch, sodass der Spiegel über seine polierte Oberfläche schlidderte.

Die alte Frau erhob sich langsam. »Nehmt Euch in Acht, meine Liebe. Nehmt Euch gut in Acht.« Sie nahm den Spiegel ehrfurchtsvoll auf und wickelte ihn wieder in das verblasste Seidentuch. »Denkt daran, ich bin hier Eure einzige Freundin, die Einzige, die Euch Eurem Vater gegenüber zur Seite steht. Was wäre, wenn ich ihm die vielen Kleinigkeiten erzählte, die Ihr bei Eurem Bericht so schlau ausgelassen habt?«

Maya hatte das Gefühl, schreien zu müssen, aber stattdessen richtete sie sich zu ihrer vollen Größe auf, wodurch sie die alte Frau überragte, und sagte mit aalglatter Stimme: »Ich schlage vor, dass *Ihr* Euch in Acht nehmt, Sani. Denkt daran, ich bin hier noch immer die Banrìgh.«

»Ach, ja, meine Liebe, wie könnte ich das vergessen? Denkt Ihr nur daran, dass Euer Vater kommt, wenn der Winter naht und Euer kostbarer Rìgh tot sein wird. Was werdet Ihr dann sein?«

Maya wusste darauf nichts zu erwidern. Es war ein Fehler gewesen, in Wut zu geraten. Sie kannte die Hohepriesterin Sani schon ihr ganzes Leben lang, war tatsächlich von ihr aufgezogen worden und hatte daher einen sehr gesunden Respekt vor der verrunzelten alten Frau. Sani vergaß nichts und vergab sehr wenig. Maya biss sich auf die Lippen, nahm ihr Plaid auf, legte es sich um die Schultern und sagte: »Ich gehe spazieren. Ich brauche dringend etwas frische Luft.«

»Genießt Euren Spaziergang, Mylady«, sagte Sani ruhig.

Als Maya den Gang hinunterschritt, prallte sie beinahe gegen den Rücken der alten Köchin, die eifrig einen Messingtürgriff polierte. »Verzeihung, Mylady, aber wie meine liebe, alte Mutter stets zu sagen pflegte, wird nichts richtig getan, wenn man es nicht selbst tut! Die Mädchen in diesem Stockwerk werden schrecklich träge! Stimmt was nicht, Mylady?« Maya schüttelte den Kopf, setzte ihren Weg fort und fragte sich erneut, ob Sani mit ihrer Vermutung Recht haben könnte, dass diese alte Frau sie ausspionierte. Wenn man in Latifas gelassenes, altes Gesicht sah, schien es unmöglich, aber in Mayas augenblicklicher Stimmung hätte sie auf jedermann einschlagen können. So wandte sie sich auf dem Absatz um und sagte ruhig: »Lasst Euch nicht dabei erwischen, dass Ihr wieder ohne Erlaubnis bei meinen Privaträumen herumschleicht, habt Ihr verstanden?«

Latifa schaute betrübt auf. »Aber, Mylady …«

»Habt Ihr verstanden?«

»Nun, ja, Mylady.«

»Gut!«

Der lange Ritt von Rhyssmadill zum Meer verschlimmerte Mayas Laune nur noch. Sie musste sich mit dem über den Kopf gezogenen Plaid ihren Weg durch die bevölkerten Straßen der Stadt bahnen, damit niemand sie erkennen und sich fragen würde, warum sie nachts allein durch die Straßen ritt. Obwohl noch immer das letzte Tageslicht auf dem Wasser des Berhtfane schimmerte, zeigte es ihr nur die dicht gedrängten Masten der Schiffe, die sich nicht aus der Flussmündung hinauswagten. Die Straßen waren voller rauer Seeleute, die ihre Ersparnisse vertranken, obwohl niemand wusste, wann die Handelsschiffe wieder Segel setzen konnten. Mit einem mürrischen Zug um den Mund verließ

Maya die Stadt so schnell wie möglich, bog in den dichten Wald ein und sog gierig die salzige Luft ein. Sie war gefangen, das erkannte sie nun. Was würde geschehen, wenn sich der Wille ihres Vaters durchsetzte? Sie wäre nicht länger die Banrìgh, nicht länger mächtig, nie wieder frei. Maya stieg mit einem stechenden Gefühl der Angst ab, ließ ihr Pferd frei grasen, lief die letzten hundert Meter zum Waldrand und kletterte dann den Deich hinauf, um aufs Meer zu blicken.

Es war Ebbe und Meilen bloßen, von Treibgut bedeckten Sandes erstreckten sich vor ihr. Sie legte ihre Kleidung ab und lief auf den silberglänzenden Strand hinaus, eilte auf das so weit entfernte Wasser zu. Es war jetzt vollkommen dunkel, nur das Licht der beiden Monde leuchtete sehr hell. Sie konnte das Wasser deutlich sehen, ein dunkles Blau schimmerte unter dem Sternenhimmel. Der Wind fühlte sich auf ihrer nackten Haut wundervoll an, ebenso wie der Geruch nach Salz und die Verlockung des Wassers. Bald tauchte sie in die Wellen ein und schwamm kräftig.

Maya versuchte, sich daran zu erinnern, wie sie sich gefühlt hatte, als sie zum ersten Mal hierher kam, wie stolz sie gewesen war, für diese Aufgabe erwählt worden zu sein, wie entschlossen sie war, erfolgreich zu sein. Wie einfach alle ihre Wahlmöglichkeiten gewesen waren! Jetzt wünschte sie sich, trotz ihrer Ausbildung und Erziehung, trotz allem, was sie zu wollen glaubte, die Dinge wären geblieben, wie sie gewesen waren. Dass Jaspar sie wieder lieben würde wie am Anfang, dass sie die Banrìgh wäre, der alle Liebe und alles Vertrauen ihres Volkes gehörte, so wie es sie früher geliebt und ihr vertraut hatte. *Wenn nur mein Vater und Sani einfach verschwänden und mich in Ruhe ließen. Dann könnte ich glücklich sein,* dachte sie. Maya war die Intrigen an einem Hof gewohnt, wo die Macht so konzentriert in den Händen weniger lag, dass man zu Listen und Ränken Zuflucht nehmen musste, wenn man bekommen wollte, was man ersehnte. Während sie mit gefährlicher Freude die Wellen unter dem weiten Nachthimmel durchschwamm, begann sie zu planen, und der finstere Ausdruck schwand allmählich aus ihren Zügen und wurde von etwas ersetzt, dass einem Lächeln sehr ähnlich sah. *Es bestand noch immer eine Chance …*

Tòmas der Heiler

Während Jorge, Jesyah und Tòmas tiefer in die Weißlockenberge zogen, stellten sie fest, dass ihre Reise immer gefährlicher wurde. In den Sithichebergen waren die Roten Garden auf die Drachenklaue zumarschiert, sodass Jorge sie weitgehend hinter sich gelassen hatte, als er erst vom Gipfel der Drachen fortzuziehen begann. Die Weißlockenberge waren jedoch für Unruhestifter bekannt und daher waren die Soldaten der Banrìgh zahlreich und misstrauisch. Jorge begann sich zu fragen, wie er Tòmas' *Talent* am besten verbergen könnte, denn für ihn loderte der kleine Junge wie eine Fackel.

Wenn wir hier irgendwelchen Suchern begegnen, müssen sie das Kind spüren, sagte er eines Abends zu Jesyah.

Der Rabe, der wenige Fuß über Jorges Kopf hockte, krächzte fragend.

Ja, wenn er nahe bei mir ist, kann ich das, aber der Junge rennt ständig davon und dann kann ich ihn nicht abschirmen. Der Rabe krächzte interesselos und flog weiter.

Jorge versuchte dem Jungen klar zu machen, wie wichtig es war, dass er nicht entdeckt wurde, aber Tòmas war noch keine acht Jahre alt und schien Quecksilber in den Adern zu haben. Es war schwierig für den alten Mann, mit ihm mitzuhalten, und Jorge wollte keine Aufmerksamkeit auf sie ziehen, indem er hinter Tòmas herrief, während dieser hierhin und dorthin stürzte. Er begann sich zu wünschen, er könnte den Jungen anbinden, wie der Jagdgehilfe eines Laird die Jagdhunde vor der Jagd anband. Sie legten jeden Tag so viel des Weges zurück, wie es ihnen möglich war, wobei Jorge vor der Sonne aufstand und noch weit nach Sonnenuntergang vorandrängte. Nach mehreren Wochen fragte Jorge sich, wie er solange ohne seinen neuen Lehrling zurechtgekommen war. Tòmas erfreute ihn mit seinem Staunen und seiner Begeisterung, seiner Neugier und seinem Wissensdurst, während seine unschuldigen Äußerungen Jorge kichern ließen. Jesyah der Rabe wurde recht eifersüchtig, aber Tòmas nahm sogar den rätselhaften Vogel für sich ein, indem er ihn mit besonderen Leckerbissen fütterte, die er am Wegesrand fand, und ihm den glänzenden, schwarzen Rücken kratzte, den Jesyah mit seinen Klauen nicht erreichen konnte.

Solange sie im Schutz der Berge blieben, waren sie recht sicher, denn es gab nur wenige Dörfer, die zudem weit auseinander lagen, und mit Hilfe der scharfen Augen des Raben mieden sie mühelos jegliches verstreute Kontingent von Soldaten. Bald müssten sie sich jedoch südwärts wenden, hinunter ins Bergland Rionnagans auf Lucescere, die Schimmernde Stadt, zu. Dieser Teil der Reise erfüllte Jorge mit Sorge, aber wenn er Gerüchte und Uneinigkeit verbreiten wollte, war der Marktplatz von Lucescere der beste Ort, um damit zu beginnen. Lucescere war die größte Stadt der Insel und auch die älteste. Als der Erste Hexensabbat von seiner Heimat auf der anderen Seite des Universums nach Eileanan gekommen war, hatten sie auf einer Felsenklippe nahe ihres Schiffwracks den Turm der Ersten Landung erbaut. Die häufig Turm des Cuinn genannte alte Steinzitadelle war um die Grabstätte des größten Zauberers von allen, Cuinn Löwenherz, errichtet worden, der bei der Durchquerung gestorben war. Auf den unfruchtbaren Ebenen rund um den Turm des Cuinn war eine einfache Ansiedlung entstanden, während die ungefähr vierhundert Siedler ums Überleben kämpften.

Leider verstanden die Siedler die weiten, jahreszeitlich bedingten Ausschläge der Gezeiten nicht, die durch die gegensätzliche

Anziehungskraft der beiden Monde entstanden. In ihrem ersten Winter wurde die Ansiedlung im Ansturm der Flut ertränkt und viele verloren dabei ihr Leben. Nur der Turm, der auf einem Stück Land erbaut worden war, der zur Insel wurde, überlebte. Owein MacCuinn zwängte die Überlebenden in den Turm, saß die bittere Kälte und die Isolation aus, verteilte die kärglichen Rationen und bewahrte die Menschen vor Krankheiten, sodass erstaunlich viele diese erste große Prüfung überlebten. Als schließlich der Frühling kam und das Meer wieder zurückzuweichen begann, wurden Erkundungsgruppen ins Hinterland entsandt, die den schimmernden Biegungen des Rhyllster in das Gebiet folgten, das dereinst zu Rionnagan wurde.

In Rionnagan fanden sie, wonach sie suchten – fruchtbares Land, Wasser im Überfluss und leicht zu schützendes Gelände. Denn die neuen Siedler erkannten, dass die jahreszeitlich bedingten Gezeiten, unvertraute Nahrung und Heimweh ihre geringsten Probleme waren. Die einheimischen Bewohner Eileanans waren wenig erfreut über die Invasion der Menschen von einem anderen Planeten, besonders die Fairgean, die auf ihren Frühlingsweiden eintrafen und sie besetzt vorfanden. Als grausame, kriegerische Rasse, die als Nomaden im Meer lebten, gaben die Fairgean ihren Zugriff auf die Küste nicht leicht auf, sodass während der nächsten zweihundert Jahre die Ersten Fairgeankriege tobten. Lucescere wurde auf einer gewaltigen Felsspitze erbaut, die zwischen zwei in den darunter liegenden Rhyllster hinabstürzenden Wasserfällen aufragte. Die Stadt wurde niemals zerstört, da sie die Fairgean und ihre Verbündeten über eintausend Jahre lang abwehrte.

Das Geräusch der Wasserfälle warnte Jorge als Erstes vor der Nähe ihres Ziels, kurz darauf nahm er auch den Geruch des Wassers und die Gischt auf seinem Gesicht wahr. Er hörte Tòmas einen ehrfürchtigen Freudenschrei ausstoßen und tastete mit seinem Stock nach einer Sitzgelegenheit, während die Gefühle seine Kehle einschnürten.

»Da ist ein unglaublicher Wasserfall«, sagte der kleine Junge, der es sich angewöhnt hatte, seinem blinden Herrn alles, was er sah, zu beschreiben. »Er scheint endlos herabzustürzen. Ihr solltet es sehen! Und obenauf ist ein Schloss, mit hoch emporstrebenden Mauern und Spitztürmen mit flammendbunten Zinnen. Ihre Dächer müssen aus Gold oder Bronze gemacht sein, dass sie in der Sonne so glänzen. Und Regenbogen schweben rund um seine Grundmauern; darunter sind nur Dunkelheit und Nebel.«

»Was kannst du noch sehen, mein Junge?«

»Einen großen See, ganz schimmernd und glänzend, am Fuß des Wasserfalls. In die Klippen ist eine alte Stadt hineingebaut, mit gewundenen Straßen und Häusern, die alle übereinander liegen. Warum haben sie die Stadt nicht am Ufer des Sees erbaut, Jorge? So viel Platz und doch wurde die Stadt obenauf gezwängt.«

»Was glaubst du, warum?«

Tòmas wusste es nicht, trotzdem er sein ganzes, kurzes Leben in einem Land verbracht hatte, das von innerem Aufruhr und Krieg zerrissen war.

»Zur Verteidigung, Junge. Lucescere hat auf beiden Seiten einen Fluss und an der Rückseite hohe Berge. Es kann sich gegen jeden Angreifer, ob Mensch oder Zauberwesen, behaupten. Natürlich ist das der Grund dafür, warum niemand, der bei Verstand ist, eine Stadt zu nahe an ein Gewässer bauen würde, gleichgültig wie schön es dort ist. Bäche, Seen und Flüsse sind gefährlich. Die Fairgean können tief ins Land vordringen, indem sie die Flüsse hinaufschwimmen, und manch ein törichter Mensch wurde ertränkt, weil er sich zu nahe ans Wasser gewagt hat. Aber sie können keinen Wasserfall wie die Schimmernden Wasser hinaufspringen und daher ist die Stadt Lucescere sicher, gleichgültig wie viele Fairgean in den See von Lucescere vordringen.«

»Können wir zum See hinuntergehen?«

»Vielleicht. Es heißt, der Rhyllster sei der einzige Fluss in Eileanan, den die Fairgean nicht befallen haben. Obwohl es mir ein Rätsel ist, wie jemand etwas über die Flüsse Tìrsoilleirs wissen kann. Es sind viele Jahre vergangen, seit wir etwas von der anderen Seite der Großen Wasserscheide gehört haben.«

»Warum sind die Fairgean nicht in den Rhyllster vorgedrungen?«

»Die Verkündigungen des Rìgh besagen, dass es deshalb sei, weil sie seine Macht fürchten, obwohl das seit dem Verlust des Leitsterns nicht mehr die gleiche Gültigkeit wie früher haben kann. Die Besatzungen der Kriegsschiffe glauben, es sei wegen des Tores, das an der Mündung des Berhtfane errichtet wurde. Die Händler flüstern, es sei, weil die Fairgean die Reihe von Schleusen und Kanälen nicht überspringen können, welche die Hexen zur Kontrolle der Gezeiten gebaut haben, und es stimmt tatsächlich, dass wir seitdem keine Fairgean mehr gesehen haben. Das bekannteste Gerücht besagt jedoch, es sei, weil unsere geheimnisvolle Banrìgh in Wahrheit eine Fairgean sei und erst jetzt einer von deren üblen Plänen verwirklicht wird.«

»Wie könnte die Banrìgh ...?«, stotterte Tòmas verblüfft und Jorge erkannte, dass ihm seine ländliche Loyalität zur Hohen Krone tief in Fleisch und Blut übergegangen war.

»Es sind schon seltsamere Dinge geschehen. Wenn es tatsächlich durch einen entsetzlich unglücklichen Zufall wahr ist, beantwortet es viele Fragen, die unlösbar schienen.«

»Aber Fairgean haben Fangzähne! Und Schuppen!«

»Nur in ihrer Hochseegestalt«, erwiderte Jorge. »Und selbst dann wirken sie erstaunlich menschlich. Und sie können gestaltwandeln, um an Land zu kommen, wie du weißt.«

»Aber meine Mam sagt, dass sie uns selbst dann nich'... ähnlich sehen.«

»Sie sind nicht wie wir, dummer Junge, warum solltest du also glauben, sie wären so? Nein, ein Fairge in Landgestalt ist einfach ebenso fremdartig und hübsch wie in Meergestalt.«

»Ich hab noch niemals zuvor gehört, dass sie als hübsch bezeichnet worden wären. Die Menschen bezeichnen sie meist als abstoßend.«

»Nun, ich bezweifle, dass schon viele Dorfbewohner der Sithicheberge einen Fairgean gesehen haben.«

»Aber der Cousin des Bruders der Frau meines Onkels hat die Banrìgh gesehen und er sagte, sie sei sehr hübsch. Er hat nichts von Schuppen erwähnt. Und ich dachte, sie sei die Tochter einer Yedda und könnte mit ihrem Gesang, genau wie die Yedda, das Herz eines Mannes erweichen.«

»Die Fairgean singen auch. Darum sind sie dem Gesang der Yedda gegenüber so empfänglich.«

»Aber wenn sie eine Fairge wäre, könnte es doch jeder erkennen. Ich denk das ist eine törichte Geschichte.«

»Es sei denn, es wäre Magie am Werk. Wir haben die Magie der Fairgean niemals wirklich verstanden. Sie sind rätselhafte Leute.« Jorge erhob sich mühsam, wandte das Gesicht der Gischt zu und sog tief die nach Wasser duftende Luft ein. »Komm, Junge, ich werd bei der Bewältigung dieses steilen Hangs deine Hilfe brauchen. Richte dich zur Stadt hin und versuche, mir nahe zu bleiben.«

Sie gelangten mühsam zu der mit Kopfsteinen gepflasterten, von Festungsmauern gesäumten Straße hinab, die sich den Berghang entlang auf Lucescere zuwand. Gruppen von Arbeitern waren bereits auf dem Weg zurück zur Stadt, sie trugen Pickel und Hacken über den Schultern und ihre müden Gesichter waren vom Staub der Felder bedeckt. Die Sonne ging schon fast unter und nur die Höhen waren noch sonnenbeschienen, während das Tal unten im Schatten versank. Während sich Jorge seinen Weg über die unebenen Steine ertastete, sann er über die Gefahren nach, die sein neuer Lehrling mit sich brachte. Er musste eine Möglichkeit finden, den Jungen abzuschirmen. In Lucescere gab es Hexenschnüffler im Überfluss, die häufig sowohl von Amtsleuten und vom Heer als auch von Privatbürgern gedungen wurden, um Pechwünscher, Fluchverbreiter, Zauberwesenhalbblütige und jedermann sonst mit einer Neigung zur Rebellion aufzuspüren. Lucescere war von der Krone lange Zeit als Rebellen-, Hexen- und

Diebeshochburg angesehen worden und die Gilde der Sucher galt, trotz einem großen Kontingent Roter Garden, einem skrupellosen Baron und regelmäßigen Überraschungsangriffen, lange als die wirkungsvollste Kontrollmethode. Einen Hexenschnüffler zu dingen, war auch eine ausgezeichnete Möglichkeit um sich eines Feindes zu entledigen, da jedermann, der der Hexerei beschuldigt wurde, kaum eine Chance hatte, sich zu verteidigen. Daher war es in Lucescere für den alten Mann und den Jungen gefährlich und Jorge erinnerte sich deutlich an Meghans Geschichte darüber, wie Isabeau sie einmal in einem Gasthaus in Caeryla beinahe zu Schaden gebracht hatte, indem sie den Ausgang eines Würfelspiels beeinflusst hatte. Obwohl Jorge bei der Geschichte unwillkürlich lächeln musste, zeigte sein runzeliges Gesicht auch Sorge. Tòmas' Magie war strahlend und laut und er hatte keine Ahnung von Besonnenheit, da er jedermann, dem er begegnete, helfen und ihn heilen wollte. Jorges Kraft und Magie reichten nicht aus, ihn abzuschirmen, besonders wenn sich das Kind zu weit von ihm entfernte. Als sie sich der Brücke der Sieben Bögen näherten, die über den Fluss zur Stadt emporstrebte, entspannte sich Jorges Miene ein wenig, denn ihm war jemand eingefallen, der ihnen vielleicht helfen könnte. Als spüre Tòmas die kaum merkliche Entspannung des alten Mannes, lief er singend voraus, und Jorge lauschte dem Klang seiner bloßen Füße liebevoll nach.

Du beginnst den Jungen zu mögen, sagte der Rabe in seinem Geist.

Ich war zu lange allein.

Wobei meine Begleitung während der letzten Jahre natürlich nicht zählt.

Jorge schwieg, sandte dem Raben nur im Geiste ein Lächeln, und Jesyah flatterte gemächlich voraus, wobei er ein raues, krächzendes Lachen ausstieß.

Die Brücke war so breit, dass zwölf Männer nebeneinander marschieren konnten, und über zweihundert Fuß lang. Hier und da standen schiefe, unvollständige und beschädigte Statuen, obwohl die meisten im Tumult des Tages des Verrats zerstört worden waren. Unter den sieben wuchtigen Bögen der Brücke donnerte der Muileach auf die Wasserfälle zu, wo er sich mit dem Wasser des Ban-Bharrach vereinte. Wo sich beide Flüsse über den wie ein Halbmond geformten Rand des Felsens ergossen, schimmerten Regenbögen in der vom Sonnenuntergang beleuchteten Luft. Dieses ätherische Schimmern war es, das den Schimmernden Wassern ebenso wie der Stadt ihren Namen gab. Wächter säumten die Brücke, betrachteten forschend die Gesichter der Passanten und bohrten ihre Lanzen in Karren oder Körbe mit Waren. Gelegentlich zerrten sie jemanden aus der Menge heraus und verhörten ihn, manchmal nur durch Stöße mit den Heften ihrer kurzen Lanzen, manchmal mit Fäusten und Stiefeln. Inzwischen war die Brücke bevölkert und Glocken erklangen, die verkündeten, dass die Stadttore geschlossen würden. Jorge mischte sich unter die Menge, das Kind, dessen kalte kleine Hand Jorges Plaid fest umklammert hielt, blieb dicht an seiner Seite. »Hab keine Angst«, flüsterte der alte Mann. »Sie werden uns nicht beachten.« Und das taten sie auch nicht. Da alle vorwärts drängten, um sicher in die Stadt zu gelangen, konnten Jorge und Tòmas recht leicht hindurchschlüpfen. Der gebeugte alte Mann mit seinem schmutzigen Bart und den blinden Augen war auf der Brücke der Sieben Bögen ein gewohnter Anblick und niemand beachtete den kleinen Jungen, der mit geweiteten Augen aus den zerschlissenen Falten seines Gewandes hervorblickte, oder den Raben, der über ihnen dahinflog und sich von der hellen Kaskade des Wasserfalls dunkel abhob.

Sie tauchten jenseits der zwanzig Fuß hohen, eisenbeschlagenen Tore in der schmutzigen, lärmenden Stadt unter. Die große Straße wand sich durch ein Wirrwarr von Gebäuden auf den verlassenen Palast mit seinen mit Bronzespitzen versehenen Kuppeln und auf den halb zerstörten Turm der Hexen zu, aber Jorge folgte ihr nicht, sondern wandte sich stattdessen nach links den ärmeren Teilen der Stadt zu. Hier waren die Straßen schmal und dunkel und die Pflastersteine dick von Schlamm bedeckt. Nur gelegentlich konnte Tòmas über ihnen einen Streifen Sterne schwach schimmern sehen, weil die Häuser so dicht aneinander kauerten, dass sich ihre schiefen Dächer manchmal berührten. Der kleine Junge sah sich mit staunenden Augen um, weil er weder jemals einen größeren Ort als sein kleines Dorf noch so viele seltsam gekleidete Menschen gesehen hatte. An die in braune Wolle gekleideten, rauen Kleinbauern gewöhnt, faszinierten ihn die Glockenfruchtverkäufer mit ihren weiten, karmesinroten Hosen, die Händler in ihren langen Gewändern, die Teekannen, edelsteinbesetzte Dolche, Duftöle, gemahlene Gewürze und Holzschalen verkauften, und die Schlachter, die lauthals ihre Preise verkündeten, während magere Tierkörper von Haken über ihren Schultern hingen. Lucescere war berühmt für seine Farben, denn die Menschen trugen karmesinrot und blau und safrangelb gefärbte Kleidung. Sogar die Bettler waren bunter gekleidet, als Tòmas es jemals zuvor gesehen hatte, obwohl ihre Kleidung in Fetzen um ihre Körper hing. Zerlumpte Kinder liefen schreiend und lachend durch die Menge; ihre Beine waren vom Spielen im Schlamm auf den Pflastersteinen bis über die Knie dreckbespritzt. Jesyah der Rabe flatterte herab, um Abfallhaufen zu durchstöbern, und wurde von einer stämmigen Matrone mit einer schmuddeligen Schürze besenschwingend verscheucht. Der Junge drängte sich immer enger an die Seite seines Herrn, sodass der alte Zauberer kaum einen Schritt tun konnte, ohne über ihn zu stolpern. Glücklicherweise brauchte Jorge in diesen Straßen nur wenig Hilfe. Er konnte die Menschen viel leichter spüren als natürliche Hindernisse wie Felsen oder tiefhängende Zweige und er war in den schmutzigen Gassen von Lucescere geboren. Er kannte jede gewundene Gasse, jeden halb verborgenen Torweg, jedes Geheimnis der labyrinthischen Anordnung. Sie wanderten immer tiefer in die uralte Stadt hinein, während ihre Sinne von dem Lärm, dem Geruch von Feuchtigkeit und Abfällen, der gelegentlichen Berührung der Gischt auf ihren Gesichtern bedrängt wurden. Sie befanden sich jetzt nahe der Wasserfälle, deren Tosen wie ein zorniger Drache klang.

Schließlich kamen sie zu einem hohen, schmalen, tief unter einen Überhang von Giebeldächern eingelassenen Tor. Jorge ertastete sich mit einer knorrigen Hand seinen Weg entlang der Mauer, bis er den Riegel eines Tores fand. Er öffnete das Tor einen Spalt und schlüpfte hindurch; Tòmas blieb dicht hinter ihm. Das Tor führte nicht auf einen Hof oder in eine Eingangshalle, wie man vielleicht hätte erwarten können, sondern auf eine schmale Gasse, die zwischen den Rückseiten von Häusern verlief und in der sich Kästen, Kisten, zerbrochene Möbel, Schrubber und Besen hoch stapelten. Sie gingen auf dieser Hindernisbahn weiter, und Jesyah flatterte herab und setzte sich mit glänzenden Knopfaugen auf Jorges Schulter.

Unter einem gewaltigen Stapel muffiger Säcke und zerbrochener Kisten legte Tòmas den runden Deckel eines Gitters frei, wie Jorge es ihm vorausgesagt hatte. Der Junge folgte dem Zauberer widerwillig durch die Öffnung und versuchte, nicht zu atmen, als sie der unvermischte Geruch der Kloaken einhüllte. Ein Labyrinth dunkler Tunnel verlief in alle Richtungen, wobei hier und da etwas lag, das wie ein Haufen alter Knochen und Lumpen wirkte, sich aber stattdessen als ein Mensch erwies, der schlief oder an einer Brotkruste kaute. Sie liefen durch dieses dunkle Labyrinth, stolperten über liegende Gestalten und bemühten sich, nicht in das stinkende Gewässer zu treten, das in der Mitte jedes Kanals verlief. Ausbrüche von Gesang oder Lachen schwebten gelegentlich aus den Öffnungen herab, aber überwiegend war es still und dunkel.

Als sie an ihrem Ziel ankamen, stolperte Tòmas bereits, rieb sich mit den Fäusten die Augen und gähnte breit. Jorge hatte seinen Weg durch die Tunnel ohne Zögern beschritten, bis sie schließlich zu einer Leiter kamen, die steil in eine runde Röhre abfiel. »Komm schon, Junge, wir sind fast da«, flüsterte er. »Leise jetzt.«

Die Leiter schien endlos in die Dunkelheit zu reichen. Tòmas folgte Jorges Führung, obwohl ihn die Dunkelheit wie ein riesiger Rachen verschlang. Zehn Minuten oder länger stiegen sie die Sprossen abwärts und dann spürte Jorge Boden unter den Füßen. Er hob Tòmas die letzten wenigen Fuß herab und zauberte dann ein blaues Hexenlicht an seinen Stab.

Sie befanden sich in einer großen, von sich bewegenden und sie umströmenden Schatten erfüllten Höhle. Die Luft war voller Gischt, denn der Eingang der Höhle war hinter einer Wasserwand verborgen. Sie waren so tief unter die Stadt gelangt, dass sie sich nicht mehr auf der Insel zwischen den zwei Flüssen, sondern tatsächlich hinter den Schimmernden Wassern befanden. »Ceit Anna?«, rief Jorge über das Tosen des Wassers hinweg. »Bist du da?«

Es herrschte Schweigen, obwohl sich kurzzeitig ein Schatten aus der Dunkelheit zu lösen schien, bevor er wieder verschwand. Obgleich kein Geräusch zu hören war, blickte Jorge in diese Richtung. »Ceit Anna?«, flüsterte er.

Eine raue Stimme antwortete ihm. Obwohl sie die übliche Sprache benutzte, klang die Stimme seltsam akzentuiert, stieg und fiel in Kadenzen, ganz anders als der Tonfall in Tòmas' Heimatdorf.

»Jorge der Blinde. Du bringst einen Fremden in meine Höhle. Das habe ich dir nicht erlaubt.«

»Ich grüße dich, Ceit Anna. Ich bitte dich um Vergebung. Er ist noch ein Kind und völlig harmlos.«

»Ich habe es dir nicht erlaubt.«

»Er ist mein Lehrling. Ich komme seinetwegen.«

»Du willst meine Hilfe?«

»Ja.«

»Warum sonst wärst du hier? Was willst du?« Ein gleitendes Geräusch erklang und Tòmas drängte sich enger an Jorge, barg sein Gesicht an dem rauen Stoff seines Plaids. Jorge stand sehr aufrecht.

»Kannst du es nicht erkennen, Ceit Anna?« Seine Stimme klang herausfordernd.

Ein trockenes Kichern erklang und ein großer, spindeldürrer Schatten sauste über den Boden. »Der Junge besitzt Magie. Starke, reine Magie. Er riecht köstlich.«

»Was kannst du mir über seine Kräfte sagen?«

»Sie sind stark ... seine Hände ... die Magie liegt in seinen Händen.« Der Schatten schien sie zu umkreisen. Tòmas kauerte sich in einem Anfall von Entsetzen noch dichter an Jorge, konnte aber der Versuchung nicht widerstehen, die flüchtige Bewegung zu beobachten und dem gelegentlichen trockenen Rascheln zu lauschen. »Er ist zu jung und töricht um zu wissen, wie er sich verbergen kann –, darum bist du zu mir gekommen.«

»Du bist die Gebieterin der Illusionen«, sagte Jorge weich. Sie lachte, ein trockenes, papierähnliches Geräusch wie ein vom Wind verwehtes Blatt. »Einst vielleicht, Blinder. Nicht mehr.« Die sich bewegenden Schatten wurden langsam zu einer großen Gestalt, weitaus größer als Jorge, mit spindeldürren Armen und Beinen, schwarzen, ledrigen Schwingen und einer gewaltigen Mähne ungezähmten Haars. Die schräg stehenden Augen nahmen fast das ganze Gesicht ein und schimmerten in dem blauen Hexenlicht wie die einer Elfenkatze. Sie beugte sich über sie und Tòmas spürte, wie ein dünner Finger seine Wange berührte. Er barg den Kopf an Jorges Oberschenkel und sie fuhr mit den Fingern über seinen Hinterkopf und sein Rückgrat hinab. »Ich bin noch niemals einem *Talent* wie diesem begegnet«, sann sie. »Es ist ungezähmt, ein ungezähmtes *Talent* bei einem menschlichen Jungen. Interessant. Er muss einen Anteil Zauberwesenblut in sich haben. Er soll mir in die Augen sehen.«

Tòmas barg seinen Kopf noch gründlicher, aber die langen, stockähnlichen Finger wandten sein Gesicht um, sodass seine verängstigten blauen Augen in das schmale Gesicht der Nyx schauten.

Ihre Augen glänzten schwarz, ohne jegliches Weiß; die Pupillen waren schmale Schlitze und im selben schrägen Winkel angeordnet wie die Augen selbst. Sie schimmerten im Halbdunkel in einem unirdischen Licht. Tòmas sah sie staunend an und merkte, dass er den Blick nicht wieder abwenden konnte, obwohl sein Herz erstickend schnell schlug.

»Gut, gut, gut«, sagte sie kichernd. »Anzeichen der Celestine, nichts Geringeres. Welches ist dein *Talent*, Junge?«

Tòmas streckte zögernd einen Finger aus und legte ihn auf die papierähnliche Haut der Nyx. Sie erschauderte und rückte von ihm ab. »Das ist kein gewöhnlicher Junge«, sagte sie. »Seine Berührung singt zu meinem Herzen. Meine ganze Müdigkeit ist dahingeschmolzen, mein Blut tanzt in diesem alten Körper umher.«

»Er heilt durch Handauflegen«, sagte Jorge. »Er hat meine Blindheit zu heilen versucht.«

Die Nyx kicherte und glitt wieder in die Schatten. »Ich sehe, wie er dich in einem Raum umherjagt, wie du mit gerafftem Gewand deine dünnen Beine schwingst.«

Jorge nickte. »Du siehst richtig. Ich bin in der Tat knapp entkommen, so entschlossen war er.«

»Er wird schwer zu verbergen sein.«

»Darum bin ich zu dir gekommen, Ceit Anna. Ich bitte dich um deine Hilfe.«

»Du und deine Gefährten seid schon oft zu mir gekommen, um mich um Hilfe zu bitten. Jedes Mal habt ihr Rettung und Wiedergutmachung versprochen. Jedes Mal habt ihr gesagt, die Verfolgung der Zauberwesen würde enden. Ich bin die Letzte meiner Art, Blinder. Ich bin alt. Ich bin müde. Wenn ich wieder mit der Nacht verschmelze, gibt es die Nyx nicht mehr. Warum sollte ich euch helfen? Deine Art hat meine Art jahrhundertelang gefürchtet. Wir wurden gejagt, verfolgt, dem Licht ausgesetzt, sodass wir uns auflösten. Ich will nicht mehr helfen.«

»Es wäre furchtbar, wenn es die Nyx nicht mehr gäbe«, sagte Jorge besorgt. »Tatsächlich hoffe ich, dass es nicht stimmt. Ich habe nachgeforscht, Ceit Anna, wie ich es dir versprochen hatte. Die Berge sind jedoch wild und die Nyx schlau. Wenn sie nicht wollen, dass ich sie finde, was kann ich dann tun? Du musst mir noch ein wenig länger vertrauen. Hab ich dich jemals enttäuscht? Der Tag ist nahe. Die Nyx sind geduldig. Das hast du mir selbst häufig gesagt. Die Nyx können warten und planen, wenn andere bereits losstürzen. Willst du nicht ein wenig länger geduldig sein?«

»Ich bin geduldig«, erwiderte Ceit Anna mit ihrer rauen Stimme. »Mich langweilen eure ständigen, beharrlichen Bitten nur. Warum lasst ihr mich nicht in Ruhe?«

»Es ist sieben Jahre oder länger her, seit ich hier war«, sagte Jorge. »Du hast damals einen mächtigen Zauber für mich gewoben. Es war eine sehr große Gunst. Es ist also deiner Freundlichkeit zu verdanken, dass wir der Freiheit nun so nahe sind. Ich wäre nicht zu dir gekommen, wenn ich jemand anderen wüsste, der mir helfen könnte.«

Die Nyx schwebte vor ihnen hin und her, ihre schräg stehenden Augen leuchteten. Sie wandte sich erneut dem Jungen zu und beugte sich über ihn. Tòmas sah zu ihr hoch und streckte erneut die Hand nach ihr aus. Dieses Mal ließ sie sich von ihm berühren und er legte beide Handflächen auf ihren schmalen Schädel und vergrub seine Finger tief in ihrem sich schlängelnden Haar. Als er seine Hände schließlich senkte, stieß sie einen leisen, klagenden, kehligen Laut aus.

»Ich bin nicht mehr müde«, sagte sie verwundert. »Seine Macht ist wirklich wundervoll. Hoffnung scheint seiner Berührung zu entströmen. Ich konnte fast glauben, dass die Nyx noch immer die Nacht durchstreifen und auf dem Wind fliegen. Ich konnte fast glauben, dass die Celestine noch immer die Wälder beherrschen.« Sie seufzte. »Nun gut, um seinetwillen, nicht um deinetwillen, Blinder. Um der Celestine willen.«

Sie schwebte lautlos zurück in die Dunkelheit und Jorge stieß mit einem frohen Seufzer seinen Atem aus. Es war stets schwierig, mit den Nyx umzugehen, und Ceit Anna war noch schwieriger als jene, an die Jorge sich sonst erinnerte.

»Was macht sie?«, fragte Tòmas mit zittriger Stimme.

»Du kannst hingehen und ihr zusehen, wenn sie dich lässt. Sie scheint dich zu mögen, also erlaubt sie es vielleicht.«

»Was ist sie?«, flüsterte Tòmas. »Sie ist kein Mensch, oder?«

»Nein, sie ist eine Nyx«, erwiderte Jorge. »Ihr Volk lebte in diesem Land, lange bevor Cuinn Löwenherz unsere Vorfahren hierher brachte. Sie ist ein Nachtgeist, ein sehr mächtiger. Sprich respektvoll zu ihr, denn ihre Magie könnte dich sehr wohl retten.«

Es dauerte lange, bis Tòmas den Mut fand, die dunkle Höhle zu erkunden oder der Nyx zu folgen, aber schließlich tat er es.

Jorge hatte sich an der Wand niedergelassen und schlief, sein langer Bart war über der Brust ausgebreitet. Obwohl Tòmas den ganzen Tag und die halbe Nacht gelaufen war, war er zu aufgeregt um zu ruhen, und noch immer nicht vollkommen daran gewöhnt, auf dem Boden zu schlafen. Außerdem war er wegen der Nyx sehr neugierig. Er hatte schon zuvor Cluricauns und Nissen gesehen, denn beide Arten lebten im Bergland Rionnagans. Beide waren kleine, entzückende Zauberwesen, die zu Betrügereien und Diebstahl neigten, aber generell harmlos waren. Die Nyx war so groß, ihre Glieder waren so lang und dünn, ihre Augen so dunkel und glänzend, ihre Persönlichkeit so ausgeprägt, dass Tòmas, trotz seiner Angst, fasziniert war. Das Hexenlicht war allmählich verblasst, während Jorge in den Schlaf glitt, aber Tòmas' Hände schimmerten in einem seltsamen, schwachen Silberschein. Er streckte sie vor sich aus und sie warfen einen schwachen Schatten an die Wand vor ihm. Tòmas hatte noch niemals zuvor einen Lichtschein um seine Finger bemerkt und der Anblick ließ ihn erneut vor Angst erbeben. Die Neugier war jedoch noch immer stärker und so stolperte er vorwärts und versuchte, die Dunkelheit mit seinen schimmernden Händen zu durchdringen.

Jesyah hüpfte mit dem Jungen voran und wandte ihm hin und

wieder seinen glatten Kopf zu, um ihn mit einem glänzenden Auge anzusehen. Die Nyx saß im hintersten Winkel der Höhle, wo die Dunkelheit am dichtesten war. Als Tòmas sich ihr näherte, wurden seine Hände immer heller, sodass er recht deutlich sehen konnte. Sie spielte mit ihrem Haar das Fadenspiel.

»Schließe deine Faust, mein Junge«, sagte sie. »Wir wollen kein Licht in dieses Gewebe lassen.«

Gehorsam schloss er die Finger und das Licht wurde gedämpft, obwohl er seine Knöchel rot schimmern sehen konnte, als hielte er eine Kerzenflamme in der Handfläche. Kurz darauf setzte er sich hin. Er konnte wenig erkennen, nur die kauernde Gestalt der Nyx in den Schatten, die rasche Bewegung ihrer Hände, während sie das Haar um ihre Finger wickelte, ein gelegentliches, beängstigendes Funkeln in den Augen. »Ich fertige dir ein Paar Handschuhe«, flüsterte Ceit Anna. »Ich habe auf diese Art einst einen Umhang der Illusionen gewoben, für den ich sieben Tage und sieben Nächte gebraucht habe. Danach war ich ausgelaugt, wie eine leere Schattenhülle. Ich glaube nicht, dass ich ein solches Gewebe noch einmal fertigen könnte, ohne selbst mit den Schatten zu verschmelzen. Aber deine Hände sind klein. Ich werde die Stiche fest, ganz fest ziehen, sodass dein Licht nicht hindurchscheint. Und danach wirst du mich erneut berühren und ich werde mich fühlen, als könnte ich auf den Nachtwinden reiten, wie ich es einst getan habe und niemals wieder tun werde.«

»Warum nicht?« Tòmas' Stimme klang in der Dunkelheit schrill.

»Ich möchte nicht allein reiten«, sagte Ceit Anna traurig. »Einst war die Nacht vom Flüstern der Nyx erfüllt. Jetzt ist der Wind verlassen, verlassen.«

Tòmas saß die ganze Nacht neben der alten Nyx und lauschte ihren Geschichten der Dunkelheit, während sie ihm aus ihrem Haar ein Paar Zauberhandschuhe wob. Sie erzählte ihm von Höhlen, in denen die Nyx zu Tausenden gehangen hatten, mit raschelnden Schwingen und leise murmelnd. Sie erzählte ihm von der Magie der Nachtflüge, wenn das Licht der Monde von Tausenden von Nyxschwingen verdeckt wurde. Sie erzählte ihm, wie Soldaten gekommen waren, mit Hämmern, um die Wände der Höhlen herauszuschlagen, sodass Sonnenlicht hereingeströmt war. Sie erzählte ihm, wie ihre Gefährten dem grausamen Licht entflohen waren, mit den Schwingen gegen die Wände der Höhlen gestoßen waren, in irgendwelchen dunklen Ecken oder Spalten Zuflucht gesucht hatten. Die meisten waren zu schwarzem Staub zerfallen, der auf dem Wind davonschwebte.

»Wir sind nicht fürs Tageslicht bestimmt«, sagte sie mit ihrer rauen Stimme. »Wir sind Kinder der Nacht und zur Nacht werden wir alle zurückkehren.«

Tòmas schlief irgendwann während ihrer Geschichten ein und als er erwachte, war sie verschwunden und hatte ein Paar kleine schwarze Handschuhe in seinen Händen zurückgelassen, die um die Handgelenke fest mit spiralförmigen Mustern vernäht waren. Als er sie anzog, passten sie perfekt, und seine Hände fühlten sich einen Moment kalt und taub an. Als er zu Jorge ging um ihn zu wecken und sie ihm zu zeigen, konnte der alte Seher ihn nicht erkennen.

»Sie hat etwas Großartiges geschaffen«, sagte Jorge schließlich, als Tòmas die Handschuhe mehrere Male an- und ausgezogen hatte. »Der Umhang, den sie einst für mich gefertigt hat, war weitaus größer, aber nicht so vielschichtig und raffiniert. Er sollte nur verdecken, verbergen, was darunter lag, und der Welt eine Illusion vermitteln. Diese Handschuhe verbergen dich sogar vor meiner Sicht. Sie werden dich vor jeglichem Sucher schützen, gleichgültig wie klar sein zweites Gesicht ist. Und die Handschuhe haben zweifellos auch noch andere Eigenschaften, die wir beizeiten entdecken werden, denn eine webende Nyx ist etwas Wunderbares …«

Tòmas war sehr hungrig, da sie seit dem Mittag des vorangegangenen Tages nichts mehr gegessen hatten. Er unterbrach den alten Mann um sich den Magen zu reiben und sich zu beklagen und so lachte Jorge und bat ihn, die Leiter wieder hinauf und in die Kloaken unterhalb Lucesceres voranzugehen. »Ich habe eine Freundin, die uns etwas zu essen geben wird«, sagte der alte Mann mit seiner zittrigen Stimme. »Aber behalt die Handschuhe an und bleib nah bei mir. Ich will dich nicht verlieren.«

Die beiden Reisenden wanderten durch die Stadt zum Haus eines Krämers, bei dem ihnen ein sanftes, verschlüsseltes Klopfzeichen an der Seitentür rasch Einlass in eine große, warme Küche verschaffte, wo Tòmas nach Herzenslust essen konnte. Jorge begann der massigen Frau des Krämers – mit Armen so dick wie Tòmas' ganzer Körper und einer Stimme wie ein Nebelhorn – alle seine Neuigkeiten zu berichten. Sie waren so in die Unterhaltung vertieft, dass sie Tòmas vergaßen, und er verbrachte einige glückliche Stunden damit, die ausgedehnten Vorratskammern zu erkunden und mit einem Wurf Kätzchen zu spielen, die er dort vorfand. Eines der Kätzchen hatte ein geschwollenes, tränendes Auge, aber obwohl Tòmas es gründlich behandelte, bewirkte seine Magie nichts. Nachdem er sich rasch umgesehen hatte, um sicherzugehen dass niemand zusah, zog Tòmas einen Handschuh aus und berührte den Kopf der Katze mit einem Finger. Langsam erweichte der getrocknete Eiter und zerschmolz und das Kätzchen konnte das Auge wieder öffnen. Tòmas zog seinen Handschuh freudig wieder an, aber das kurze Aufflammen der Magie hatte für Jorge genügt, der ihn tüchtig dafür ausschalt, den Handschuh überhaupt ausgezogen zu haben. Das Kätzchen war sicher in seine Tasche geschmiegt – so konnte Tòmas die Standpauke demütig annehmen.

An diesem Nachmittag gingen sie auf der Suche nach Geld und Nahrung erneut in die Stadt hinaus. Der blinde Seher führte sie durch die engen Straßen zu einem großen Platz, wo Stände aller Arten aufgebaut waren und Horden von abgerissenen Jongleuren umherstreunten, Äpfel und Glockenfrüchte jonglierten und Münzen hinter den Ohren der Leute hervorzogen. Jorge fand einen freien Fleck, um sich hinzukauern, und begann seinen klagenden Bettlergesang, in dem er um Münzen bettelte und gute Wünsche aussprach. Zwischen den Strophen lauschte er dem Klatsch des Marktplatzes und säte einige eigene Samenkörner. Der Nachmittag verging so schnell, dass Jorge erst, als er einzupacken begann, bemerkte, dass Tòmas nicht mehr neben ihm kauerte.

Da die Zauberhandschuhe die Magie des Jungen dämpften, konnte Jorge nicht wissen, wann der Junge fortgeschlichen war oder wie lange er schon fort war. Mit einem deftigen Fluch rief der Sucher Jesyah herab und wies ihn an, den Marktplatz abzusuchen. Dann begann er auch selbst zu suchen und sandte besorgt seinen Geist aus, während er sich den Weg durch die abnehmenden Menschenmengen bahnte. Jorge war in diesen Landesteilen wohl bekannt und viele Leute grüßten ihn, einige freundlich, einige nicht. Alle, die freundlich waren, fragte Jorge, ob sie einen kleinen blonden Jungen gesehen hätten. Helles Haar war in diesem Land dunkeläugiger, dunkelhaariger Menschen selten genug. Tòmas war vielleicht aufgefallen. Aber alle seine Fragen waren umsonst und er verfluchte die Nyx dafür, dass sie eine so stark wirkende Tarnmagie geschaffen hatte, die seinen Lehrling sogar vor seinen eigenen Augen verbarg. Als die Nacht hereinbrach und die Fackelträger den Platz mit orangefarbenem, rauchendem Licht erfüllten, war Jorge den Tränen nahe. Lucescere war keine Stadt, in der ein kleiner Junge verloren gehen sollte.

Scruffy stieß in der Menge gegen einen gut gekleideten Mann und spürte durch dessen schwere Jacke den dicken, harten Umriss einer gut gefüllten Geldbörse. Ein Lächeln überzog sein Gesicht, aber er stahl sich davon, als sich der Mann scharf umsah, weil er die beunruhigend nahe Gegenwart eines anderen Menschen spürte. Als die haselnussbraunen Augen des Mannes die Menge überprüften, war Scruffy schon ein gutes Stück entfernt, und ein scheckiges Hündchen tapste hinter ihm her.

»Heute Abend werden wir essen, Jed«, flüsterte Scruffy und zog den Welpen an den flohzerbissenen Ohren. Sie folgten dem Mann über den Marktplatz, wobei sie in ausreichender Entfernung blieben, um keine Aufmerksamkeit zu erregen, den dicken Mann mit seiner fellverbrämten Jacke aber auch nie aus den Augen verloren.

Das Hündchen war gerade erst vier Wochen alt und das Einzige auf der Welt, was Scruffy sein Eigen nennen konnte. Er hatte es vor der Schlachtung gerettet, denn Fleisch war nach dem langen, harten Winter rar, und so mancher Schoßhund einer Lady hatte seinen Weg in den Kochtopf eines Diebes gefunden. So Mitleid erregend dünn das Hündchen auch war, bedeutete es doch immer noch die beste Mahlzeit, welche die Diebe seit langer Zeit gehabt hatten, sodass sie über Scruffys Eingreifen nicht glücklich gewesen waren. Zunächst war sich Scruffy selbst unsicher, warum er den kleinen Hund gerettet hatte oder auch nur, warum er ihn nicht selbst gegessen hatte. Nach einer Nacht, in der sich der warme, kleine Körper unter seinem Hemd an ihn geschmiegt hatte, wunderte er sich jedoch nicht mehr. Er wusste einfach, dass das Hündchen ihm gehörte und beschützt werden musste.

Scruffy war ein Waisenkind und wie viele Kinder in Lucescere lebte er von dem, war er erbetteln oder stehlen konnte. Seine Mutter war Magd im königlichen Palast gewesen und sein Vater Gärtner. Als der Rìgh Lucescere verließ und seinen königlichen Hof zum neuen Palast am Meer brachte, waren sie arbeitslos geworden, obwohl ihre Familien schon seit Generationen bei den MacCuinns beschäftigt gewesen waren. Als Scruffy geboren wurde, gehörte sein Vater einer berühmten Diebesbande von Lucescere an und seine Mutter war eine Prostituierte. In Lucescere gab es nicht viel mehr, was die ehemalige Magd einer Lady tun konnte. Als Scruffy fünf Jahre alt war, waren beide Eltern tot, und der kleine Junge musste so gut wie möglich für sich selbst sorgen. Es hatte nicht lange gedauert, bis sich Scruffy an das Leben auf den Straßen gewöhnt hatte, und ihrem strengen Ehrenkodex gemäß beschützten die Diebe von Lucescere ihre Mitglieder. Scruffy war mit seinem Leben zufrieden, auch wenn Kälte und Hunger seine täglichen Bettgefährten waren.

Die Chance für Scruffy, die Geldbörse des Mannes zu stehlen, kam, als die Sänfte der Lady von Lucescere schaukelnd über den Marktplatz getragen wurde. Der dicke Mann blieb stehen, um hinzusehen, wie es tatsächlich jedermann auf dem Platz tat, denn die Lady hatte goldene Vorhänge für ihre Sänfte gewählt, die in der hellen Sonne glitzerten. Trommel schlagende und Flöte spielende Diener führten die Prozession an oder folgten ihr und die Sänfte selbst wurde auf den Schultern von vier farbenprächtig gekleideten Männern getragen. Da der Mann von dem Anblick so fasziniert war, ergriff Scruffy die Gelegenheit, sich ihm anzunähern, ließ seine Hand in dessen Tasche gleiten und ergriff die Geldbörse vorsichtig. Als er seine Hand gerade wieder hervorzog, erblickte Jed ein auf der Schulter eines Jungen kauerndes Kätzchen und schoss mit heiserem, wütendem Gebell vorwärts. Die Katze fauchte und suchte Deckung und der kleine Hund jagte ihr prompt hinterher, wobei seine Ohren wild flatterten, als er ausrutschte und im Schlamm den Halt verlor. Scruffy schrie und folgte dem Hund, weil er Angst hatte, ihn in der Menge zu verlieren, während der dicke Mann nach seiner leeren Tasche fasste.

»Ein Dieb! Haltet den Dieb!«, rief er und Scruffy spürte, wie sein Herz sank, während er schneller lief.

Auf dem Marktplatz zu stehlen, war stets gefährlich, weil bei den Ladenbesitzern ein ungeschriebenes Gesetz galt, bei der Ergreifung von Dieben zu helfen. Als die Rufe »Haltet den Dieb« erklangen, versuchten viele, Scruffys Schultern zu ergreifen oder ihn umzustoßen, damit sie ihn auf dem Boden festhalten konnten. Glücklicherweise war Scruffy hier jedoch heimisch und die meisten der Bettlerkinder, die nun über den großen Platz ausschwärmten, gehörten zu Scruffys Bande. Streichholzdünn und in eine breite Auswahl schmutziger Lumpen gekleidet, sprangen und wanden sie sich durch die Menge, verfingen sich zwischen den Beinen des dicken Mannes oder warfen einen Korb mit Äpfeln um, sodass die Stadtsoldaten ausglitten und hinfielen. Von der plötzlichen Menge schmutziger Kinder verwirrt, fielen die Verfolger zurück, und mit einem Schlag auf die Handfläche Jays des Fiedlers, einem seiner Adjutanten, tauchte Scruffy in das Labyrinth von Gassen jenseits des Platzes ein.

Scruffy presste die schwere Geldbörse fest an seine Brust, lief hinter der zielstrebigen, weißen Quaste von Jeds Schwanz her, sprang über einen Korb mit Glockenfrüchten und zog den Kopf ein, um nicht von zwei Männern mit einem Webstuhl den Kopf eingeschlagen zu bekommen. Nur reine Beharrlichkeit verhinderte, dass Scruffy den Hund aus den Augen verlor, aber als er schließlich in eine dunkle Gasse eintauchte, sah er das Hündchen schwanzwedelnd und laut bellend vor der auf einem schmalen Fenstersims kauernden, aufgeregten Fellkugel stehen. »Böser Hund, böser Hund«, sagte Scruffy und tastete nach dem Stück Seil, das um den Hals des Welpen gebunden war. Jed entwischte seinem Griff jedoch und sprang in dem nutzlosen Versuch auf und ab, das Kätzchen zu erreichen, das sich niederlegte und sich in aller Seelenruhe zu putzen begann. Scruffy sprang noch einmal hinzu und erwischte das Ende des Seils gerade in dem Moment, als ein kleiner blonder Junge in die Gasse lief.

»Kätzchen, Kätzchen«, rief er.

»Is' das deine Mieze?«, fragte Scruffy streitlustig.

»Ja«, erwiderte der Junge strahlend und streckte die Arme aus, damit die Katze direkt vom Fenstersims auf seine Schulter springen konnte. Jed winselte und strich dem Jungen um die Beine, woraufhin Scruffy eifersüchtig an dem Seil zog. Er betrachtete den kleinen Jungen widerwillig. Er war blond und sehr sauber, mit großen blauen Augen und einem Paar guten Stiefeln. Scruffy hatte noch niemals Schuhe besessen und betrachtete die Stiefel voll verächtlichem Neid. Der kleine Junge trug auch ein Paar schwarze Handschuhe, wie ein Falkner, und Scruffy verbarg seine schmutzigen, zerkratzten Pfoten unter seinem fadenscheinigen Wams.

»Deine verdammte Katze hätt mich fast zu Fall gebracht.«

»Dein Hund hätte fast meine Katze gefressen.«

»Ich hätt in ernsthafte Schwierigkeiten geraten können!«

»Du hast gestohlen.«

Scruffy erschrak. »Hab ich nich'.«

»Haste doch. Ich hab dich gesehen.«

Scruffy sprang vor und versetzte dem kleinen Jungen einen Schlag ins Gesicht, sodass er zurücktaumelte und hinfiel und ihm Blut aus einem Nasenloch lief. Zu Scruffys Bestürzung bellte Jed ihn an und schoss vorwärts um dem kleinen Jungen das Gesicht zu lecken.

»Warum haust du mich?« Der blonde Junge setzte sich auf und hielt sich eine Hand an seinc blutende Nase. »Ich wollt es niemandem erzählen.«

Das Kätzchen, das sich von Angesicht zu Angesicht mit Jed wiederfand, fauchte und machte einen Buckel. Der Welpe schoss freudig vorwärts und bellte, aber der kleine Junge sagte *Nein, Hund*, und Jed warf sich gehorsam auf den Boden und leckte ihm die Hand.

Das war zu viel für Scruffy. »Jed! Komm her!«, befahl er. Sein Hündchen winselte und wedelte mit dem Schwanz, rührte sich aber nicht. »Jed! Tu, was ich dir gesagt habe! Komm her!«

Widerwillig robbte der Hund durch den Staub zu Scruffys Füßen, warf aber einen sehnsüchtigen Blick zurück zu dem kleinen Jungen, der sich gerade aufrappelte.

»Was für ein Zwerg!«, sagte Scruffy verächtlich und stieß den kleinen Jungen an. Er fiel erneut hin und Scruffy beugte sich vor und begann, ihm die Stiefel von den Füßen zu ziehen.

»Nimm mir nicht meine Stiefel!«, sagte der Junge entsetzt und begann zu weinen. »Ich muss noch solch einen langen Weg gehen. Ich brauch meine Stiefel.«

Scruffy setzte sich hin und versuchte, seine breiten, flachen

Füße in die Stiefel zu zwängen, aber es gelang ihm nur mit einigen Schwierigkeiten. »Hach, seh ich nicht großartig aus!«, prahlte er. »Ich seh wie ein Laird aus!« Aufgeregt über seinen Erfolg, begann er an der Jacke des Jungen zu ziehen und versuchte dann auch, ihm einen der Handschuhe zu entreißen, obwohl kaum eine Chance bestand, dass seine Hand hineinpassen würde. Zum ersten Mal begann sich der kleine Junge zu wehren. Scruffy war so von seiner Eifersucht und seiner instinktiven Abneigung vereinnahmt gewesen, dass er nicht auf den Eingang der Gasse geachtet und tatsächlich vergessen hatte, dass er über den ganzen Marktplatz hinweg gejagt worden war. Er drückte gerade das Gesicht des kleinen Jungen auf den Boden und versuchte, sich aus dem Griff des Jungen in sein wollenes Plaid zu lösen, als ein Schrei erklang. Entsetzt schaute er auf und sah den dicken Mann mit der pelzverbrämten Jacke auf ihn deuten; eine ganze Gruppe blau gekleideter Stadtwächter stand bei ihm.

»Das ist der Bursche, der meine Geldbörse gestohlen hat!«, rief der dicke Mann.

Scruffy sah sich panisch um, aber die Gasse endete an einer hohen Mauer, die in einiger Höhe nur von einem kleinen Fenster unterbrochen wurde. Er konnte nirgendwohin entkommen und niemand aus seiner Bande war in der Nähe, um ihm zur Flucht zu verhelfen. Er ließ den kleinen Jungen los und nahm das Hündchen auf die Arme, während er sich des Gewichts der Geldbörse in seiner Tasche bewusst wurde. Wenn er gefangen genommen würde, könnte er bestenfalls hoffen, gebrandmarkt zu werden oder seine rechte Hand zu verlieren. Schlimmstenfalls würde er gehängt werden. Als sich die Stadtwächter verteilten und somit jede Fluchtmöglichkeit ausschlossen, wurde er aktiv. Er rannte schnurstracks auf die Wächter zu, rammte einem den Kopf in den Magen, sprang um ihn herum und gelangte durch eine Lücke. Normalerweise hätte Scruffy entkommen können, denn er war schnell und schlau, aber er musste in den zu kleinen Stiefeln humpeln und war zusätzlich mit dem Gewicht des sich in seinem Hemd windenden Welpen belastet. Die Wächter erwischten ihn auf halbem Weg die Straße hinab.

Auch der kleine Junge wurde von einem Wächter festgehalten, da der dicke Mann verkündete, er müsse ein Komplize sein. Als seine Geldbörse in Scruffys Tasche gefunden wurde, war der dicke Mann sehr erfreut. »Bringt sie in die Stadtkerker!«, rief er. »Ich werde selbst mit meinem Cousin Baron Renton sprechen!'
Die Stadtkerker befanden sich tief unter dem alten Palast, der verlassen war, seit der Rìgh den Hof vor fünfzehn Jahren nach Rhyssmadill verlegt hatte. Der gegenwärtige Baron von Lucescere hielt nur einen Flügel des massiven Gebäudes besetzt, die Gilde der Sucher einen weiteren, und der Rest verfiel. Scruffy und Tòmas konnten, so verängstigt sie auch waren, nicht umhin, sich interessiert umzusehen, während sie durch zwei große Tore und einen verlassenen Weg hinaufgeführt wurden, der auf beiden Seiten von hohen Bäumen bestanden war, die gerade weiß zu blühen begannen. Mit den dahinter liegenden, schneebedeckten Bergen wirkten die schimmernden Kuppeln und Türme des Palastes inmitten ausgedehnter, verwilderter Gärten wunderschön, während der Turm der Zwei Monde, der größte aller Hexentürme, im Hintergrund pfeilgerade aufragte.

»Ich hab bisher immer nur durch die Tore geschaut, wobei man nich' viel sehen kann«, flüsterte Scruffy, der in den engen Stiefeln humpelte, die seine Füße unerträglich wund rieben.

»Mein Dad war hier früher Gärtner, weißt du.«

»Wo ist er jetzt?«

»Er ist tot«, antwortete Scruffy gerade in dem Moment, als er durch den Schlag eines Wächters beiseite gestoßen wurde, der ihn anschrie, er solle ruhig sein.

Sie hatten kaum Gelegenheit, viel vom Inneren des Palastes zu sehen, denn sie wurden unmittelbar zu den Baracken der Wächter und dann in die Kerker hinabgeführt. Sie stiegen immer tiefer ins Innere hinab, während sich Dunkelheit und ein entsetzlicher Gestank um sie schloss. Tòmas drängte sich näher an Scruffy, den der in ihm aufwallende Beschützerinstinkt überraschte. Schließlich wurden sie in einen langen Raum mit Zellen gestoßen, der bis zum Rand mit Männern, Frauen und Kindern gefüllt war, von denen einige an die Wände gekettet waren und andere frei in ihren kleinen Zellen umherwandern konnten, die Holzstäbe umklammerten und zur Glut der Fackeln hinausspähten, welche die Wächter bei sich trugen.

Dies war die Galerie der Diebe, wie ihnen von einem jungen Mann gesagt wurde, der Scruffy als den Sohn von Adair dem Kühnen erkannte. »Nun, junger Dillon, folgst du den Spuren deines Vaters? Gut gemacht! Es is' 'ne Schande, dass dein Dad nicht hier is' um es zu sehen. Er wär so stolz!« Culley, der junge Mann, war wegen Diebstahls hier, wie sie alle, und das schon seit drei Jahren. »Baron Renton ist mit anderen Dingen beschäftigt. Man hat mir gesagt, wir würden vor Gericht gestellt und verurteilt, wenn zu viele Diebe hier drinnen wären und sie den Platz brauchten. Ich würd sagen, das wird bald der Fall sein.«

Und tatsächlich war die lange Galerie mit Gefangenen überfüllt, die meisten hatten eingesunkene Augen und waren bleich, als wären auch sie schon seit Jahren eingesperrt. Viele waren krank und husteten rau und ein alter Mann lag auf einem Stapel Lumpen; seine wächsernen Züge hoben sich von der schmierigen Steinmauer ab und sein Atem rasselte in der Kehle.

Culley folgte Tòmas' Blick und verzog den Mund. »So geht es ihm schon seit Tagen. Es wird nicht mehr lange dauern, bis wir hier eine stinkende Leiche herumliegen haben. Es is' 'ne Schande. Er war ein großartiger, alter Mann, der König der Diebe, bevor er gefangen genommen wurde. Nicht dass sie es wüssten, die Narren. Niemand von uns hat ihn verraten. Er wurde mit seiner Tochter gefangen genommen, die der Lady den Schmuck direkt vom Finger gestohlen hat, ohne dass die was bemerkt hat. Sie wurde nicht deshalb gefangen genommen, sondern weil sie den Seanalair bespuckt hat. Der Schmuck is' zweifellos irgendwo sicher versteckt.«

Culley war ein geschwätziger junger Mann und offensichtlich froh über die neuen Zuhörer, da er es leid war, mit seinen Zellengenossen zu reden, die gelegentlich sarkastische Bemerkungen einwarfen, im Allgemeinen aber schweigend im schmutzigen Stroh saßen, zu erschöpft von Hunger und Angst, um sich viel zu bewegen. Scruffy hörte interessiert zu, aber Tòmas' Aufmerksamkeit galt dem alten Mann, der wie in einem Grab in seiner Zelle lag. Einer der bloßen Füße des alten Mannes war fast in Reichweite und so zog Tòmas, während Culley Scruffy erklärte, er hätte Glück, wenn er jemals wieder das Tageslicht sähe, einen seiner Handschuhe aus und streckte die Hand durch die Stäbe, um den alten Mann zu berühren. Er konnte ihn nicht erreichen, sodass er sich fast auf den Bauch legen musste und den Arm so weit ausstreckte wie möglich. Scruffy bemerkte gerade in dem Moment, was er tat, als es Tòmas gelang, den Zeh des alten Mannes zu berühren. Seine grobe Bemerkung wurde dadurch unterbrochen, dass den sterbenden Mann anscheinend lebhafte Farbe zu durchströmen schien. Die gesunde Färbung begann an seinem Zeh, überzog seinen ganzen Körper und zuletzt das Gesicht. Der alte Mann regte sich und hustete und setzte sich dann zitternd auf. Seine Tochter, die seinen Kopf gehalten und leise geweint hatte, schrie überrascht auf. Er schüttelte den Kopf und schien zu lächeln.

»Kommt näher«, sagte Tòmas. »Es ist besser, wenn ich Euren Kopf berühren kann.«

Der alte Mann und seine Tochter sahen ihn vollkommen überrascht an und dann schlurfte der alte Mann herüber und kniete sich hin, sodass Tòmas seine Hände durch die Stäbe strecken und sie auf seinen Kopf legen konnte. Dieses Mal war die Veränderung drastisch. Farbe stieg in die Wangen des alten Mannes, seine Augen strahlten, seine gebeugten Schultern strafften sich und er stand auf und streckte sich. »Ich fühl mich verdammt großartig!«, rief er. »Wo sind wir? Was is' los?« Die gesamte Galerie geriet in Aufregung. Kranke Gefangene streckten durch die Stäbe die Hände nach Tòmas aus, Flüstern und Ausrufe verbreiteten sich wie Lauffeuer und die Tochter des alten Mannes kniete sich zu Tòmas' Füßen, dankte ihm und verkündete, dass hier Magie im Spiel sei, dass die Magie endlich nach Lucescere zurückgekehrt sei.

In seiner Zelle eingeschlossen, konnte Tòmas nicht alle Gefangenen erreichen, aber er legte seine Hände auf all jene, die er berühren konnte, und jene, die er nicht erreichen konnte, stöhnten und drängten sich gegen die Stäbe. Scruffy und Culley sahen ihn voller Ehrfurcht an. Schon bald rüttelten jene, die zu weit von Tòmas entfernt waren, um von ihm angefasst zu werden, an den Stäben, riefen ihm zu und baten ihn, sie zu berühren. Einem Gefangenen, einem großen, bärenhaften Mann mit vollkommen geschwollenem und vereitertem Bein, gelang es, einen der hölzernen Stäbe aus dem Boden zu ziehen. Beifall erklang und er schaffte es unter lautem Stöhnen, einen weiteren Stab aus dem Weg zu räumen. Schließlich kniete er im Stroh vor Tòmas Zelle und als Tòmas seine Hände auf das lockige, schwarze Haar des Riesen legte, als die Infektion verging, die alten Quetschungen und Schnitte verschwanden, und er wieder ohne Schmerzen auf seinem Bein stehen konnte, erklang erneut Beifall.

Es gelang dem schwarzhaarigen Riesen, Tòmas' Zelle aufzubrechen, und der Junge eilte durch den Raum und berührte jedermann, den er erreichen konnte. Eine nach der anderen wurden die Zellen aufgebrochen. Kraft und Hoffnung erfüllten jeden Gefangenen im Raum und sie begannen, die Tür am Eingang der Galerie zu untersuchen. Niemand hatte auf den Lärm und die Aufregung in der Galerie der Gefangenen reagiert und Culley rief: »Die Wächter bleiben nie hier unten, wenn sie oben in ihrem Wachraum trinken und schmausen können. Wenn wir uns befreien könnten …«

Der Gedanke an Trinken und Schmausen war ein zusätzlicher Anreiz für die Gefangenen und die außergewöhnliche Kraft von Tòmas' Berührung ermutigte die Gefangenen schließlich, die

Holztür aufzubrechen und in die dahinter liegenden, feuchten Gänge auszuschwärmen. Der alte Mann, der noch Minuten zuvor dem Tode nahe gewesen war, übernahm ganz selbstverständlich die Führung, und die entkommenen Diebe folgten ihm eingedenk seiner Zeit als König der Diebe und Anführer ihrer Gilde.

Die Flucht ging jedoch nicht leicht vonstatten. Drei Stunden, nachdem sie die Tür aufgebrochen hatten, wanderten sie noch immer in den labyrinthartigen Gewölben umher, wobei ihre Anzahl durch weitere aus ihren Zellen befreite Gefangene angestiegen war. Die hochgradige Erregung und der Wagemut verwandelten sich allmählich in Angst vor den Konsequenzen und es kam zu hässlichen Streitereien zwischen den Flüchtigen. Tòmas war durch seine Heilungsbemühungen erschöpft und konnte kaum noch vorwärts stolpern und alle waren sich schmerzlich der Tatsache bewusst, dass fast Essenszeit war. Wenn die Wächter erst mit den Tabletts mit der dünnen Suppe kämen, würden sie feststellen, dass die Tür aufgebrochen wurde und alle Gefangenen entflohen waren. Sie hielten in einem der endlosen, genau gleichen Gänge inne, und die Diebe stritten darüber, wie man am besten weitergehen sollte.

»Wir waren schon vorher in diesem Gang!«, erklärte Culley streitlustig. »Ich erkenne diesen Stein.«

»Wie kannst du einen Stein in einer Mauer erkennen? Sie sehen alle gleich aus!«

»Wir sollten unseren Weg markieren«, sagte Scruffy. »Hat jemand ein Stück Kreide?« Natürlich besaß niemand Kreide und auch kein Messer, mit dem sie Markierungen hätten einritzen können, nichts, was ihnen den Weg hätte weisen können, den sie bereits beschritten hatten. Tòmas lag zusammengerollt auf dem feuchten Gestein, sein Kopf ruhte auf Scruffys Oberschenkel, die Augen waren geschlossen. Er atmete flach, sein kindliches Gesicht war bleich vor Erschöpfung.

Die Gänge waren fast alle von übel riechenden Fackeln beleuchtet, die entlang des Weges vereinzelt angebracht waren und tagelang brennen konnten, ohne ausgetauscht zu werden. Während sie miteinander stritten, erlosch die ihnen nächstgelegene Fackel plötzlich, und sie waren in Dunkelheit getaucht. Augenblicklich senkte sich ängstliches Schweigen über die Diebesbande. Tòmas setzte sich auf, gähnte und rieb sich die Augen.

Die Diebe flüsterten: »Was sollen wir tun? Wo sind wir? Wir sind verloren!«

Zu Tòmas' Verwunderung berührte ein Finger kurz seine Hand und wurde dann wieder zurückgezogen. Eine Stimme sagte in seinem Geist: »*Komm, Junge.*«

»Ceit Anna?«, flüsterte er.

»*Genau die. Komm.*«

»Was ist mit den Übrigen?«, fragte er. Die Diebe waren bei seinen Worten still geworden, und obwohl er sie nicht sehen konnte, spürte er, dass sie in seine Richtung blickten.

»*Was kümmert mich eine schnatternde Schar Diebe? Komm.*«

»Bitte, Ceit Anna, ich kann sie nicht zurücklassen.«

Die Nyx seufzte und Tòmas spürte, wie sie sich zu ihm herüberbeugte. »*Also gut, aber nur, weil die Wächter nahe sind und Lichter haben, und ich mag das Licht nicht. Nimm sie mit, wenn du willst.*«

Tòmas nahm die Hand der Nyx und spürte, wie sie bei seiner Berührung ein Schaudern durchlief. Seine Hand war noch immer bloß, den Handschuh und das Kätzchen, das nun schon seit einiger Zeit kläglich miaute, hatte er in seine Tasche gesteckt.

»Nimm meine Hand, Scruffy«, befahl Tòmas. »Sie kann das Licht nicht ertragen, sodass wir im Dunkeln gehen müssen.«

»Wer? Von wem redest du?«

»Von einer … Freundin. Sie wird uns zur Freiheit verhelfen. Vertrau ihr. Sie mag die Wächter ebenso wenig wie jeder von euch.«

Und so bahnte sich die lange Reihe der sich an den Händen haltenden Gefangenen durch die endlosen, dunklen Tunnel ihren

Weg in die Freiheit. Immer wieder verließ einen der Diebe der Mut und die Reihe blieb stehen, während die Diebe stritten, aber jedes Mal sagte die Nyx mit ihrer laubtrockenen Stimme gleichgültig »*Lass sie, sie werden in diesen Tunneln sterben, aber es wird niemanden kümmern*«, und jedes Mal ergriff der jeweilige Dieb hastig irgendjemandes Hand und sie gingen weiter.

Es dauerte viele Stunden, bevor die Nyx schließlich stehen blieb und zu Tòmas sagte: »*Wir befinden uns unter dem großen Platz. Wenn sie in die Kloaken hinaufsteigen, sollten sie den Weg nach draußen finden können.*«

Tòmas sagte es Scruffy, der es dem hinter ihm stehenden Culley sagte, und so wurde die Nachricht die Reihe entlang weitergegeben. Die meisten der Diebe gehorchten der Nyx und kletterten eines der großen Rohre hinauf, dankten Tòmas immer wieder, verneigten sich vor ihm und küssten den Saum seiner Jacke. »Ich war es nicht. Ceit Anna hat uns herausgeführt«, sagte er müde, aber die Diebe hatten zu große Angst, um auch nur zu versuchen, die Nyx durch die Düsterkeit zu erkennen.

Scruffy, der alte Mann und seine Tochter, Culley, der schwarzhaarige Riese und eine Hand voll andere blieben. »Schickt uns nicht fort, mein Laird«, sagte der alte Mann. »Eure Magie ist etwas Wunderbares. Wir möchten bei Euch bleiben und tun, was Ihr von uns verlangt.«

Tòmas war erst sieben Jahre alt und sehr müde und hungrig. Er klammerte sich an Ceit Annas Hand und wusste nichts zu erwidern. Scruffy übernahm die Antwort. »Ihr könnt bleiben, wenn ihr wollt, aber erwartet nicht, dass er euch wieder berührt. Er ist erschöpft!«

Die Nyx beugte sich herab und flüsterte Tòmas ins Ohr: »Jorge erwartet dich in meiner Höhle. Als er mir erzählt hatte, was geschehen war, bin ich gekommen, um dich zu suchen. Glücklicherweise hast du deinen Handschuh ausgezogen, denn sonst hätte ich dir vielleicht nicht folgen können. Niemand kennt diese Tunnel so gut wie ich.«

Der alte Seher schalt Tòmas nicht, sondern nahm ihn nur in die Arme und drückte ihn fest, gab ihm Milch und Porridge und brachte ihn zu Bett. Während der kleine Junge schlief, rollte sich das Kätzchen neben ihm zusammen. Jorge sprach zu den verbliebenen Dieben und seine Worte hallten wider. Er sprach davon, dass ein geflügelter Rìgh käme, dass der Leitstern gerettet würde und eine neue Ära des Friedens und der Erleuchtung im Land anbrechen würde.

»Aber der Leitstern wurd am Tag der Abrechnung vernichtet!«, rief die Tochter des alten Diebes.

»Das stimmt nicht. Er wurde von Meghan NicCuinn gerettet und versteckt, bis ein solcher Tag käme, an dem er vielleicht wieder benützt werden könnte. Der Leitstern wird die Menschen Eileanans erneut beschützen. Die Magie wird wieder geehrt und zum Nutzen der Menschen verwendet werden.«

Als Tòmas um die Mittagszeit erwachte – wieder hungrig und bestrebt, Jorge zu sehen –, waren die Diebe ausgezogen, die Nachricht in der ganzen Stadt zu verbreiten. Nur Scruffy war geblieben, während Jed auf seinem Schoß zusammengerollt lag und ein Stück Trockenfleisch kaute. »Dein alter Mann hat mich bleiben lassen«, sagte er glückstrahlend. »Ich werde mit dir reisen.« Sie verbrachten den Nachmittag damit, sich auszuruhen und auf die nächste Etappe ihrer Reise vorzubereiten. Scruffy hatte Tòmas die Stiefel widerwillig zurückgegeben und seine Füße in Lumpen gewickelt, um sie vor den Steinen der Straße zu schützen. Jorge brachte das Kätzchen zu seiner Mutter und kehrte mit einer Ledertasche voller Vorräte zurück, die ihm die Frau des Krämers geschenkt hatte, woraufhin sich Scruffys Augen in aufgeregter Erwartung weiteten. Jorge wirkte besorgt, denn die Straßen waren voller blau gekleideter Stadtsoldaten gewesen, die nach den entflohenen Dieben und einem »hellhaarigen Jungen« suchten, »welcher der bösen Ausübung von Hexerei beschuldigt wurde«. Auch die Gilde der Sucher hatte mobil gemacht, weshalb der alte Mann das Gesicht wie zerknittertes Papier furchte.

Jorge hatte vorgehabt, auf dem gleichen Weg aus der Stadt herauszuschlüpfen, auf dem sie gekommen waren, also indem sie mit den Menschenmengen verschmolzen, welche die Brücke der Sieben Bögen überquerten, bevor die Tore Lucesceres bei Sonnenuntergang geschlossen wurden. Aber Legionen von Soldaten marschierten durch die Straßen und bewachten die Tore. Auch die großen Mengen aufgeregter Bürger vereitelten diesen Plan, sodass er sich den Kopf darüber zerbrach, eine Alternative zu ersinnen. Die Flüsse Bhan-Barrach und Muileach flossen zu wild, um sie ohne Brücken zu überqueren, und der einzige andere Weg aus der Stadt hinaus führte über das Palastgelände, was viel zu gefährlich war, um es zu versuchen.

Als Scruffy den besorgten Ausdruck auf dem Gesicht des alten Mannes sah, fragte er freundlich, was ihn beunruhige. Jorge erklärte sein Problem wie abwesend, woraufhin der Junge mit dem sommersprossigen Gesicht grinste und sagte: »Ach, Ihr braucht Euch nicht zu sorgen. Das ist kein Problem. Wir werden auf dem Weg der Diebe hinausschlüpfen.« Als Antwort auf Jorges Frage erklärte Scruffy, dass die Diebe einen Geheimweg in die und aus der Stadt haben mussten, von dem die Soldaten nichts wussten, und dass er diesen Weg als Sohn von Adair dem Kühnen natürlich kannte. »Ich und die Bande werden Euch helfen, Meister«, sagte er.

Also stimmte Jorge widerwillig zu, sich selbst und Tòmas in Scruffys sehr schmuddelige Hände zu begeben. Auf seinen knorrigen Stab gestützt, hielt er Tòmas' behandschuhte Hand fest und folgte dem Bettlerjungen in die schmutzigen, bevölkerten Gassen hinaus. Er war beunruhigt, als er den rauen Beifall hörte, der von der Menge aufstieg. Die Menschen scharten sich hinter ihnen zusammen, riefen ihnen Segenswünsche zu und streckten die Hände aus, um Tòmas zu berühren. Kleine Geschenke in Form von Blumen, Keksen, Bündeln von Duftkerzen und Weinschläuchen wurden ihnen in die Hände gegeben, und Mütter streckten ihre Babys aus, damit Tòmas sie berühren sollte. Der kleine Junge drängte sich dicht an Jorges Seite, aber Scruffy stolzierte kühn einher, tauschte mit der Menge freche Bemerkungen aus und winkte jenen, die er kannte, zu. Bald schwärmte eine abgerissene Horde Kinder um sie aus; sie grüßten Scruffy und fragten nach Neuigkeiten. Jay, der fähigste von Scruffys Adjutanten, begann auf seiner Fiedel zu spielen, und der unbemerkte Rückzug, den Jorge geplant hatte, verwandelte sich in eine Prozession von lachenden, tanzenden und jubelnden Stadtbewohnern. Stämmige Matronen und dünne Huren tanzten auf den schmutzigen Pflastersteinen zusammen Walzer, Glockenfruchtverkäufer ließen ihre großen, flachen Körbe fallen und tanzten Gigues, wobei ihre bloßen, haarigen Beine unter ihren farbenfrohen Gewändern hervorsahen. Ein verkrüppelter Bettler hüpfte wild auf seinem einen heilen Bein umher, winkte mit seinem gewundenen Stab und schlug einem dicken Händler damit die Mütze vom Kopf. Und Kinder sangen rasch gedichtete Reime von geflügelten Kriegern und heilenden Händen. Die Prozession bahnte sich ihren Weg durch die schmutzigen Gassen, während Fackeln im beständigen, rauen Nieselregen zischten. Jorge zuckte resigniert die Achseln, zog die zerlumpte Decke fester um seine Schultern und humpelte dahin, wobei sein schmutziger Bart im Wind flatterte. Er konnte nichts anderes tun, als darauf zu vertrauen, dass Scruffys Bande sie vor jeglichen Soldaten warnte und sie in der Menschenmenge verborgen blieben. Außerdem tat es seinem alten Herzen gut, Lucescere die Hexen wieder lobpreisen zu hören. Lucescere, die einstige Heimat des MacCuinn-Clans, der mächtigsten Hexenfamilie im Land, war stets stolz auf sein magisches Erbe gewesen.

Jorge hörte den Klang marschierender Füße, bevor sein zerlumpter Fremdenführer ihn hörte. Aber als er die Hand ausstreckte, um ängstlich Scruffys Schulter zu umfassen, hatte der Bettlerjunge bereits begonnen, seine Bande ausschwärmen zu lassen. Jay, der Fiedlerjunge, marschierte weiterhin voran und spielte seine Fiedel so geschickt und leidenschaftlich, dass die

Stadtbewohner hinter ihm weiterhin tanzten und sangen, ohne zu erkennen, dass ihr Held, der kleine Junge mit den himmelblauen Augen, nicht mehr bei ihnen war.

Scruffy zog einen schmuddeligen Vorhang zurück und drängte Jorge und Tòmas hindurch, während zwei Jungen prompt begannen, davor das Knöchelspiel zu spielen um ihren Durchgang zu verbergen. Als die Soldaten auf den Platz liefen, rannte ihnen eine Bande kleiner, sehr schmutziger Kinder um die Füße. Einige der Soldaten stolperten und einer fiel fast hin, wobei er sich an einem Stapel Kisten festhalten wollte, der krachend zu Boden polterte, sodass sich ihr Inhalt in den Schlamm ergoss. Alles war in Aufruhr und als der Anführer seine Truppen neu geordnet und die Menge zu befragen begonnen hatte, war keine Spur des blinden Bettlers mit dem Raben auf der Schulter mehr zu sehen, und auch der kleine Junge, den die Soldaten so verzweifelt gesucht hatten, war verschwunden.

Der Baron von Lucescere hatte einen hohen Preis auf den Kopf des Burschen mit den Heilenden Händen ausgesetzt, nachdem die Geschichten, die in Lucescere die Runde machten, bis zu ihm gedrungen waren. Schlimmer noch, er hatte seinen Soldaten mit dem Auspeitschen und einer gravierenden Beschneidung ihres Solds gedroht, wenn die Quelle all dieser Gerüchte nicht rasch aufgespürt würde. Baron Renton wusste, dass seine Herrschaft über Lucescere stets gefährdet war und nur mit großer Grausamkeit und dem ausgezeichneten Können seiner Spione aufrechterhalten werden konnte. Lucescere war schon seit dem Tag der Abrechnung ein Unruheherd, von Anhängern der Hexen und von Aufrührern bevölkert, die beständig daran arbeiteten, seine Beschützerin, die Banrìgh Maya, und daher auch ihn zu schwächen. Sechzehn Jahre harter Herrschaft und die öffentliche Verbrennung sämtlicher Hexen, derer man habhaft werden konnte, hatten wenig dazu beigetragen, seine Herrschaft zu untermauern. Und der Baron wusste, dass die so genannten Wunder des Jungen genügen würden, einen offenen Aufstand zu bewirken. Dann würde er nicht nur sein luxuriöses Leben und die Macht verlieren, die er so genoss, sondern sein Versagen würde auch die Banrìgh verärgern, und er wusste, dass sie ihm um jeden Preis weiterhin gewogen bleiben musste. Daher wurde es trotz aller Ablenkungsmanöver und Tricks Scruffys eine raue Jagd durch die schmutzigen, engen Gassen, wobei die Soldaten hinter jeder Ecke zu lauern schienen. Ein- oder zweimal wurden sie gesichtet und die Jagd wurde wilder, sodass Jorge gezwungen war, seine zerlumpte Kleidung zu raffen und zu laufen. Einmal konnte er nur entkommen, indem er durch das halb geöffnete Tor eines Fahrweges schlüpfte, das Scruffy von innen zuschlug und verriegelte, sodass die Soldaten es erst mit den Schultern aufbrechen mussten. Als das Tor fiel, war die dahinter liegende Gasse leer, obwohl die Soldaten, wenn sie daran gedacht hätten aufzuschauen, vielleicht einen kleinen bloßen Fuß über den Rand der Dachrinne verschwinden gesehen hätten, während Scruffy seine Schützlinge über die Dächer hetzte. Ein anderes Mal wäre Jesyah beinahe von einem Speer aufgespießt worden, nachdem er sich auf die Soldaten herabgestürzt hatte, als sie auf einen offenen Platz vordrangen. Durch den Wirbel schwarzer Federn und das heisere Krächzen des Raben verwirrt, sahen die Soldaten nicht, wie sich ein alter Mann seinen Weg um eine Ecke ertastete, dem ein räudiger Welpe auf den Fersen folgte. Stattdessen eilten die Soldaten in eine andere Richtung und wurden durch den Klang eilender Schritte in die Irre geführt, die, wie sich herausstellte, zu zwei spielenden Bettlerkindern gehörten.

Inzwischen hatte Scruffy sie in den ärmsten Teil der Stadt geführt, wo die zusammengewürfelten Hütten und Baracken in die Seite des Felsens unterhalb der Wasserfälle gebaut waren. Hier war das Tosen der Schimmernden Wasser so laut, dass Scruffy schreien musste, um gehört zu werden, und ihre Kleidung wurde von der beständigen Gischt durchfeuchtet. Die ungepflasterten Pfade waren knietief schlammverschmutzt und sie bahnten sich ihren Weg, indem sie zerbrochene Planken und Steine als unsichere Brücken über den übel riechenden Schlamm benutzten. Hier gab es keine singende Menschenmenge, kein Brot und keinen Wein als Geschenke. Dünne Mädchen kauerten in Ecken, husteten und verbargen ihre blaufleckigen Gesichter hinter schmutzigen Lumpen. Männer mit narbigen Gesichtern, die Tòmas' Herz vor Angst schneller schlagen ließen, spähten aus Eingängen und betasteten schartige Dolche, bevor sie mit den Schatten verschmolzen. Der Welpe Jed knurrte ständig leise, sodass Scruffy sich hinabbeugte und seinen schwarz gefleckten Kopf streichelte. An mehreren Stellen rauschte das Wasser unmittelbar an ihnen vorüber und sie mussten sich an die glitschige Felswand klammern, um nicht davongespült zu werden. Weit unter ihnen lag der See, während über ihnen drohend der Fels aufragte, dessen dunkle Farbe von weißen Wasserströmen unterbrochen wurde. Die Luft roch faulig und Tòmas hielt seine behandschuhte Hand fest über den Mund gepresst.

»Wohin bringst du uns?«, fragte Jorge, dessen Stimme ein wenig zitterte. Obwohl er auch auf den Straßen Lucesceres aufgewachsen war, war er selten in diesem Teil der Stadt gewesen, der als ein Pfuhl für Krankheiten und Verbrechen bekannt war. Nur jene, die einen Mörder dingen oder das Abbrennen des Lagerhauses eines Konkurrenten arrangieren wollten, wagten sich hierher, und selbst dann verpflichteten sie lieber jemanden aus der Gilde der Diebe als Vermittler, als sich selbst auf diese Straßen zu wagen.

»Ihr werdet sehen«, antwortete Scruffy und sagte dann verlegen: »Ich meine … Ihr werdet es nur allzu bald herausfinden.« Ein oder zwei Mal trat jemand an sie heran und jedes Mal rief Scruffy mit vor Angst schriller Stimme: »Im Namen Adairs des Kühnen und des Königs der Diebe, lasst mich durch.« Und jedes Mal wurden sie vorbeigelassen. Inzwischen hatten die Hauptmitglieder von Scruffys Bande sie eingeholt – Jay mit den dünnen Beinen, der so wunderschön die Fiedel gespielt hatte, ein Mädchen namens Finn, die den in den Schatten lauernden Männern fröhliche Beleidigungen zurief, die beiden Jungen mit den sommersprossigen Gesichtern, die das Knöchelspiel gespielt hatten und ein kleinerer Junge, erst ungefähr neun Jahre alt, der sich dicht an Scruffy hielt. Sie kamen und gingen wie Schatten und berichteten Scruffy, von dem sie dann auf noch einen weiteren Botengang geschickt wurden, um fünf oder zehn Minuten später mit einem weiteren Bericht über den Aufenthalt der Soldaten oder der Hexenschnüffler zurückzukehren.

»Ich hab mir eine Ablenkung ausgedacht«, flüsterte Scruffy in Jorges aufmerksames Ohr. »Es ist gefährlich, aber ich glaub, es wird funktionieren. Ich hab einen Jungen gefunden, der Eurem Tòmas sehr ähnlich sieht. Er und einige der anderen Jungen haben die Soldaten zum Palast zurückgeführt. Sie werden denken, dass wir versuchen, durch das Labyrinth und auf diesem Weg in die Berge zu gelangen. Finn sagt, sie hätten den Köder geschluckt und liefen alle wie verrückt auf den alten Turm zu.« Bald führte der enge Weg an den letzten Hütten vorbei und endete an einem Felsvorsprung, wo das Wasser schwarz herabdonnerte. Tòmas blieb ängstlich stehen und konnte nicht erkennen, wie sie weiterkommen sollten, während Jorge seinen blinden Kopf hin- und herwandte und nichts anderes hören oder spüren konnte als die wilde Kraft des Wasserfalls.

Scruffy schob sich langsam vorwärts und tastete sich um den Felsvorsprung. Sein Fuß glitt auf dem Schlamm beinahe aus, woraufhin Tòmas entsetzt aufschrie. Scruffy hatte jedoch Halt gefunden und hing verbissen dort, während das Wasser mit aller Macht auf seinen Kopf und seine Schultern prasselte. Er zog sich mit mächtigem Ruck um den Felsvorsprung herum und war fort. Tòmas wimmerte vor Angst leise, aber Finn kauerte neben ihm und tröstete ihn, während der älteste der Bettlerjungen – ein untersetzter Bursche namens Anntoin – Jorges unsichere Schritte vorwärtslenkte. Die gewagten Manöver, die nötig waren, um den Felsvorsprung zu umrunden, beunruhigten den alten Mann nicht im Geringsten, denn blind wie er war, konnte er den Übelkeit erregenden Abgrund und den unter ihnen gelegenen See nicht sehen. Indem Scruffy von einer Seite zog und Anntoin von der anderen Seite schob, gelangte er recht flink um den Felsvorsprung, und dann war Tòmas an der Reihe. Der kleine Junge konnte nicht umhin, aus Angst und Müdigkeit leise zu weinen, aber mit Finns Ermutigung und einem Stück alten Seils von Anntoins Gürtel, das ihm um die Taille gebunden wurde, kroch er langsam vorwärts, bis der Fels gegen seinen Bauch drückte. Wasser prallte auf seinen Kopf und Rücken und drohte, ihn aus dem Gleichgewicht zu bringen, aber Scruffys schmuddelige Hand winkte von jenseits des Felsvorsprungs, und Anntoin hielt ihn fest. Er streckte die Hand aus, ergriff Scruffys Finger und spürte mit einem Aufschrei, wie er herumgezogen wurde, wobei er wild um sich trat. Er landete auf Händen und Knien am Eingang einer Höhle, an der breite Wasserströme vorüberschossen, so wie auch vor Ceit Annas Höhle.

Eines nach dem anderen kletterten die übrigen Kinder um den Felsvorsprung. Jed wurde herumgehoben, wobei das Seil auch um seinen dünnen Bauch gebunden war, und dann betraten sie alle sicher die Höhle.

»Hast du die Fackeln, Finn?«, fragte Scruff und mit einem Nicken und einem Lächeln zog das Mädchen drei lange, mit Stoff und Pech umwickelte Zweige unter ihrem zerlumpten Rock hervor. Scruffys Feuerstein war nass geworden und so dauerte es lange, bis sie die Fackeln entzünden konnten, die übel rochen, als sie schließlich spuckend aufflammten. Sie erhellten die dunkle Höhle jedoch und ließen an der Rückseite einen schmalen Spalt sichtbar werden.

»Willkommen auf dem Weg der Diebe«, sagte Scruffy grinsend und übernahm die Führung.

Nacheinander folgten sie ihm durch den schmalen Spalt, der sich durch den Fels wand, auf dem Lucescere erbaut war. Gelegentlich konnten sie den dumpfen Aufschlag von Stiefeln über ihnen oder den fernen Klang von Rufen hören, tröstliche Geräusche in der dichten, moderigen Stille der Höhlen. Einmal hörten sie ein trockenes Rascheln und Tòmas sah sich aufgeregt um. »Ceit Anna?«, flüsterte er, aber es erfolgte keine Antwort, und das Geräusch kehrte auch nicht wieder.

Hin und wieder erweiterte sich der Durchgang zu einer niedrigen Höhle oder verzweigte sich in verschiedene Richtungen, aber Scruffy schien den Weg zu kennen und tappte auf seinen bloßen Füßen lautlos voran. Nach ungefähr zwanzig Minuten kamen sie an eine Abzweigung und Scruffy wollte gerade weitergehen, als plötzlich ein langer Arm hervorschoss und ihn im Nacken packte. Bevor er auch nur schreien konnte, wurde ihm ein langes, gefährlich gezacktes Messer an die Kehle gedrückt, und eine raue Stimme sagte belustigt: »Was glaubst du eigentlich, wo du hingehst, Dillon mein Kühner?«

Scruffy war sprachlos, aber Finn stürzte vorwärts und trat den unbemerkten Angreifer direkt zwischen die Beine, sodass er keuchte und sich vornüber beugte, wodurch er das Messer von Scruffys Kehle fortnehmen musste. Der Welpe Jed bemühte sich, seinen Herrn auch zu retten, indem er den Mann in die bloße Wade biss, aber während Scruffy sich freizuwinden versuchte, hatte sich der Mann im Handumdrehen wieder erholt. Obwohl seine Stimme noch rauer als zuvor klang, verlor sie doch nicht ihren belustigten Unterton. »Mach jetzt keinen Fehler, Bürschchen«, sagte er. »Ich bin ein freundlicher Mensch und hab nich' vor kleine Bälger zu verletzen, aber ich bin hier nich' der Einzige, und wir mögen es nun mal nich', wenn einfach jedermann auf unseren Wegen daherschlendert. Also antworte mir rasch, Bürschchen, sonst werd ich ärgerlich, und das willst du nicht.«

Scruffy zuckte mürrisch die Achseln und versuchte, den Druck des Messers an seiner Kehle zu lockern. »Du tust mir noch weh, Culley«, wimmerte er, aber der Mann festigte seinen Griff nur noch. »Ich helf dem alten Mann und dem Kind, aus Lucescere herauszugelangen, bevor die Hexenschnüffler sie erwischen. Die Straßen wimmeln von Soldaten und wenn der verdammte

Baron sie erwischt, werden sie bestimmt verbrannt ...« Das Messer wurde fortgenommen und der Mann glitt aus den Schatten, sodass er die kleine Gruppe gut sehen konnte. »Ja, das ist der Bursche«, sagte er und Tòmas erkannte ihn als den Dieb, mit dem sie sich in den Kerkern angefreundet hatten. Culley schien wiederzukäuen, denn seine bärtigen Wangen rollten, während er auf seiner Zunge kaute, und dann sagte er jäh: »Ich bring euch besser zu Seiner Hoheit, denn er muss entscheiden. Du hättest keine Fremden auf unseren Weg bringen sollen, aber da es der Junge ist, der uns gerettet hat, wird Seine Hoheit bestimmt nicht zu hart über euch urteilen ... Komm schon, Dillon mein Kühner, ich bin sicher, du kennst den Weg ...«

Sie wurden eilig durch die Tunnel gedrängt und gelangten schließlich in eine hohe Höhle, in der Männer in vielerlei Gestalt und Größe um ein wuchtiges Whiskyfass saßen. So wie es aussah, war das Fass schon vor vielen Stunden angestochen worden, denn die Männer waren äußerst fröhlich und wohlgelaunt. Auf einem rauen Holzsitz am Feuer saß der alte Mann, den Tòmas in den Kerkern geheilt hatte, derjenige, den sie den König der Diebe nannten. Hinter ihm stand seine Tochter, ein Frau mit wirren Augen und Haaren, die eine Machete im Gürtel trug und aus deren Stiefel ein *Sgian Dubh* hervorsah. Sie erkannte Tòmas sofort und kam dankbar auf ihn zu, was viel dazu beitrug, die Feindseligkeit der versammelten Räuber zu besänftigen. Der König der Diebe kannte alle Bettlerkinder beim Namen, eine Leistung, die sowohl beeindruckte als auch entnervte. Besonders Finn war beunruhigt und ihre Besorgnis wuchs noch, als der alte Mann lächelnd fortfuhr: »Und mach dir keine Sorgen, Kind, gewiss hattest du nichts mit dem Tod des alten Kersey zu tun, und wenn doch, nun, wie könnt ich es dir vorwerfen?«

Finn wurde bleich und wich in die Schatten zurück, aber der alte Mann nickte nur, lächelte weiterhin und wandte sich dann an Jorge. »Ach, der blinde Prophet persönlich stiftet meine Stadt zum Aufruhr an. Nicht dass ich etwas dagegen hätte, denn Chaos und Verwirrung helfen dem ehrlichen Dieb, seinen Lebensunterhalt zu verdienen. Dennoch gefallen mir alle diese Soldaten nich' und die verfluchten Hexenschnüffler sin' noch schlimmer. Wenn ich feststellen sollte, dass ihr sie zu mir geführt habt, nun, dann werdet ihr von mir nur einen schnellen Tod zu erwarten haben.«

Scruffy schüttelte heftig den Kopf und berichtete den Dieben, wie er eine Ablenkung in Gestalt eines anderen kleinen, hellhaarigen Jungen angeordnet hatte. »Ach, das wird wohl der junge Connor sein«, sagte der alte Mann und Scruffy nickte mit ehrfürchtiger Miene und erzählte, wie Connor und seine Schwester Johanna dazu bestimmt worden waren, die Soldaten in die Irre zu führen.

»Ach, nun, dann wollen wir nur hoffen, dass sie nicht zu rasch gefangen werden«, sagte die Tochter. »Sie werden den Jungen in Stücke reißen, weil er sie getäuscht hat.«

Der unglückliche Ausdruck auf Scruffys Gesicht vertiefte sich. Der alte Mann zündete sich eine seltsame Pfeife an, die blubberte und zischte, als er daran zog. Übel riechender Rauch umschwebte sie und sie husteten und wischten sich die tränenden Augen. »Dillon, mein Junge, du weißt, dass ich Fremden gegenüber nich' freundlich gesinnt bin, die den Weg der Diebe gezeigt oder auch nur davon erzählt bekommen. Dies hier unten ist mein Königreich und ich entscheide, wer meine Wege beschreiten darf. Normalerweise würd ich den Jungs befehlen, euch über den Felsrand zu werfen, sodass die Schimmernden Wasser Gerechtigkeit walten lassen könnten, aber mein Herz ist hierbei gespalten. Ich bin diesem Jungen wirklich dankbar für die Berührung seiner heilenden Hände, die uns alle aus diesem verdammten Kerker und den König wieder auf seinen rechtmäßigen Thron geführt haben.« Er tätschelte seinen Holzsitz. »Aber ich kann dennoch nicht jedermann ungehindert oder ohne Bezahlung meine Wege beschreiten lassen und wenn bekannt würde, dass ich es bei euch getan hätte, nun …«

Jorge trat vor und neigte den grauen Kopf. »Eure Hoheit, bitte vergebt uns unser Eindringen in Eure Privatwege. Wenn es möglich wäre, hätten wir einen anderen Weg gewählt, aber da der Junge hier die Gefangenen in der Galerie der Diebe berührt und in die Freiheit geführt hat, haben uns die Soldaten unerbittlich verfolgt.«

Wenn er gehofft hatte, den alten Mann an seine Tòmas gegenüber bestehende Schuld zu erinnern, schienen die nächsten Worte des Diebes jedoch darauf angelegt, jegliche Hoffnung auf die Erlaubnis des Durchgangs zu zerstören. »Ach, es stimmt also, dass der Junge der Hexerei beschuldigt wird? Und es is' ein Preis auf eure Köpfe ausgesetzt. Ich muss an den Profit denken, den mir das einbringen würde.«

Scruffy sprang vor, vollkommen empört, ohne das Zwinkern in den Augen des alten Mannes zu bemerken. »Ach, Ihr dürft ihn den Rotjacken nicht für verdammtes Geld verraten! Er ist nur ein kleiner Junge und er hat Euch gerettet!«

Der König der Diebe lächelte und nahm einen tiefen Schluck aus dem Becher, den er in der Hand hielt. »Ich kann tun, was immer ich will, junger Dillon«, sagte er, als er schließlich den Kopf wieder hob. »Obwohl mich deine Kühnheit an deinen Dad erinnert, den unverschämtesten Aufschneider, den die Diebe von Lucescere je gesehen haben! Nun, ich erinnere mich, wie er zu mir kam, als du noch ein Zwerg warst, und deine Ma an der Hurenkrankheit dahinsiechte, die ihre Lebenskraft zerfraß. Du bist Dillon der Kühne, genau wie dein Dad!«

Als Scruffys Brust schwoll und er sich einen oder zwei Zoll weiter aufrichtete, verdüsterte sich die Miene des Diebes. »Was aber nicht heißt, dass ich diese Kühnheit mag, Junge. Du wirst dir damit eines Tages selbst schaden. Bleib bescheiden, sonst wirst du den Aasfressern zum Opfer fallen, bevor du erwachsen bist. Wenn ich euch passieren lasse, dann um des Jungen willen und wegen des alten Zauberers, an den ich mich aus alten Zeiten gut erinnere, bevor diese verdammte emporgekommene Banrìgh das

Land in solch ein Chaos verwandelt hat. Also lass ich euch um seinet- und um des kleinen Jungen willen passieren und nicht, weil du eine kühne Zunge besitzt, junger Dillon!«

Scruffy nickte verwirrt und verbeugte sich und danach ließen sie den König der Diebe und den Jungen mit den Heilenden Händen alle mit Schlucken unverdünnten Alkohols hochleben. Dann wurden sie freundlich, aber bestimmt durch das Gewirr von Höhlen zu einer schmalen Öffnung geführt, die auf den dunklen Berghang hinausführte. Scruffy war ungewöhnlich still, aber als einer der Bettlerjungen eine freche Bemerkung machte, wurde ein kurzes Aufflammen seines alten Kampfgeists erkennbar. »Das reicht, Artair, sonst wirst du gnadenlos der Bande ausgeliefert! Und nenn mich nich' mehr Scruffy. Ich bin jetzt Dillon der Kühne!«

Die Fäden werden gesponnen

Margrit von der Distel

Weit im Süden, in den nebligen Mooren Arrans, schob sich ein Boot zwischen Binsen hindurch und glitt lautlos in die stillen Wasser des Murkmyre. Im Bug des langen, schmalen Bootes saß eine Frau mit unbewegtem Gesicht, sehr geradem Rücken und ruhig im Schoß gefalteten Händen. Sic trug ein schwarzes Gewand mit einem dunklen Plaid, mit einer Silberbrosche in Form einer Distel, die an ihrer Brust befestigt war.

Dichter Nebel umgab das Boot, verbarg die Oberfläche des Sees und liebkoste ihr Gesicht mit feuchten Fingern. Margrit NicFóghnan, Banprionnsa von Arran, hob das Gesicht freudig der Berührung entgegen. Das Boot glitt lautlos um eine morastige Landspitze herum und die zierlichen Türme des Tùr de Ceò kamen allmählich in Sicht. Margrits Miene wurde noch fröhlicher. Sie liebte den ersten Anblick des Turms der Nebel nach der langen, ermüdenden Reise durch die Moore. Die spitz zulaufenden, verzierten Türme stiegen wie ein Märchenpalast aus der Nebelbank auf, eine Erinnerung an ihr königliches Erbe und die stolze Herkunft, die sie niemals vergessen sollte. Das Boot glitt mit leisem Geräusch an seinen Platz an der Mole und Margrit von Arran erhob sich gemächlich und stieg aus, wobei sie das Plaid fester um ihre Schultern zog. Diener und Gefolgsleute bildeten auf den Stufen ein schweigendes Spalier, verbeugten sich und vollführten Hofknickse, während sie die Treppe langsam zu dem großen gewölbten Eingang hinaufschritt. Auf beiden Seiten der Tür standen Mesmerdean , ihre wunderschönen, unmenschlichen Gesichter waren unbewegt, beide hielten ihre jeweils vier Arme über der Brust verschränkt. Sie waren mehr als sieben Fuß groß und schienen seltsam unwirklich, als befände sich nichts unter den lockeren, grauen Gewändern, die sie in einem nicht wahrnehmbaren Wind umflatterten und umwehten. Ihre Facettenaugen waren auf Margrit gerichtet und sie erwiderte die Blicke angstfrei. Sie verbeugten sich nicht. Auf beide Türflügel war die Distel eingeschnitten, das Wappen und Motto des Clans der NicFóghnan: *Berührt die Distel nicht.* Margrit runzelte die Stirn, während sie den Eingang passierte, und hob die Hände, um flüchtig die Distelbrosche an ihrer Kehle zu berühren.

Die große Halle im Inneren war verschwenderisch mit üppigen Teppichen aus Lucescere in Karmesinrot und Blau und Grau geschmückt und mit aus dem weißen Marmor Rurachs gehauenen Statuen eingerichtet. Die Wände waren mit gewaltigen Wandteppichen verziert, die großartige Szenen aus der Geschichte der NicFóghnans zeigten. Es gab viele Darstellungen von Fóghnan der Distel selbst, darunter eine, in der das prächtige Schiff Cuinns in dem magischen Sturm segelte, der den Stoff des Universums gefaltet und den Ersten Hexensabbat zu den Fernen Inseln gebracht hatte. Fóghnan die Distel war mit einem über ihrem Kopf herabsinkenden Stern dargestellt, der ihre große Prophezeiung symbolisierte, die sie in diese Welt geführt hatte. Eine weitere Darstellung zeigte, wie sie mit strenger und stolzer Miene das zerschellte Schiff nach der Ankunft verließ, während Owein MacCuinn über den toten Körper seines Vaters gebeugt wie ein Kind weinte und ihr mit der Faust drohte, als sie sich weigerte, sich seiner Autorität zu beugen. Im Hintergrund baute sich eine Gezeitenwoge auf, die bedrohlich über der Menge der verängstigten Siedler aufragte – die große Gezeitenwoge, die so viele jener töten sollte, welche die Durchquerung gewagt hatten. Alle jene, die mit Fóghnan der Distel gingen, überlebten, und danach wagte niemand mehr die Wahrheit ihrer Prophezeiungen anzuzweifeln.

Weitere Wandteppiche zeigten das magische Heraufbeschwören des Tùr de Ceò auf einer Insel im Murkmyre, tief in den Nebelschwaden der Moore, und den Tod von Fóghnan der Distel durch die Hände des jüngsten Sohnes des Owein MacCuinn, Balfour. Margrit lächelte, während sie auf dem Weg zu ihrem Thronraum zu dem Wandteppich hinaufschaute. Es herrschte böses Blut zwischen den MacFóghnan und den MacCuinn, die gelernt hatten, dass man die Distel nicht ungestraft berühren durfte. Balfour war bald darauf auch gestorben, an einem geheimnisvollen Leiden, durch das ihm Schaum vor den Mund trat und sein Körper sich im Todeskampf rückwärts bog, sodass seine trommelnden Fersen die Erde in großen Klumpen aufrissen. Die zwölfjährige Tochter von Fóghnan der Distel, wie auch viele spätere NicFóghnans Margrit genannt, hatte Stab und Dolch ihrer Mutter aufgenommen und die Pflichten des Turmes übernommen. Viele Jahre später, als Aedan MacCuinn die Krieg führenden Länder und Völker Eileanans unter der Herrschaft des Leitsterns vereint hatte, weigerten sich nur Arran, Tìrsoilleir und die Fairgean, seine Autorität anzuerkennen. Jahre des Krieges waren gefolgt, aber nicht einmal der Leitstern konnte die Mysterien des Murkmyre durchdringen, und die stets hungrigen Moore hatten die gegen sie gesandten Armeen verschlungen. Der Clan der MacFóghnan hatte überlebt, wie er es auch in Zukunft tun würde.

Der durch die Erinnerung an den Tod der Distel von Fóghnan heraufbeschworene Zorn ließ Margrit den Thronsaal lächelnd betreten. Beim Anblick ihrer Grübchen wurde ihr Sohn blass und erhob sich eilig. Obwohl er Anfang zwanzig war, schien er wegen seiner Unbeholfenheit und schlaksigen Größe jünger. Margrits Lächeln vertiefte sich bei seinem Anblick und Iain begann, nach einem Fluchtweg Ausschau zu halten.

»Ach, du bist zurück, M-M-Mutter!«

»Wie ich sehe, verbessert sich zumindest deine Beobachtungsgabe.« Margrit durchquerte den Raum langsam und stetig und ließ sich auf dem Thron aus kunstvoll geschnitztem Holz mit purpurfarbenen Samtkissen nieder.

»W-W-Wie war deine Reise?«

Sie dachte über seine Frage nach, während sie einen der wuchtigen Ringe an ihren Fingern richtete. »Wie erwartet. Die Saat der Uneinigkeit, die während dieser letzten Jahre gesät wurde, wird uns eine lohnende Ernte einbringen.«

Er nickte und begann, zur Tür zurückzuweichen. Sie beobachtete ihn unter gesenkten Lidern und sagte, als er die Hand auf den Türknauf legte: »Und wie sind die Dinge hier vorangeschritten, mein Sohn?«

»Ach, nun, nun … K-K-Khan-'t-t-tirell wird dir zweifellos v-v-viel zu erzählen haben … Soll ich nach ihm sch-sch-schicken?«

»Ach, nein. Es wäre mir lieber, wenn mein Sohn, der Erbe des Turms, es mir erzählte. Setz dich, Iain.«

Iain sank auf einen der starren Holzstühle, welche die Halle umstanden, und sah sie ängstlich an. Er erzählte ihr alles, woran er sich erinnern konnte, aber wie immer, wenn er mit seiner Mutter sprechen musste, schweiften seine Gedanken ab, sodass er nur einen wirren Bericht zustande brachte, demnach sich alle Drachen erhoben hatten und Mesmerdean gestorben waren und hier und da Aufstände stattgefunden hatten. Als er stotternd verstummte, lächelte sie ihn an und lachte dann, was äußerst angenehm und melodisch klang. »Geh und rufe K-K-Khan't-t-tirell«, spottete sie. Zumindest weiß ich, dass sein Bericht einen Sinn ergeben wird.«

Iain schoss von seinem Stuhl und hatte die Tür schon fast erreicht, als sie sanft sagte: »Warum nur ist es ausgerechnet deinem Vater von allen meinen Geliebten letztendlich gelungen, mich zu schwängern? Tatsächlich hatte er das Gesicht eines Engels, aber den Verstand eines Narren, und nun ist sein verdorbener Same in einem Schwachkopf aufgegangen! Wenn ich noch ein Baby bekommen könnte, würde ich dich im Moor ertränken, wie ich es schon hätte tun sollen, als du geboren wurdest. Da du aber mein einziger Nachkomme bist und die Zukunft des Turms mit dir ertrinken würde, wirst du froh sein zu erfahren, dass ich eine Heirat für dich arrangiert habe. Sie ist stark und schlau und besitzt Magie – und sie ist bereit, deine Zärtlichkeiten zu ertragen, um die First Lady von Arran zu werden. Fürchte nicht, dass sie enttäuscht sein wird, wenn sie dich sieht, denn ich hab ihr alles über dich erzählt.«

Iain wurde scharlachrot und versuchte, etwas zu sagen, aber sein Gestammel vereitelte es. Margrit beobachtete seine erstickten Versuche mit einem Lächeln und sagte ruhig: »Es freut mich, dass du so entzückt bist, mein Lieber. Sie ist eine NicHilde und somit bester Herkunft, auch wenn die Leute von Tìrsoilleir die Existenz der Magie oder die Abstammung der Abkömmlinge des Ersten Hexensabbats nicht mehr anerkennen. Sie regelt inzwischen ihre Belange und wird bald bei uns sein. Du hast nur eine Pflicht – sie zu schwängern. Und jetzt geh mir aus den Augen!«

Erst als ihr Sohn den Raum hastig verlassen hatte, sank Margrit noch immer lächelnd in die Kissen zurück und spielte mit den Silbertroddeln ihres schwarzen Samtgewandes. Bald trat ihr Schatzmeister lautlos ein, ein großer, hagerer Mann mit einer langen Mähne weißen Haars, das mit einem Lederband zurückgebunden war. Sein dunkles, grimmiges Gesicht war scharf und kantig geschnitten, er hatte hervorstehende Wangenknochen und so tief liegende Augen, dass ihre Farbe nicht erkennbar war. Auf beiden Wangen hoben sich drei dünne weiße Narben deutlich von der olivfarbenen Haut ab. Sein Aussehen hätte auch ohne die schweren, stark gedrehten Hörner beidseits der Stirn genügt, um den Verdacht zu erwecken, dass Zauberwesenblut in seinen Adern flösse.

»Mylady forderte meine Anwesenheit?« Er sprach mit schwerfälligem, schleppendem Akzent, obwohl seine schwungvolle Verbeugung ein Muster höfischer Anmut war.

»Khan'tirell, ich bin wirklich froh, Euch zu sehen, denn mein schwachsinniger Sohn hat drauflosgeplappert, und ich brauche jemanden, der einen Sinn hineinbringt. Er sagte, die Drachen hätten sich erhoben.«

»In der Tat, Euer Gnaden, haben sich die Dinge nicht so entwickelt, wie wir es uns für die Sithicheberge gewünscht hätten.«

»Warum nicht?« Ihre Stimme klang sanftmütig.

Khan'tirell berichtete rasch und gut. Der Mesmerd, den sie ausgewählt hatte, hatte den Sucher Thoth bis tief in die Sithicheberge hinein begleitet, um ihm bei seinem Vorgehen gegen die Drachen zu helfen. Dass der Mesmerd eine eigene Mission zu erfüllen hatte, war dem Sucher natürlich nicht enthüllt worden, wie Lady Margrit vorgeschlagen hatte. Der Mesmerd hatte eine beträchtliche Menge angewandte Magie bemerkt und die Rotgardisten so in die generelle Richtung geführt. Sie waren auf eine Gruppe Hexen getroffen, die in einem gut verborgenen Tal, in das der Mesmerd natürlich leicht hatte eindringen können, ihre Lichtmessrituale praktizierten. Die Hexen waren entkommen – alle außer einer.

»Warum nur eine?«

»Die Oberzauberin Meghan NicCuinn war dort, Mylady.«

»Ah, ich verstehe. Fahrt fort.«

Der Schatzmeister regte leicht die Schultern, als ein Lächeln die Glätte von Margrits Gesicht störte. »Der Mesmerd wurde durch einen von der Oberzauberin zur Bewachung ihres Domizils errichteten Schutz getötet.«

»Wie? Warum hat der Mesmerd den Schutz nicht erspürt?«

»Ich weiß es nicht, Mylady, da ich den Bericht nur von dem Sucher Thoth gehört habe. Ich könnte mir jedoch vorstellen, dass sie den mächtigeren Schutz unter einer einfachen Vorrichtung verborgen und den Mesmerd so überlistet hat.«

»Dann hatte er es verdient zu sterben«, sagte Margrit gleichgültig.

Als sie erfuhr, dass Meghan die Drachen vor den Rotgardisten erreicht und sie irgendwie davon überzeugt hatte, die Legion anzugreifen, lachte Margrit. »Sie ist klein, aber recht munter«, sagte sie anerkennend. »Also ist Thoth tot? Verdammt! Ich habe viel Zeit damit verbracht, ihn auszubilden. Aber er war dennoch nie der einzige Pfeil in meinem Köcher. Der Aufstand der Drachen ist jedoch eine andere Sache. Das bereitet mir Kopfzerbrechen. Es macht mich sogar ärgerlich. Meghan sollte sich nicht in meine Angelegenheiten einmischen. Ich hatte gehofft, die tatterige alte Hexe wäre tot. Aber es freut mich auch zu hören, dass sie noch lebt, denn das verschafft mir das Vergnügen, ihren Tod zu arrangieren.« Margrit hielt inne und strich sich mit einem Finger über die Wange. »Die Drachen brauchen lange, bis sie sich erheben, aber wenn sie sich erst erhoben haben, sind sie schrecklich«, sann sie leise. »Sind sie über Rionnagan oder Siantan hinweggeflogen? Das wäre zumindest ein kleiner Trost.«

»Nein, Euer Gnaden. Nachdem die Drachen die Rotgardisten getötet hatten, kehrten sie zu ihrem Palast zurück und flogen nicht mehr hinaus.«

»Seltsam. Sehr seltsam.«

Khan'tirell erzählte ihr dann, dass die Mesmerdean über den Tod ihres Kameraden sehr betrübt waren. Mesmerdean starben nicht leicht und sie hatten den inzwischen verstrichenen Monat mit ihren eigenartigen Trauerritualen verbracht. Alle Mesmerdean, die fremde Länder bereist hatten, waren zurückgekehrt und weigerten sich, die Moore wieder zu verlassen. Als wären das noch nicht genug Schwierigkeiten, hatten die Kinder der Theurgia diesen Moment erwählt, um einen Aufstand anzuzetteln, indem sie sich in ihrem Flügel einschlossen und alle, die näher kamen, mit Steinen und hartem Brot bewarfen. Khan'tirell hatte sie natürlich letztendlich überwältigt, die Rädelsführer hart ausgepeitscht und die Widerspenstigsten getötet, die leider auch die Talentiertesten gewesen waren. Er war jedoch zuversichtlich gewesen, dass seine Handlungsweise ihren Beifall finden würde.

»Ihr habt es genau richtig gemacht. Wie können plappernde, rotznasige Farmkinder es wagen, auf meinem Land einen Aufstand anzuzetteln?«

»Ihr vergesst, Mylady, dass viele von ihnen aus den Familien von Lairds und reichen Händlern entführt wurden und einige direkte Abkömmlinge des Ersten Hexensabbats sind.«

»Aber jetzt arm und enteignet«, gab Margrit lächelnd zu bedenken. Khan'tirell neigte den Kopf. »Was wollten sie?«, fragte sie neugierig.

»Nach Hause zurückkehren, Mylady.«

»Narren! Wissen sie nicht, dass meine Theurgia die einzige im ganzen Land verbliebene ist? Sie werden nirgendwo sonst ausgebildet werden. Stellt sicher, dass alle Rationen beschnitten werden.«

»Das ist bereits geschehen, Mylady.«

»Nun, dann lasst mich berichten, was meine Reise nach Tìrsoilleir ergeben hat. Es ist so, wie ich gehofft hatte. Die Fealde von Bride war erfreut, nein, bestrebt, mich zu empfangen – sie ist sogar bereit, meinen vermutlichen Gebrauch von Hexerei zu übersehen, so sehr ein solcher Verdacht sie auch beunruhigt. Sie sind es leid, die Straßen von Bride auf- und abzumarschieren, ›Deus Vult!‹ zu rufen und von großen Siegen zu träumen. Sie hatten seit mehr als vierhundert Jahren reichlich Zeit, die letzte Gelegenheit zu vergessen, bei der sie die Macht der MacCuinns herausforderten. Jetzt, wo der Rìgh in einem Traumland wandelt, das Erbe Aedans zerstört und das Land geteilt ist, werden die Bewohner Tìrsoilleirs ehrgeizig. Die Fealde will jemanden angreifen und wer wäre besser dazu geeignet als jene die Erde verehrenden Ungläubigen? Ich habe es ihr jedoch schwer gemacht, die Erlaubnis, ihre Truppen durch Arran marschieren zu lassen, mit mir auszuhandeln.«

»Was hat sie angeboten?«

»Gold natürlich, und Edelsteine. Die fortwährende Unabhängigkeit Arrans plus einen fairen Anteil sowohl an Aslinn und Blèssem wie auch am Strand, da sie natürlich nicht die Küste verteidigen wollen. Eine NicHilde als Partnerin meines schwachsinnigen Sohnes, sowie dass alle verbotenen Werke im *Tùr na Sa-*

baidean fortgeschlossen werden. Sie sagen, sie hätten eine erlesene Sammlung von Werken aus der Anderen Welt, wie auch viele Texte über die Mysterien. Und ich habe die Erlaubnis, in Tìrsoilleir Schüler für meine Theurgia anzuwerben.«

»Wissen sie nicht, dass Ihr schon seit Jahren in Tìrsoilleir rekrutiert?«

Sie runzelte die Stirn und spielte erneut mit den Troddeln ihres Gewandes. »Natürlich nicht. Wenn jemand gesehen oder gehört hätte, wie die Mesmerdean Kinder entführten, hätten sie es als optische Täuschung oder als Folge von zu viel Whisky abgetan.«

»Ich dachte, die Bewohner Tìrsoilleirs lehnten es ab, sich mit Alkohol zu berauschen.«

»Ach, das tun sie auch, Khan'tirell! Sie sind fromme Leute. Ich habe schrecklich langweilige Monate verbracht, indem ich vorgab, ebenso heuchlerisch zu sein wie sie. Wisst Ihr, dass sie drei Mal täglich in der Kirche beten müssen? Aber religiöser Fanatismus hat auch seinen Sinn und sie werden sich als fähiges Heer erweisen. Inzwischen werde ich mit den Mesmerdean sprechen. Wir können nicht zulassen, dass sie in den Mooren umherschleichen. Ich will auf dem Lande Angst und Misstrauen bewirken und ich will jedes Kind mit auch nur einem Hauch magischer Fähigkeiten hier unter meiner Kontrolle haben!«

Die Mesmerdean kamen gemächlich und anmaßend, aber Lady Margrit war zu klug, um Verärgerung oder Ungeduld zu zeigen. Sie wusste, dass sie die Mesmerdean nicht befehligte. Ihr Gehorsam ihr gegenüber war nur der Tatsache zuzuschreiben, dass sie, zumindest dieses Mal, einen Zweck verfolgten, der dem ihren entsprach. Wenn es ihnen gefiele, würden sie wieder mit den Mooren verschmelzen, und sie verlöre ihre wirksamste Waffe. Nur die Älteren kamen, einundzwanzig ausgetrocknete, verwelkte Hüllen ohne die unirdische Schönheit der mesmerdeanischen Nymphen. Viele trugen nicht die leichten grauen Gewänder, die Margrit für sie gestaltet hatte. Margrit lächelte, während sie sich in ihrem Sessel zurücklehnte, denn sie sah dies als unterschwellige Beleidigung an. Sie falteten raschelnd ihre silbrigen Schwingen und sahen sie aus großen, schimmernden Augen an, die in Wahrheit Tausende dicht zusammenliegender Augen waren.

Es war schwierig, mit den Mesmerdean zu kommunizieren. Sie besaßen keine Sprache, die eine andere Art hätte erlernen können, denn sie sprachen nicht, und ihr vielstimmiges Summen, dass sie durch das Zusammenreiben ihrer Schwingen und Klauen hervorbrachten, war unmöglich nachzuahmen. Aber Margrit hatte ihr ganzes Leben in den Mooren Arrans verbracht und wusste, was jedes Zucken der Schwingen, jede Geste der Klauen und jede Klangfärbung des Summens bedeutete, und sie wusste, das die Mesmerdean ihre Energiekräfte ebenso leicht lasen wie sie, Margrit, Worte auf einer Buchseite las. Man sprach nicht mit den Mesmerdean, denn sie hörten keine Worte, und beim Sprechen konnten durch die Schwankungen der emotionalen Energien verborgene Empfindungen offenbart werden. Also saß Margrit auf ihrem Thron und die Mesmerdean beobachteten sie und sie beobachtete die Mesmerdean. Das Rascheln ihrer Schwingen begann allmählich zu rollen und zu vibrieren und ihre Augen glänzten metallisch.

Margrit lauschte jedem Zittern und Triller, runzelte die Stirn und dachte an die fruchtbaren Ebenen Clachans, die wieder von Wasser durchdrungen waren, ein ausgedehntes Labyrinth, dessen Moore vom Rascheln des Riedgrases erfüllt waren. Und sie lächelte und dachte an die Menschen Clachans und Blèssems, die mit selig geschlossenen Augen wieder in die Arme der Mesmerdean sanken. Und sie runzelte die Stirn und dachte an lange Reihen schimmernder Eier im Schlamm der Moore. Während sie nachdachte und Vorstellungen nachhing, vertiefte und harmonisierte sich die Art des Trillers, bis bald nur noch ein schriller Laut übrig blieb. Sie betrachtete die Älteren und fand denjenigen, dessen Schwingen starr zurückgelegt und dessen Kopf nach vorn gestreckt war. Sie neigte den Kopf und stellte sich vor, wie Meghan die Oberzauberin nach dem Kuss eines Mesmerd zurückwich, und sofort änderte sich die Art des Gesangs, beschleunigte und intensivierte sich. Sie wussten, wer Meghan war, denn die Mesmerdean teilten ihre Erfahrung. Sie waren durch einen Sinn miteinander verbunden, der so präzise wie ihr Gesichtssinn und ihr emotionaler Radar waren. Als der Mesmerd in Meghans Baumhaus in den Sithichebergen gestorben war, hatte jeder einzelne Mesmerd es gewusst.

Der Mesmerd, vor dem sie sich verneigt hatte, verneigte sich nun ebenfalls, und obwohl seine Schwingen ausgestreckt blieben, geriet die Art seines Summens in Einklang mit den anderen. So leise, wie sie hereingeglitten waren, verließen die Mesmerdean den Raum auch wieder. Margrit runzelte die Stirn und kaute auf einem Daumennagel. Sie hatte sie erneut für sich gewonnen, und obwohl eine der Familien – die Familie der Nymphe, die in Meghans Baumhaus gestorben war – in den Mooren bleiben würde, bis die Trauer vorüber war, würden die anderen ihre Beutezüge in den umliegenden Ländern wieder aufnehmen. Und wenn die Trauer vorüber wäre, würden die Eibrüder des toten Mesmerd auf die Suche nach Meghan gehen und ihr Leben fortküssen.

Iseult die Narbige Kriegerin

Meghan wollte Iseult nicht mit nach Caeryla hineinnehmen. Gleichgültig, was sie sagte oder wie beharrlich sie war – Meghan blieb unerbittlich. »Nein, Iseult, es ist zu riskant. Dein Gesicht sieht Isabeaus zu ähnlich und anscheinend hat Isabeau ihr Gesicht, trotz meiner Warnungen, in dieser Gegend sehr bekannt werden lassen. Du musst hier bleiben und dich um Bacaiche kümmern.«

»Das werd ich nicht«, sagte Iseult.

»Sei keine Närrin«, sagte die Zauberin. »Und glaub nicht, du könntest mir folgen, denn ich werde es merken, Iseult. Du hast geschworen zu tun, was ich dir sage.«

»Ich werd mit Euch gehen.«

»Das wirst du nicht.«

»Doch, werd ich schon.«

»Nein.«

»Doch.«

»Nein, Iseult. Du wirst hier bleiben.«

Und Iseult die Narbige Kriegerin stellte fest, dass sie zum ersten Mal in ihrem Leben aus irgendeinem Grund im Lager zurückblieb wie ein Kind oder ein Krüppel. Bei diesem Gedanken wanderte ihr Blick zu Bacaiche und sie erkannte an seiner Miene, dass er genau gewusst hatte, was sie dachte.

Um ihren übermächtigen Gefühlen Luft zu machen ging Iseult auf die Jagd, sobald Meghan hinter der Bodenfalte des Hügels verschwunden war. Bacaiche, der aufgrund seiner deformierten Füße kaum gehen konnte, kauerte übellaunig schweigend am Teich und warf Kiesel in dessen trübe Tiefen. Iseult fragte sich beiläufig, wie er es ertragen konnte, so häufig an einen Fleck gefesselt zu sein, gab sich aber dann der Freude des Jagens hin. Als sie mit geröteten Wangen verschwitzt und triumphierend mit zwei von ihren Fäusten baumelnden Kaninchen zurückkehrte, sah er sie unter gesenkten Augenbrauen finster an und sagte: »Die Strafe für das Wildern in diesen Teilen des Landes ist eine Auspeitschung.«

»Man wird mich nicht erwischen«, antwortete Iseult ruhig, während sie Anmachholz sammelte.

»Ich glaub, wir sollten so nahe bei der Stadt kein Feuer anzünden …«

»Niemand wird mein Feuer sehen«, erwiderte Iseult und tatsächlich war das Anmachholz, das sie sammelte, so trocken und das Feuer an einem so geschickten Platz angezündet, dass über den Kohlen nur ein vages Hitzeflimmern zu sehen war. Bacaiche schnaubte angewidert, stand auf und hinkte in seiner unbeholfenen, halb hüpfenden, halb gehenden Gangart davon. Iseult lächelte, häutete die Kaninchen, weidete sie gekonnt aus und hängte sie an einem Spieß über das Feuer. Violettes Zwielicht schimmerte zwischen den Bäumen, der Himmel war von den letzten Farben des Sonnenuntergangs gestreift. Iseult streckte sich, war froh, Schmerzen in ihren Muskeln zu spüren und betrachtete den Teich. Im Handumdrehen hatte sie sich ausgezogen, watete ins Wasser und genoss die kühle Frische auf ihrer Haut. Von all den vielen Dingen, die sie während der letzten Wochen gelernt hatte, war dies ihr liebstes. Niemand aus der Gemeinschaft würde jemals auch nur davon träumen, seinen Körper in Wasser einzutauchen, denn auf dem Rückgrat der Welt konnte man in drei Minuten sterben, wenn man erst eingetaucht war. Hier hatte das Wasser die Zartheit von Seide, nicht die Kälte von beißendem Frost, und Iseult hatte die Freude daran entdeckt, wirklich sauber zu sein.

Nachdem sie sich Schweiß und Schmutz und Kaninchenblut abgewaschen hatte, ließ sie sich auf dem Rücken treiben und schaute in den Himmel hinauf, während die Sterne, einer nach dem anderen, schwach aufleuchteten. Ihre scharfen Jägerohren hörten Bacaiches unbeholfenen Gang, als er durch das Unterholz heranstapfte, aber sie ignorierte ihn, schwelgte in dem Gefühl des Wassers auf ihrer nackten Haut. Erst als sein Schlurfen erstarb, stand sie auf und hielt Ausschau nach ihm, da sie wusste, dass er ihrer Obhut anvertraut worden war.

Er stand unter einem der Bäume und sah sie auf eine Weise an, die Iseult nicht ganz verstand. Sein Blick war sowohl verärgert als auch sehnsüchtig, elend und triumphierend. Zum ersten Mal in ihrem Leben war sich Iseult ihres Körpers vollkommen bewusst. Ihre Arme fühlten sich schwer und unbeholfen an. Unsicher, was sie mit ihren Händen tun sollte, pflückte sie einen Grasstängel und drehte ihn zwischen den Fingern, wobei sie Bacaiche noch immer ansah. Sie dachte einen Moment, er würde auf sie zukommen, aber dann wandte er sich fluchend ab und wankte ins Unterholz zurück. Iseult watete aus dem Wasser, zog sich an und drehte dann die Kaninchen auf ihrem Spieß, während sie sich die ganze Zeit über den Ausdruck auf Bacaiches Gesicht wunderte. Sie hatte auf den Gesichtern anderer Mitglieder ihrer Gemeinschaft schon Verlangen gesehen, aber niemals auf sich bezogen. Sie wurde als sehr hässlich angesehen, da sie so blass und sommersprossig war. Nur ihr rotes Haar war annehmbar und das auch nur, weil es ein Zeichen der Feuermacherin war und nicht, weil es als hübsch empfunden wurde.

Bacaiches Miene hatte Verlangen ausgedrückt, entschied sie letztendlich, aber es war mit anderen Gefühlen vermischt gewesen, die sie schwerer zu verstehen fand. Als Bacaiche schließlich zum Feuer zurückkehrte, schwieg sie und reichte ihm nur ein Kaninchenbein und eine geröstete Kartoffel. Sie aßen schweigend, gingen schweigend schlafen und erwachten am nächsten Morgen in ungebrochenem Schweigen.

Inzwischen begann Iseult, sich über Meghans langes Ausbleiben zu sorgen. Sie fand am Rande des Hains einen Stechginsterbusch, legte sich darunter und blickte ins Tal mit seinem nebelverhüllten See und der Stadt mit den grauen Mauern hinaus. Bacaiche umstreifte unruhig das Lager. Er hatte seinen Umhang in übermäßiger Ungeduld abgeworfen und Iseult bemerkte erneut, dass ein Großteil seiner verkrüppelten Erscheinung mit dem Umhang schwand. Er wirkte größer und seine wunderschönen Schwingen sprangen wie entfesselt hervor. Erneut schienen der dicke Hals und die breiten Schultern durch die ausgebreiteten schwarzen Federn ausgeglichen und nur seine Klauenfüße erschwerten die Bewegung. Iseult spürte, dass ihre Neugier ihm gegenüber zunahm, aber sie konnte ihren angeborenen Widerwillen, Fragen zu stellen, noch immer nicht überwinden. Bacaiche bereitete ihnen etwas zu essen zu, als die Sonnc hoch über ihnen stand, und sie aßen im Schatten der Bäume zusammen. Eineinhalb Tage waren inzwischen verstrichen, seit Meghan nach Caeryla hinabgegangen war, und Iseult hatte beschlossen, bis zur Dunkelheit zu warten, bevor sie sich auf die Suche nach ihr begab. Sie hatte sich so sehr an das Schweigen zwischen ihnen gewöhnt, dass sie regelrecht erschrak, als Bacaiche sprach.

»Du bist deiner Schwester nicht sehr ähnlich, oder?«, fragte er. »Sie hat ein Mundwerk wie ein Donbeag, kecker, kecker, kecker, die ganze Zeit.«

»Ich kenn sie nicht«, erwiderte Iseult. »Es klingt nicht so, als wär sie wie ich.«

Bacaiche zögerte und sie erkannte, dass auch er von Neugier vereinnahmt war, aber nicht gerne Themen anschneiden wollte, die für sie vielleicht schmerzlich wären. Sie sagte hastig: »Was ich so über sie höre, gefällt mir nicht allzu sehr, aber hier ist alles so anders. Ich glaub nicht, dass sie auf dem Rückgrat der Welt lange bestehen könnte.« Es war das erste Mal, dass sie freiwillig gesprochen hatte, und sie spürte, wie Bacaiche sich umwandte und sie ansah. Sie hielt den Blick gesenkt.

»Das Leben auf dem Rückgrat der Welt ist wohl hart?«, fragte er vorsichtig.

»Die Götter des Weiß sind manchmal grausam und manchmal freundlich und wir können nur selten den Grund für ihre Entscheidungen erkennen«, antwortete Iseult. »Aber wir sind frei und der Himmel ist manchmal blau und hell und die Jagd ist gut und manchmal gibt es einen Sturm oder eine Lawine und die Jagd ist schlecht. So ist das Leben. Zumindest wissen wir, wer unsere Freunde und wer unsere Feinde sind, nicht wie hier.«

»Wir wissen auch, wer unsere Freunde und wer unsere Feinde sind.«

»Wenn das so ist – warum hast du dann diejenige bestohlen, die dir geholfen hat, und sie an deiner Stelle jagen lassen?«

Iseult hatte das Gefühl, ihm eine Frage stellen zu können, da er ihr auch eine Frage gestellt hatte.

Bacaiches Miene verdüsterte sich und er schaute mürrisch fort, antwortete aber schließlich: »Das war falsch von mir. Manchmal bin ich so verärgert und verbittert, dass niemand mein Freund ist. Ich vergesse, dass andere Menschen auch Schmerz erleiden.«

Iseult wusste, dass er nicht den Schmerz seiner Deformierungen meinte, sondern den Schmerz in seinem Herzen, und sie nickte. »Es ist leicht, freundlich zu sein, wenn das Leben gut verläuft.«

»Darf ich dir eine Frage stellen?«

»Das hast du gerade getan«, antwortete Iseult lächelnd. Es fühlte sich seltsam an, als wäre ihr Gesicht steif, und sie fragte sich, wie lange es her war, seit sie zuletzt gelächelt hatte. Gewiss nicht mehr, seit sie in dieses heiße, helle Land gekommen war. Er lächelte ebenfalls und es verwandelte sein Gesicht, das stets eher hart und kalt erschienen war.

»Dann noch eine weitere Frage. Ich wollt dich nach deiner Beziehung zu meiner Großcousine fragen. Ich weiß, dass du und deine Schwester ihre Schützlinge seid, aber du sagst, du wärst deiner Schwester niemals begegnet. Das versteh ich nicht.«

Iseult dachte über die Frage nach und setzte sich dann mit einer einzigen fließenden Bewegung auf. Sie nahm die Haltung des Geschichtenerzählers ein: die Beine gekreuzt, das Rückgrat aufrecht, die Hände nach oben gewandt im Schoß.

»Ich wurde von der Feuermacherin, der Alten Mutter der Gemeinschaft der Feuerdrachen, zum Zeitpunkt des flammenden Drachensterns, der unseren Himmel alle acht Jahre überquert, am Hang der Verfluchten Gipfel gefunden. Da sie erkannte, dass ich das Kind ihres Sohnes sein musste, der vor langer Zeit im Land der Zauberer verschwunden war, zog sie mich als ihre Erbin und Enkelin auf, bis ich acht Jahre alt war. Dann wurd ich als *Geas* den Drachen übergeben und zum Turm der Rosen und Dornen gebracht. Ich sollte mich um die schlafende Zauberin kümmern und während der grünen Monate, die für die Narbigen Krieger traditionell die Zeit der Ruhe sind, in den Bibliotheken lernen. Während der weißen Monate blieb ich bei der Gemeinschaft und jagte und kämpfte, wie es die Narbigen Krieger tun, deren Handwerk ich erwählt hatte. So verlief mein Leben acht Jahre lang. Dann kam die Zeit des Drachensterns und die Gemeinschaften brachen zur Zusammenkunft auf und ließen mich mit dem Zauberer Feld und der schlafenden Zauberin beim Turm der Rosen und Dornen zurück. Ich war nicht glücklich, dass ich erneut zurückgelassen wurde und fragte mich, ob ich jemals einen Gefährten finden würde, denn da mein sechzehnter Geburtstag bereits vorüber war, hätte ich mit anderen Frauen meines Alters übers Feuer springen sollen. Jedoch riefen mich die Drachen und sagten, eine Alte Mutter sei auf der Suche nach der schlafenden Zauberin, und ich sollte sie zu ihr bringen und mich um sie kümmern. Das war das erste Mal, dass ich der Feuermacherin Meghan begegnete, die deine Cousine ist. Erst da hörte ich, dass ich eine noch lebende Schwester habe, was wirklich sehr schlimm ist, denn wer soll die Göttlichkeit erben, wenn meine Großmutter stirbt?«

Bacaiche wirkte ein wenig verwirrt, aber er nickte. »Ich verstehe. Jetzt gibt es zu viele Erben? Kein Wunder, dass dir der Gedanke an eine Schwester widerstrebt.«

»Zwillinge sind verflucht«, sagte Iseult knapp. »Die Götter des Weiß werden zornig sein, dass ihnen ein Zwilling nicht übergeben wurde.« Einen Moment herrschte Schweigen und dann lockerte sie ihre Haltung und sagte: »Du hast mir noch eine Frage gestellt, die ich vollständig beantwortet habe. Nun möchte ich dir eine Frage stellen.«

Bacaiche runzelte die Stirn, nickte aber jäh. »Das ist vermutlich nur fair.«

»Ich hab noch niemals zuvor einen Menschen mit Schwingen und Vogelklauen gesehen. Du sagst, die Feuermacherin Meghan sei deine Cousine, aber sie hat keine Schwingen und Klauen. Wurdest du so geboren?«

»Nein«, antwortete er.

Als sie erkannte, dass er nicht mehr zu sagen beabsichtigte, funkelte Zorn in ihren blauen Augen. »Auf dem Rückgrat der Welt ist eine Frage eine Bitte um eine Geschichte«, sagte sie kalt. »Wenn jemand zu antworten beschließt, muss man vollständig antworten, denn wie sonst ist die Frage beantwortet?«

»Ich komm nicht vom Rückgrat der Welt«, antwortete er und wandte den Blick ab.

Sie nickte und stand auf. »Das stimmt.« Ohne einen Blick zurück ging sie davon, kroch behutsam wieder unter den Stechginsterbusch und suchte das leere Tal nach einer Spur von Meghan ab.

Nachdem Bacaiche fast eine halbe Stunde auf der Lichtung hin- und hergegangen war, kam er und kauerte sich neben sie, ohne auf die spitzen Dornen des Busches zu achten. »Es tut mir Leid. Es ist schwer für mich, darüber zu sprechen.« Iseult schwieg. »Ich hab einen Mann getötet, weil er genau dieselbe Frage gestellt hat«, fuhr er mit betrübter Stimme fort. »Ich wurde den größten Teil meines Lebens für etwas gejagt, verfolgt und geschmäht, was nicht mein Fehler ist.« Iseult schwieg noch immer.

Er fuhr fort; seine Stimme war vor Leidenschaft belegt. »Es ist die verfluchte Banrìgh. Es ist alles ihre Schuld, alles! Manchmal verlangt es mich danach, meine Hände um ihre Kehle zu legen und zuzudrücken, bis alles Leben aus ihr gewichen wäre! Sie könnte bitten und betteln und es würde mich nicht kümmern. Ich würde sie anlächeln und sie mit ebenso wenig Gnade töten, wie sie meine Brüder getötet hat. Die elende Hexe! Sie hat das ganze Land verhext!«

Sie schwiegen sehr lange Zeit. Schließlich sagte Bacaiche fast flüsternd: »Ich wurde nicht so geboren. Die ersten zwölf Jahre meines Lebens war ich ein ganz normaler Junge, fast so wie jeder andere. Ich hatte ein Zuhause, eine Familie, die mich liebte, alles Spielzeug und jeden Luxus, den ich mir nur wünschen konnte. Dann wurde ich verhext. Was du heute siehst, ist der Rest einer so starken und so geheimnisvollen Verhexung, dass niemand das Gegenmittel finden kann. Nicht einmal Meghan.«

»Du wurdest unter einen Zauberbann gestellt?«

»Es war Maya. Sie konnte es nicht ertragen, dass Jaspar noch jemand anderen als sie liebte. Sie lächelte uns an und sprach sanft mit uns und er war verärgert, dass wir sie nicht mochten, und sagte, wir wären albern und eifersüchtig und sollten es besser wissen. Eines Nachts kam sie zu uns, noch immer lächelnd. Ich erwachte aus tiefem Schlaf und sah sie über unsere Betten gebeugt stehen. Ich war noch halb verschlafen und beobachtete, wie sie Feargus und Donncan in Amseln verwandelte. Bevor ich auch nur Zeit hatte aufzuschreien oder eine Flucht zu versuchen, hatte sie auch mich verwandelt. Es ist seltsam, wenn du schreien willst und nur ein Vogelkrächzen hervordringt oder wenn du davonzulaufen versuchst und feststellst, dass dein Körper nicht so funktioniert wie er sollte. Sie warf uns aus dem Fenster unseres Schlafzimmers und hetzte ihren Falken auf uns. Ich sah, wie Feargus fast sofort ergriffen wurde, und ich flog so schnell ich konnte, obwohl ich noch nicht gelernt hatte, mit meinen Schwingen umzugehen. Hinter mir hörte ich Donncans Schrei und wusste, dass auch er ergriffen worden war, und dann schwebte der Falke über mir. Ich konnte ihn hören und seinen Schatten auf mir spüren und ich faltete meine Schwingen ein und tauchte in den Wald. In den Bäumen konnte der Falke mich nicht ergreifen und so bin ich entkommen.

Die folgenden Jahre sind verschwommen. Meine Erinnerungen, meine Sprache, mein Wissen dessen, wer ich war, gingen verloren. Ich wurde ein Vogel, der um den Wurm kämpft und seine Zeit zwischen Himmel und Erde verbringt. Letztendlich hatte ich solange im Körper eines Vogels gelebt, dass mir fast alles Gefühl dafür, ein Mensch zu sein, verloren gegangen war. Schließlich wurde ich gefangen, in einen Käfig gesteckt und einer Familie als Singvogel verkauft, um mit Samen und Brotstücken gefüttert zu werden und zu ihrer Freude zu singen. Dort fand mich die alte Jongleurin Enit und befreite mich. Sie hat mich irgendwie erkannt und mich zu retten versucht. Sie kann gut mit Vögeln umgehen, kann sie durch Gesang auf ihre Hand locken. Vielleicht erkannte sie, dass ich ein in einem Vogelkörper gefangener Mensch war, oder vielleicht sah sie, dass die weiße Strähne noch immer vorhanden war. Wer weiß? Ich weiß nur, dass sie mich zu Meghan brachte und sie zusammen versuchten, den Bann zu brechen, was ihnen aber nicht gelang. Meghan sagt, sie sei noch niemals zuvor einem solchen Zauberbann begegnet. Sie versuchten alles, was sie konnten, und noch mehr, und schließlich brachten sie meinen Körper zurück, allerdings so beeinträchtigt, wie du ihn jetzt siehst. Das war vor acht Jahren. Seitdem bin ich so. Ich kann mich kaum daran erinnern – wochenlang war ich ein wilder Vogel, der im Körper eines Menschen gefangen war. Enit musste mich wieder sprechen lehren, und mich lehren, meine Hände und Beine zu gebrauchen, und ich wurde während dieser ganzen Zeit in einem kleinen Wohnwagen verborgen, da ich zu ängstlich war, um hinauszugehen. Während Enit mich wieder zähmte, schickte Meghan den blinden Propheten Jorge aus, der mir diesen Umhang der Illusionen besorgte. Erst dann war ich imstande, im Tageslicht zu wandeln.«

»Ich verstehe. Möchtest du wieder wie andere Menschen sein?«

»Ich werde niemals wie andere Menschen sein. Selbst wenn mein Körper wieder wie der anderer wäre – meine Seele wird es niemals sein. Ich war zu lange halb Vogel.«

»Also ist der ... Rìgh deines Landes dein Bruder?«

»Ja, Jaspar ist mein Bruder. Ich bin einer der Vermissten Prionnsachan Eileanans, von denen die Spielleute an kalten Winterabenden singen ...« Er verzog den Mund.

»Also ist dein Name nicht Bacaiche?«

»Nein, ich bin Prionnsa Lachlan Owein MacCuinn, vierter Sohn Partetas des Tapferen.«

»Und ich bin Khan'derin, gessepKhan'lysa der Gemeinschaft der Feuerdrachen, Narbige Kriegerin und Erbin der Feuermacherin.« Er sah sie kalt an und wandte den Blick dann ab.

»Hast du niemals versucht, deinen Bruder zu erreichen und ihm zu sagen, was geschehen ist?«, fragte Iseult.

»Ist das nicht eine vollkommen neue Frage?«, höhnte er. »Ich hab dir meine Geschichte erzählt. Was willst du also noch?« Iseult nickte und rückte fort. Wie so viele Geschichten, hatte auch Bacaiches Erzählung ebenso viele neue Fragen aufgeworfen, wie sie beantwortet hatte. Sie wusste jedoch, dass ihm das Erzählen schwer gefallen war, und so stellte sie keine weiteren Fragen, sondern wandte ihren Blick wieder dem Tal zu. Wie als Erinnerung an seine Vergangenheit begann Bacaiche wieder zu singen und seine Amselstimme erscholl klar und melodisch und bezauberte Iseult erneut.

Es war ein langer, heißer Nachmittag, und die Spannung stieg unter den Dornenzweigen, während die Sonne allmählich über den Himmel zog und Meghans kleiner, energischer Körper noch immer nicht auf dem Hang zu sehen war. Iseult ertrug es weitaus besser als Bacaiche, denn sie war daran gewöhnt, sich unter viel härteren Bedingungen als diese an Beute heranzupirschen. Die Hitze störte sie, aber das ruhelose Rascheln von Bacaiches Schwingen, der gereizt herumzappelte, sorgte für eine angenehm kühle Brise. Die Sonne ging schon fast unter, als Meghan schließlich neben ihnen auftauchte und sardonisch bemerkte, dass sie Bacaiches Murren schon in einer Meile Entfernung hatte hören können. Beide sprangen bei ihren Worten auf und wurden von den Dornen des Stechginsters schlimm zerkratzt.

»Wo bist du hergekommen?«, fragte Bacaiche. »Wir haben geschaut und geschaut, aber nie eine Spur gesehen.«

»Als könntet ihr mich herannahen sehen, wenn ich es nicht will!«, sagte Meghan barsch. Iseult sah sie ängstlich an. Gitâ lag um ihren Hals geschmiegt, was stets ein Zeichen dafür war, dass Meghan sich sorgte, während ihr Gesicht grimmiger und umwölkter wirkte, als Iseult es jemals zuvor gesehen hatte. Meghan beantwortete ihre unausgesprochene Frage. »Isabeau wurde gestern Abend bei Sonnenuntergang hingerichtet.«

Zu ihrer Überraschung empfand Iseult einen stechenden Schmerz, aber sie sagte sich, er rühre von der düsteren Miene der Feuermacherin her.

»Anscheinend hat sie den Großinquisitor getötet, als er sie zu foltern versuchte, obwohl sie zu dem Zeitpunkt an eine Folterbank gebunden war. Sie ist zumindest nicht ohne Kampf gegangen.«

Iseult war beeindruckt – Isabeau war anscheinend doch nicht so ein Weichling gewesen.

»Sie haben sie offenbar an die Seeschlange verfüttert«, sagte Meghan. Sie sammelte ihre Sachen zusammen. Vornübergebeugt, die Hände eifrig beschäftigt, warf sie den beiden einen Blick zu.

»Also hast du meine Abwesenheit ausgenutzt und getötet, Iseult?«

Iseult erwiderte unfreiwillig ihren Blick und errötete. »Ja, Feuermacherin.«

»Und welches kleine Tier hast du ermordet? Dem Geruch nach ein Kaninchen.«

Iseult verkrampfte die Hände. »Ja, Feuermacherin.«

Meghan schulterte ihren Rucksack und hielt rasch auf die Bäume zu. »Dann bleibt ein Stück hinter mir, ihr beide. Euer Geruch verursacht mir Übelkeit.«

Iseult schlang ihren bereits gepackten Rucksack ebenfalls über die Schulter, nahm den langen Eschenstab auf, den zu benutzen sie sich angewöhnt hatte, und folgte Meghan schweigend. Sie spürte, wie Bacaiche neben ihr dahinhinkte und starr geradeaus blickte.

»Es hat sie schwer getroffen«, flüsterte er, aber Iseult antwortete nicht.

Das Tal unter ihnen füllte sich mit Nebel, wodurch nur noch die gegenüberliegenden Gipfel beleuchtet waren. Innerhalb einer Stunde war der Nebel so weit nach oben gestiegen, dass er ihre Gestalten verhüllte, und Meghan führte sie aus dem Hain und den Hang hinab auf den See zu. Iseult sah sich sorgfältig um. Sie war überrascht, dass Meghan nicht gewartet hatte, bis sie weiter vom Stadtgebiet entfernt waren, das vom Fackellicht noch immer hell erleuchtet und deutlich zu sehen war. So nahe an der Stadt würden Soldaten patrouillieren. Am Ufer des Sees wuchsen keine Bäume, die sie verbergen könnten, und wenn sich der Nebel heben sollte, könnten sie gesehen werden.

Meghan verfolgte jedoch ein Ziel. Sie führte sie unerbittlich zum Ufer, pflanzte ihren Stab in den Schlamm und blickte auf die nebelverhangene Oberfläche hinaus.

»Was sollen wir tun?«, flüsterte Bacaiche und sah sich einigermaßen ängstlich um. Der umschattete, von Nebel verhüllte See war ein unheimlicher Ort voller Geheimnisse und Magie.

»Gibt es in diesem See nicht ein *Uile-Bheist*?«

»Natürlich. Darum bin ich hier.« Und aus Meghans dünner Gestalt löste sich ein unheimlicher, klagender Schrei, der rund um den See widerhallte. Sie erhob ihre Stimme erneut und wieder erklang der lang gezogene, schluchzende Schrei. Iseult spürte, wie sie eine Gänsehaut bekam.

Aus dem Nebel tauchte drohend die Seeschlange auf, ihr kleiner Kopf schwebte hoch über ihnen, ihr langer, gewundener Hals schwang vor und zurück. Sie öffnete das Maul und heulte ebenfalls und Iseult hatte Mühe, nicht entsetzt zurückzuweichen. Auf dem Rückgrat der Welt konnten nur wenige Zauberwesen die bittere Kälte überleben. Außer mit Eisriesen hatte sie keine Erfahrung mit *Uile-Bheist* und hegte auch keinerlei Wunsch, sie näher kennen zu lernen. Sie blieb jedoch stehen und empfand Dankbarkeit, als Bacaiche unwillkürlich zurückschreckte.

Meghan und die Seeschlange heulten und ruckten beide volle zehn Minuten lang. Iseult konzentrierte sich darauf, auf eventuell Vorübergehende zu achten, aber sie blieben ungestört. Während Iseult dem unheimlichen Klagen lauschte, dachte sie bei sich, dass jedermann, der in der Nähe wäre, gewiss zu ängstlich sei, um näher zu kommen.

Als die seltsame Unterhaltung schließlich endete, hatte sich Meghans schmales, dunkles Gesicht erhellt. »Kommt, lasst uns gehen«, sagte sie und ergriff ihren Stab mit mehr Kraft, als Iseult es seit Tagen erlebt hatte.

»Was, zum Teufel, tun wir jetzt?«, fragte Bacaiche schlecht gelaunt.

»Wir suchen Isabeau«, antwortete sie.

»Isabeau ist tot«, sagte Iseult so sanft wie möglich.

»Ach, nein, das ist sie nicht. Isabeau trägt mein Zeichen. Die Seeschlange hat ihr nichts angetan.«

»Wo ist sie dann? Was ist geschehen?«

»Das ist es, was ich herauszufinden versuchen will«, sagte Meghan, und offensichtliche Freude überwog die übliche Verbissenheit in ihrer Stimme. »Isabeau muss entkommen sein, denn sonst hätten wir etwas anderes gehört. Jetzt müssen wir sie nur noch finden.«

Isabeau die Gejagte

Der Schock des kalten Wassers und das Brennen des Talismans an ihrer Hüfte weckten Isabeau, als sie in den See eintauchte. Sie wurde augenblicklich von Panik überwältigt und kämpfte gegen ihre Fesseln an. Als sie merkte, dass sie sich nicht lockern würden, nahm sie all ihren Willen zusammen und riss die Fesseln entzwei. Einen Moment spürte sie, wie sich die Welt um sie zusammenzog und ihr inneres Selbst ein harter, klarer Stein wurde, während sie sich des Wassers, der Pflanzen, der Dunkelheit und der starken Strömung auf unnatürliche Weise bewusst wurde. Dann drohte sie erneut ohnmächtig zu werden, Lungen und Kopf barsten fast, und vielfarbige Lichter wirbelten in ihrem Kopf umher. Nur der Schmerz in ihrer Hand und ihr eigener Wille hielten sie bei Bewusstsein, während sie schwach um sich trat, um an die Oberfläche zu gelangen.

Ein lauter, klagender Ton erklang und sie sah weit über sich den langen Hals und kleinen Kopf des *Uile-Bheist* des Sees. Fackellicht flackerte auf dem Wasser, als sich die Soldaten vorbeugten und das Wasser absuchten. Isabeau wich entsetzt unter die von Entenmuscheln überzogenen Pfähle der Mole zurück und begann so lautlos und schnell wie möglich in die entgegengesetzte Richtung zu schwimmen. Verletzt wie sie war, konnte sie sich kaum über Wasser halten und schluchzte beinahe hysterisch bei dem Gedanken an das sie gewiss angreifende *Uile-Bheist*. Dann war es über ihr, ein riesiges, geschmeidiges Wesen, dass sein Maul öffnete, um erneut zu wehklagen, wobei seine kleinen, spitzen Zähne sichtbar wurden. Der lange Hals wurde gebeugt, und obwohl sie so schnell wie möglich schwamm, spürte Isabeau, wie es sie streifte. Dann schloss sich das Maul um den Stoff über ihrer Schulter und sie wurde so rasch geschleppt, dass das Wasser auf beiden Seiten vorüberrauschte. Einen Moment war Isabeau starr vor Erstaunen und dann erkannte sie mit erschreckter Freude, dass das *Uile-Bheist* sie in Sicherheit zog.

»Glaubst du, es hat sie erwischt?«, hörte sie einen der Wächter fragen, und der andere kicherte und antwortete: »Sieh es dir an – glaubst du, ein kleines Mädchen könnte ihm an Händen und Füßen gefesselt davonschwimmen? Nein, sie ist gewiss Futter für das Ungeheuer.« Isabeau lächelte erschöpft, barg die verletzte Hand an ihrem Körper und ließ sich von der Seeschlange ziehen. Lange, ängstliche Minuten schwammen sie durch den dichten Nebel, während Isabeau ihre Ohren nach jedem Geräusch spitzte. Es war keines zu hören. Sie konnte kaum glauben, dass das *Uile-Bheist* sie rettete, und fragte sich, was es wollte. Sie kannte die Sprache der Seeungeheuer nicht, und obwohl sie eine Geistbotschaft auszusenden versuchte, konnte sie nicht wissen, ob es sie verstand. Hatten die Erschütterungswellen, die beim Zerreißen der Fesseln entstanden waren, es angelockt? War es nicht hungrig? Sie betete zu Eà, Mutter und Vater von ihnen allen, sie zu beschützen.

Die Seeschlange schwamm scheinbar stundenlang durch den dichten Nebel. Isabeau entglitt in fiebrige Benommenheit, in der durch den Nebel hindurch Stimmen zu ihr zu sprechen schienen – Meghan, die sie schalt, die Hexensucherin, die sie verhöhnte und verletzte, der Großinquisitor Yutta, dessen tief liegende Augen über ihr waren, der Gestank von Blut in ihren Nasenlöchern. Sie wurde vom unheimlichen Ruf der Seeschlange halb geweckt, als sie in einer Schaumfontäne an Land ging und den Hals beugte, sodass Isabeau auf den weichen Sand glitt. Unmittelbar bevor Albträume ihre Augen füllten, hörte sie den unheimlichen Ruf erneut.

Die nächsten Tage vergingen in fiebriger Benommenheit. Die bittere Kälte des Wassers, das Fehlen von trockener Kleidung und Nahrung und der pochende Schmerz ihrer Verletzungen verbanden sich zu einem Wirbel aus tanzendem Licht und Dunkelheit, der sie zu überwältigen drohte. Sie wusste jedoch, dass sie durchhalten musste. Die Großsucherin könnte eine Gruppe Leute ausschicken, ihren Leichnam zu suchen, oder sie könnte sogar von den Wächtern entdeckt werden. Obwohl sie ihren schmerzenden Kopf am liebsten an Eàs Brust gebettet hätte, stolperte Isabeau weiter.

Irgendwann während des nächsten Tages behandelte sie ihre Hand mit einigen Kräutern, die sie im Wald fand, und aß Beeren von einem Baum. Ihre Hand pochte so heftig, dass es ihr Übelkeit verursachte, aber sie folgte dem Wasserlauf weiterhin, war sich jedoch ihrer Umgebung kaum bewusst.

Das Wasser wird mich in die richtige Richtung führen, sagte sie sich immerzu. *Ich werde bald in Tulachna Celeste sein. Ich werde bald in Sicherheit sein.*

Isabeau hatte zu hohes Fieber um die Zeichen zu erkennen, die ihr gezeigt hätten, dass sie nicht mehr dem Rhyllster folgte. Während jener Fluss durch ein breites, in langen, sich schlängelnden Windungen allmählich abfallendes Tal verlief, dessen Mitte überwiegend der Tuathansee ausfüllte, folgte Isabeau einem rasch strömenden Wasserlauf, der zwischen dichten Bäumen verlief. Während der Rhyllster fast kerzengerade südwärts verlief, hatte sie am Morgen die Sonne im Gesicht und am Abend im Rücken. Isabeaus Fähigkeit, im Wald zu überleben, und ihr allgemeines Wissen über die geographischen Beschaffenheiten hätten sie warnen sollen.

Jede verstreichende Stunde ließ Isabeau jedoch immer wirrer werden. Bald ging sie nur noch mit dem einen klaren Gedanken voran, dass ihre Muskeln funktionieren mussten. Sie kam von dem Wasserlauf ab und wanderte durch dichte Wälder, nichts anderes im Sinn als das unablässige Pochen ihres Blutes und das wiederkehrende Geräusch ihrer Stiefel. Es wurde erneut Nacht und dann wieder Tag und Isabeau lag, wo sie viele Stunden zuvor niedergestürzt war, wobei der Talisman nicht heißer brannte als ihre Stirn. Im Ansturm von Albträumen, die sie umtosten, glaubte sie Lasair zu sehen, träumte, dass sie wie der Wind galoppierten, träumte, dass sie wieder zusammen wären. Mit anschwellenden, sturmartigen Geräuschen schritten Bäume über sie hinweg, brach der Himmel auf, wurde die Dunkelheit von flüsternden Gesichtern erfüllt, war sie klein wie eine Erbse, war sie groß wie die Welt, zuckten Gestalten, dröhnten Geräusche, verschwammen Farben und zerflossen, jagten sie Albträume. Sie erwachte mit einem Ruck und war sich sofort der Kühle bewusst. Sie lag auf dem Rücken in einem dunklen Raum und jemand wischte ihr mit einem wunderbar feuchten Tuch das Gesicht ab. Sie versuchte zu sprechen, war aber so ausgetrocknet, dass sich ihre Zunge wie eine Eidechse im Mund anfühlte. Derjenige, der sich um sie kümmerte, hielt ihr einen Becher Wasser an die Lippen, und sie trank gierig und versuchte, dem Becher zu folgen, als er ihn fortnahm. Ihr Körper fühlte sich so zerbrechlich und leicht wie ein Löwenzahnsame an, sodass die Anstrengung, den Kopf zu heben, sie erschöpfte und sie sich wieder auf die groben Kissen fallen ließ.

»Oh, oh!«, sagte er in schroffem, tadelndem Tonfall. »Du wirst krank werden, wenn du zu viel Wasser trinkst.«

Sie wurde sich der Schmerzen in ihrer Hand bewusst, die heftig pulsierten. Durch die blutbefleckten Verbände konnte sie ihre Finger sehen, die stark geschwollen und geschwärzt waren, und ihr Herz sank vor Angst. Die Spuren der Infektion zogen sich bereits ihr Handgelenk hinauf und sie konnte ihren ganzen Arm schmerzen spüren. Er folgte ihrem Blick. »Pfote schwer verletzt«, sagte er.

Bei diesen Worten betrachtete sie ihn genauer. Ihre Sicht festigte sich allmählich und sie erkannte entsetzt, dass es kein Mensch war, der sie pflegte. Obwohl sie noch niemals einen Cluricaun gesehen hatte, vermutete sie, dass er einer war. Er war ungefähr drei Fuß groß, kräftig, mit dreieckigem Gesicht und leicht schuldbewusster Miene, wie eine Katze, die mit der Pfote im Sahnetopf erwischt wird. Er trug grobe Kleidung wie ein Bauernjunge und sie konnte erkennen, dass sie ungeschickt zurechtgenäht worden war. Um seinen Hals hing ein Gewirr verschiedener Gegenstände – Schlüssel, auffällige Ringe, Knöpfe, der Verschluss eines Tintenfasses und ein Tauflöffel –, die funkelten und blitzten, obwohl in dem Raum nur gedämpftes Licht herrschte, und sie begriff, dass sie sorgfältig poliert worden sein mussten. Als er den Kopf wandte, sah sie seine Ohren. Groß und mit weichem, braunem Haar bedeckt, drehten sie sich von einer Seite zur anderen wie die einer Elfenkatze. Wären die Ohren nicht gewesen, hätte er eher wie ein sehr kleiner, sehr haariger Mensch ausgesehen.

Als er sich von ihr abwandte, sah sie einen langen, dünnen Schwanz sich aus seiner Kleidung winden und schwingen, während er im Raum umherging. Sie legte sich zurück, barg ihre Hand am Körper und ließ den Blick wandern. Hinter ihr befand sich eine hohe Mauer aus uralten Steinblöcken, die jetzt überwiegend zerbrochen und verblasst waren. Isabeau konnte schwach den Umriss eines schmalen Eingangs sehen, vor dem dichtes Blattwerk wuchs. Sie fragte sich unbestimmt, wo sie war, und spürte dann, wie ihr die Augen zufielen und sie in Schlaf sank.

Plötzlich fiel Isabeau der Talisman ein und sie versuchte, sich ruckartig aufzusetzen. Schmerzen durchzuckten sie und ihre Sicht verschwamm, sodass sie stöhnend wieder zurücksank. Sie wusste nicht, ob es an ihrem Gesichtsausdruck lag oder ob der Cluricaun ihre Gedanken lesen konnte, aber er angelte augenblicklich den schwarzen Beutel aus seiner Tasche und reichte ihn ihr verlegen. »Das ist unglaublich hübsch«, sagte er sehnsüchtig.

»Ich wollte es an meiner Kette tragen, aber sobald ich es herausnahm, schrie es so laut, dass ich Angst bekam und es zurücktat.«

»Es schrie?« Isabeau war überrascht, da sie den Talisman noch niemals zuvor einen Laut hatte ausstoßen hören. Sie drückte den schwarzen Beutel an sich, spürte die vertraute dreieckige Form durch den seidigen Stoff und wurde von Erleichterung durchströmt.

»In der Tat, und obwohl wir hier weit von aller Welt entfernt sind, könnten Hexenschnüffler es hören, wenn sie nahe genug wären. Also hab ich es nicht behalten.« Die Stimme des Cluricaun klang bedauernd.

»Was ist mit meinen Ringen?«

Ein verschlagener Ausdruck huschte über das Gesicht des Cluricaun. »Versuch jetzt nicht, dich aufzusetzen, sonst wird dir schwindelig und was ist dann?«

Isabeau bedeckte ihre Augen mit einer Hand, da sie allein durch diese geringe Anstrengung schon erschöpft war. »Ich muss gehen«, murmelte sie. Aber sie war bereits wieder eingeschlafen, bevor sie den Satz auch nur beendet hatte.

Als sie erwachte, war es heller Tag und sie konnte ihre Umgebung deutlicher erkennen. Sie lag auf breiten Steinfliesen, mit zerbrochenen Mauern zu beiden Seiten. Der Raum musste früher die Küche irgendeines großen Gebäudes gewesen sein, denn sie sah hier und dort in die Wände geschnittene Gesichter und Muster und einen Teil eines großen Bogens, der jetzt mit Schutt gefüllt war. Der Cluricaun hatte die Ecke des langen Raumes in ein gemütliches kleines Zuhause verwandelt, mit einem richtigen Bett, Laternen an den Wänden und einem kleinen Feuer in einem Kamin, der groß genug war, dass man einen Ochsen darin hätte rösten können. Rauch drang hervor und erfüllte den Raum mit wohlriechender Bläue, die Isabeau in den Augen brannte. Ein Wasserfass stand neben dem spitz zulaufenden Eingang und Kräuter, Zwiebeln und ein gepökelter Schinken hingen an Haken an den Wänden. Obwohl sie die Augen erst wenige Sekunden geöffnet hatte, sprang der Cluricaun auf die, wie sie erkannte, bloßen und eher haarigen Füße und brachte ihr etwas heiße Brühe, die sie gierig aß, wobei sie die Schale an ihrem pochenden Arm abstützte.

»Wie lange bin ich schon hier?«

»Die Monde sind angeschwollen und wieder eingeschrumpft und beinahe wieder im Anschwellen begriffen. Lange Zeit hast du dich auf meinem Boden umhergeworfen und gewunden – viel zu weit von meinem Bett entfernt, und du warst zu schwer, als dass ich dich hätte aufheben können.«

»Ein Monat! Ich bin schon einen ganzen Monat hier! Nein, das kann nicht sein! Das ist unmöglich!« Isabeau versuchte sich aufzusetzen, aber Schwäche überwältigte sie und sie sank wieder zurück, zupfte bedrückt an den Decken; die Brühe war vergessen. »Essen, essen«, schalt der Cluricaun und versuchte, ihr den Löffel in den Mund zu zwingen. »Nicht essen, nirgends hingehen.«

Isabeau spürte Tränen in ihren Augen brennen und versuchte zu gehorchen, aber Panik stieg in ihr auf. Sie hatte bereits viel länger gebraucht, als sie hätte brauchen sollen, um aus den Sithichebergen hinauszugelangen, und sie wagte kaum zu hoffen, dass Meghans Freundin auf sie gewartet hatte. Mit so viel Geduld, wie sie aufbringen konnte, schluckte sie die Brühe, die ihr der Cluricaun zwischen die Zähne zwang, und ignorierte bewusst den Anteil, der sich über sie ergoss. Ein heftiger Hustenanfall erschütterte sie und sie legte sich danach vor Schwäche erneut zurück.

Der Cluricaun fuchtelte mit einem Lumpen herum, versuchte, den Rauch zu vertreiben und intonierte: »Haus voll, Raum voll, kann nicht haschen einen Löffel voll!« Er sah sie ängstlich an, als wollte er, dass sie irgendwie reagierte. Da sie keine Ahnung hatte, wovon er sprach, schwieg Isabeau, während er erneut traurig intonierte: »Haus voll, Raum voll, kann nicht haschen einen Löffel voll!«

»Ich muss gehen«, sagte Isabeau, als sie fertig war. »Ich bin schrecklich spät dran.«

»Wohin versuchst du zu gelangen?«, fragte der Cluricaun kühn.

»Nach Tulachna Celeste.«

Seine schräg stehenden Augen weiteten sich. »Nun, du bist mehrere Wochenritte davon entfernt«, sagte er. »Wenn nicht mehr.«

»Aber wieso? Ich war vorher nur eine Tagesreise davon entfernt.«

»Tulachna Celeste liegt in Rionnagan.«

»Wo bin ich?« Isabeau wurde plötzlich schlecht vor Angst.

»In Aslinn natürlich.«

»In Aslinn! Wie kann ich in Aslinn sein!«

»Da bist du. In den hübschen Wäldern Aslinns. Den wilden und hübschen Wäldern, in denen Träumer wandeln. Ich werd es dir zeigen, wenn du mir nicht glaubst.«

Isabeau konnte jedoch nicht laufen. Ihre Beine gaben zu sehr nach. Der Cluricaun gab ihr Wasser und kicherte. »Ich glaub, du wirst im Moment nirgendwohin reisen.«

Während der nächsten drei Tage nahm der Schmerz in Isabeaus Hand beständig zu und trotz mehrerer Versuche, die Verletzungen zu säubern und zu verbinden, umgab sie weiterhin der Übelkeit erregende Geruch der Infektion, der ihr den Magen umdrehte. Der Cluricaun, dessen Name Brun war, brachte ihr Kräuter, und einmal versuchte sie, die Infektion mit seinem stumpfen kleinen Dolch aufzustechen – mit verheerendem Erfolg. Isabeaus Angst und Ungeduld nahmen mit ihren Schmerzen zu, aber ihr Körper war vom Fieber so geschwächt, dass sie Mühe hatte, vom Bett zu dem kleinen Eimer zu kriechen, den Brun ihr als Toilette bereitgestellt hatte. Es bestand keine Hoffnung, nach Tulachna Celeste aufzubrechen, bis sie wieder zu Kräften kam, gleichgültig wie sehr sie sich darüber sorgte.

Inzwischen lag sie auf ihrem Bündel Felle auf dem Boden, betrachtete das Zuhause des Cluricaun und bestaunte die Schönheit des Gebäudes. Er hatte eine Ecke des großen Raumes mit der gewölbten Decke eingenommen, die so hoch war, dass Isabeau kaum deren Sparren sehen konnte. Häute und Felle lagen über den Steinboden verstreut und bildeten Abtrennungen, welche die Ecke um den großen Kamin recht gemütlich machten, trotz der Zugluft, die durch die zerbrochenen Mauern pfiff. Am anderen Ende des Raumes war die Decke eingestürzt und es waren nur geschwärzte Sparren übrig geblieben, die einen wolkengestreiften Himmel freigaben. Seltsame Gesichter grinsten Isabeau vom Mauerwerk an, während sich über dem wuchtigen Kamin ein komplizierter Steinschild befand, der von Sternen umgeben war und unter dem schwache Spuren von verzierten Buchstaben erkennbar waren.

Der kleine Cluricaun blieb während dieser Zeit in ihrer Nähe und ahnte alles voraus, was sie benötigte. Wenn sie plötzlich Durst verspürte, war er mit einem Becher Wasser da, bevor sie ihr Bedürfnis auch nur selbst erkannt hatte. Wenn sie fror, schürte er das Feuer, und wenn die Schmerzen in ihrer Hand so stark wurden, dass sie weinte, brachte er ihr schmerzdämpfende Kräuter. Das eigenartige, fröhliche Wesen, das gerne über die Steinfliesen tollte und über seine eigenen Späße lachte, schlich eines Tages zu ihr heran, die Hände hinter dem Rücken versteckt. »Rat mal, was ich für dich gefunden habe, Is'beau.«

»Was?« Isabeau seufzte.

»Es hat milchweiße Marmorwände sowie seidenweiche Innenränder und in einem Born, der kristallklar, ein goldener Apfel war.« Isabeau zuckte ungeduldig die Achseln. »Ich weiß es nicht, Brun. Was ist es?«

»Milchweiße Marmorwände«, drängte er. »Ein goldener Apfel darin.«

»Himmel, Brun, ich weiß es nicht. Ein Kiesel?«

»Nein, Isabeau.« Ein drolliger Ausdruck der Enttäuschung zog über sein haariges Gesicht. »Ich hab ein Ei für dich gefunden. Ein wunderschönes weißes Ei, voller Güte, damit es dir besser geht.«

Er zeigte ihr das schimmernde Ei, das in seiner Handfläche geborgen lag. »Sieh nur, die milchweißen Wände.«

»Es ist wunderschön, ich danke dir, Brun«, sagte Isabeau und legte sich wieder aufs Kissen zurück. Nun zog ein niedergeschlagener Ausdruck über Bruns dreieckiges Gesicht und sein Schwanz wand sich bange hinter ihm, aber Isabeau war zu schwach und zu nervös, um ihn zu trösten.

Als Isabeau erst kräftig genug war und einige Schritte gehen konnte, half Brun ihr durch den spitz zulaufenden Eingang und durch den zerstörten Garten, in dem überall zerbrochene Steine herumlagen und Beerenbüsche wucherten. Mit mehrmaligem Stehenbleiben, um wieder zu Kräften zu kommen, konnte Isabeau schließlich an dem warmen, geschützten Fleck, den Brun für sie ausgesucht hatte, auf den Boden sinken. In rau gewebte Decken gehüllt und mit Stein an ihrem Rücken und zu ihren Füßen hatte sie eine klare Sicht ins Tal. Nun sah sie nur allzu deutlich, dass sie in Aslinn war, denn so weit das Auge reichte konnte sie die mächtigen Stämme von Bergeschen Hunderte Fuß über sich aufragen sehen.

Die zerstörte Burg, in der Brun sein Zuhause eingerichtet hatte, war auf einem hohen, grünen Hügel erbaut worden, und von ihrem Aussichtspunkt aus blickte Isabeau auf einen kleinen, zwischen Bäumen schimmernden Wasserlauf. Im Norden konnte sie die fernen blauen Gipfel der Sithicheberge erkennen und im Westen die hohen, von Wasserfällen unterbrochenen Felsen der Großen Wasserscheide. Isabeau konnte es nicht glauben. Irgendwie war sie weit nach Osten gelangt und hatte die offenen Hügel Rionnagans hinter sich gelassen.

»Ich muss im Fieberwahn tagelang gelaufen sein«, murmelte sie laut.

Genau in dem Moment erklang ein schrilles Wieher und zu ihrer Freude und Überraschung sah sie Lasair durch die Bäume auf sie zugaloppieren, dessen Mähne und Schweif im Sonnenlicht loderten. Er lief in kurzem Galopp den Hügelhang hinauf, kam tänzelnd vor ihr zum Stehen, wieherte, schüttelte seine helle Mähne und stieß mit seinem Maul gegen ihre Brust. »Wie …? Wo …? Was …?«, stotterte Isabeau und der Cluricaun sah sie erstaunt an.

»Als ich dich das erste Mal sah, hattest du zwei Köpfe, sechs Füße, je einen an beiden Seiten und vier darunter, und einen lodernden Schweif.«

»Aber … ich hab Lasair in Caeryla zurückgelassen …«

»Also kamst du aus Caeryla? Nun, als ich dich sah, galoppiertest du wie der Wind und klammertest dich an seine Mähne. Er kam, um am Wasserlauf zu trinken, und du fielst von seinem Rücken und lagst im Gras, als wärst du tot. Ich ging zu dir und fand dich vor Fieber brennend und aus Kopf und Hand blutend vor, und so brachte ich dich schließlich in mein Heim und pflegte dich. Dein Pferd war seitdem gereizt und zornig, lief vor dem Turm hin und her und schrie wie eine Todesfee.«

»Ich erinnere mich, dass ich von Lasair geträumt habe …«

»Was muss das für ein Fieber gewesen sein«, kicherte Brun. »In Rionnagan einschlafen und in Aslinn aufwachen.« Er vollführte eine perfekte Vorwärtsrolle und sah sie dann zwischen seinen Beinen hindurch an, wobei sein Gesicht verkehrt herum noch seltsamer wirkte.

»Was soll ich tun?« Isabeau war verzweifelt. Sie hatte Meghan enttäuscht, zutiefst enttäuscht. Es war gewiss zu spät, den Weg zurück zu finden, um Meghans Freundin in Tulachna Cẹleste zu treffen. So wie der Nachthimmel aussah, waren mehrere Monate vergangen, seit sie aus dem verborgenen Tal aufgebrochen war. Vielleicht wäre es das Beste, wenn sie sich nach Blèssem aufmachte und auf diesem Weg nach Rhyssmadill. Jetzt wo sie Lasair wiederhatte …

»Für den Moment iss etwas und ruh dich aus.« Die Stimme des Cluricaun klang fast ernst. »Wenn es dir ein bisschen besser geht, werde ich dich in den Turm hinaufbringen. Sie wird wissen, was zu tun ist.«

»In den Turm der Träumer?«

»In der Tat – von welchem anderen Turm könnte ich reden? Vom Turm der Krieger?« Dieser Scherz belustigte den Cluricaun sehr und er hielt sich vor Lachen den Bauch. Isabeau war nicht belustigt, denn niemand aus den westlichen Ländern hatte sich dem Turm der Krieger mehr genähert, seit die Kriegerinnen ihre Grenzen vor vier Jahrhunderten geschlossen hatten. Seitdem war Tìrsoilleir ein Land der Mysterien.

»Wer ist sie?«

Der Cluricaun wurde sofort wieder ernst und setzte sich mit Stroh im Haar auf. »Sie ist meine Freundin. Sie wird wissen, was zu tun ist.«

Nachdem der Cluricaun davongetrottet war, um fürs Abendessen Beeren und Nüsse zu sammeln, begann Isabeau, vorsichtig die Behelfsverbände abzuwickeln, die Brun um ihre verletzte Hand gebunden hatte, und biss sich dabei vor Schmerz auf die Lippen. Als sie ihre geschwollenen, entzündeten Finger sah, die grob geschient waren, füllten sich ihre Augen mit Tränen. Isabeau kannte ihre Heilungschancen. Es bestand wenig Aussicht, dass sie ihre gebrochene Hand wieder richtig gebrauchen könnte – die Knochen waren nahe am Gelenk zerstört worden, und während der Wochen zwischen der Folterung und der ungeschickten Behandlung durch den Cluricaun hatte eine Infektion eingesetzt. Wenn sie nicht bald kundige Hilfe bekäme, würde sie ihre Hand ganz verlieren. Isabeau tat ihr Möglichstes, die Wunden zu säubern. Der Schmerz war unerträglich, aber schließlich verband sie die Hand wieder und fertigte sich eine feste Schlinge, durch die sie am Körper ruhig gestellt würde.

Brun brachte Isabeau in der nächsten Nacht zum Turm der Träumer. Sie warteten, bis es vollkommen dunkel war, bevor sie sich gegen die frostige Nachtluft warm einpackten und um den Turm außen herumschlichen, bis sie den großen Eingang in der westlichen Mauer erreicht hatten. Brun beharrte auf absoluter Ruhe. »Ich will nicht, dass die Gehörnten es merken«, sagte er; sein dreieckiges Gesicht wirkte dabei besorgt.

Als Isabeau ihn fragte, wer oder was die Gehörnten seien, machte Brun nur ein ängstliches Gesicht und lief mit zwei wie Hörner aus seinem lockigen Haar aufragenden Fingern um die Lichtung herum. Er kam mit einem Vorwärtssalto zum Halt und grinste sie an, wobei seine scharfen kleinen Fänge schimmerten. Es war eine wunderschöne Nacht und Isabeau war glücklich, aus dem Quartier des Cluricauns herausgelangt zu sein. Die gewaltigen Bäume ragten in sternenübersäte Höhen empor und über ihnen lehnten die beiden Monde aneinander, wobei die dunklen, wie Fingerabdrücke wirkenden Flecken auf Magnyssons Flanke deutlich zu erkennen waren.

Isabeau besaß keine andere Kleidung mehr als ihr zerrissenes und verschmutztes Gewand und das Plaid, aber Brun hatte sie für sie gewaschen und die schlimmsten Risse genäht, sodass sie zumindest wieder angezogen wirkte. Der Talisman hing in seinem Beutel, der auch ihre Ringe enthielt, in ihrem Rock. Sie hatte lange gebraucht, die Ringe von dem Cluricaun zurückzubekommen, der sie hübsch fand und sich ›ausgeborgt‹ hatte. Sie hatte ihn erfolglos geneckt und ihm geschmeichelt, sie aber erst zurück bekommen, als sie sie an seiner Kette entdeckte und böse wurde.

Lasair trottete hinter ihnen her und sie fragte sich erneut, wie er sie hatte finden können. Der Gedanke beängstigte sie ein wenig, denn wenn er sie aufspüren konnte, könnten es auch andere. Sie musste eine deutliche Spur hinterlassen haben. Zudem sann sie darüber nach, wie er hatte freikommen können, aber Lasair warf nur den Kopf auf und bockte einige Male nervös, als sie ihn fragte. Isabeau hoffte von ganzem Herzen, dass die Großsucherin Glynelda ihr nicht so dicht auf den Fersen war wie beim letzten Mal. Denn sie glaubte nicht, dass sie eine weitere Begegnung mit der Großsucherin überleben würde.

Isabeau hatte Geschichten über die Türme gehört, seit sie ein Baby war, und hatte sich stets danach gesehnt, einen davon zu sehen. Als sie langsam und in Mondlicht gebadet an den Turmmauern entlanggingen, nahm ihre Aufregung zu. Es hieß, die Türme seien die wunderschönsten und geheimnisvollsten Orte überhaupt; sie waren von den größten Hexenschöpfern an Orten mit magischer Bedeutung erbaut worden. Sie war bitter enttäuscht, als sie um eine Ecke gelangten und den großen Eingang zum Turm der Träumer zerbrochen und geschwärzt vorfanden. Der Turm, der den kleinen See überschaute, in dem zwei Wasserläufe zusammenflossen, war aus weißem Stein gebaut. Er musste einst von zierlichen Turmspitzen und einer Kristallkuppel gekrönt gewesen sein. Aber es waren nur zwei Turmspitzen übrig geblieben und die gesamte westliche Mauer war eingestürzt und hatte den Hügel mit Marmorblöcken übersät. In der Stille und Dunkelheit des Waldes wirkte er unheimlich und scheinbar von Geistern bewohnt. Sowohl Isabeau als auch Brun blieben instinktiv stehen und sie wandte sich ihm zu, um ihm eine Frage zu stellen.

Er legte einen dicken, haarigen Finger auf die Lippen. »Wir müssen leise sein«, flüsterte er. »Wir wollen nicht, dass die Gehörnten uns hören.«

»Was sind die Gehörnten?«, flüsterte Isabeau zurück und beugte sich hinüber, sodass ihr Mund dem Ohr des Cluricaun näher war.

»Ich weiß nicht, wo sie früher weilten, aber die Wälder hier sind nun voll von ihnen, und wir wollen ihnen nicht begegnen.« Als Isabeau ihre Frage gerade wiederholen wollte, legte er seine kleine, grobe Hand auf ihren Arm. Jenseits der Lichtung bewegte sich etwas. Eine Frau sprang hervor und eilte zum Wasserlauf hinab. Wenn es wirklich eine Frau war – denn Isabeau hatte noch niemals zuvor ein Wesen wie sie gesehen. Sie war mindestens sieben Fuß groß, mit muskulösen Beinen und Armen und einem Kopf, der von sieben ziegenähnlichen Hörnern gekrönt war. Isabeau öffnete den Mund um eine weitere Frage zu stellen, aber

Brun schüttelte zornig den Kopf und führte seinen Finger erneut zum Mund. »Sie haben Ohren wie ein Hirsch. Du musst leise sein. Wenn sie uns erwischen, töten sie uns«, sagte er einige Augenblicke später, als alle Geräusche der gehörnten Frau verklungen waren.

»Warum?«

»Sie sind die Gehörnten. Sie sind jagdbereit.«

Isabeau gehorchte und war still. Sie warteten scheinbar stundenlang im Schutz der Mauer, bevor Brun schließlich die Hände an den Mund legte und wie eine Ohreule rief. Er stieß drei Rufe aus, schwieg dann und rief dann noch drei Mal. Schwach erklang mit dem Abendwind die Antwort – drei lang gezogene Rufe, dann Schweigen und dann erneutes Rufen. »Komm«, sagte er. »Es ist sicher. Wir können hineingehen.« Wie Diebe huschten sie von Schatten zu Schatten und schlüpften schließlich durch den großen gewölbten Eingang. Einst musste hier eine massive Eichentür gewesen sein, mit starken Riegeln und Scharnieren. Nun war an ihrer Stelle nur noch Leere. In dem Turm befand sich eine lange Eingangshalle mit einer sich am anderen Ende aufwärts windenden Treppe. Die Mauern waren mit Gestalten von Menschen und Zauberwesen bemalt, die in der Düsterkeit nur gerade eben sichtbar waren und Isabeau ein wenig Angst einflößten, als sie sie zum ersten Mal bemerkte. Spinnweben hingen in großen Bögen von der gewölbten Decke und hier und da lagen zerbrochene Möbel. Sie begann sich zu fürchten und sah den Cluricaun verständnislos an, denn sie fragte sich, warum er sie hierher gelockt hatte. Wieder wusste er genau, was sie dachte, und ließ seine haarige Hand in ihre gleiten.

Sie kletterten die Treppe bis ins oberste Stockwerk hinauf, wobei Isabeau ängstlich die jeweils vier Gänge hinabblickte, die von jedem Treppenabsatz abgingen. Sie war durch die Tatsache ein wenig beruhigt, dass der Talisman nicht brannte oder kribbelte, wie er es zuvor jedes Mal getan hatte, wenn sie in Gefahr gewesen war, aber die zerstörte Schönheit rund um sie herum machte sie dennoch nervös. Es war noch genug von der ursprünglichen Erhabenheit vorhanden, was sie berührte – zierliche Säulen, die gewölbte Decken stützten, und mit komplizierten Mustern versehene Wände, die hier und da mit Abbildungen blühender Bäume geschmückt waren. Die Treppe war so breit, dass sieben Menschen nebeneinander hinaufsteigen konnten, und die Decke so weit entfernt, dass sich der Hexenlehrling klein fühlte. Der Cluricaun neben ihr schien eher ein Spielzeug als ein lebendes Wesen zu sein, eine Holz- und Stoffpuppe, die sie vielleicht in ihrer Kindheit besessen hatte.

Das oberste Stockwerk umfasste einen einzigen großen Raum, der einst vermutlich mit Buntglas überwölbt war. Sie konnte nur noch die gezackten Ränder rund um eine gähnende Öffnung sehen, die den ganzen Nachthimmel freigab. Die Wendeltreppe hatte in der Mitte des Fußbodens geendet und Isabeau stand unmittelbar im Zentrum der leuchtenden Rundung. Verzückt sah sie, wie sich die Sterne in schimmernden Mustern über ihr ausbreiteten.

Etwas bewegte sich und eine Gestalt kam aus einer Ecke des Raumes auf sie zu. Sie war groß und sehr schlank und ganz in Weiß gekleidet. Ihre Augen blieben in der Dunkelheit verborgen, aber als sie sich etwas umwandte und das Mondlicht den Winkel ihres Auges traf, sah Isabeau, dass es durchscheinend wie eine Seifenblase war. Ihre Stirn war stark gefurcht, denn das Mondlicht schien auf die Linien und hüllte sie in tiefe Schatten, die sich in der Mitte zu sammeln schienen, während ihr das Haar in starren, bleichen Wogen den Rücken hinabfloss.

Isabeau NicFeaghan, ich grüße dich.

Ich grüße Euch ebenfalls, erwiderte Isabeau, die sich über den Namen wunderte, mit dem die Fremde sie angesprochen hatte. Sie empfand eine Mischung aus Angst und Erstaunen und hatte keine Ahnung, was dieses Wesen war, nur dass es keinesfalls menschlich war. *Kennt Ihr mich?*

In der Tat. Ich beobachte dich schon sehr lange Zeit. Die

schimmernde Gestalt näherte sich, während sie sprach, und Isabeau wich nervös zurück. *Du brauchst keine Angst zu haben. Ich will dir nichts Böses.*

Es tut mir Leid, aber ich weiß nicht, wer Ihr seid. Ich meine, was macht Ihr hier? Lebt Ihr hier? Seid Ihr eine der Traumwandlerinnen?

Die Traumwandler sind alle untergegangen oder verschwunden, Isabeau. Kannst du dir nicht denken, wer ich bin?

Isabeau schüttelte den Kopf. Die große, schwach schimmernde Gestalt vor ihr beugte den schmalen Kopf, sodass das lange, bleiche Haar herabfiel, und tief aus ihrer Kehle drang ein seltsam summender Klang, der an- und abschwoll wie der Klang des Windes in den Kiefern. Erst da erkannte Isabeau, dass sie ihre Unterhaltung in der Geistsprache geführt hatten und dieses tiefe Summen der erste Laut war, den die Fremde äußerte. *Verstehst du?*

Isabeau schüttelte erneut den Kopf und wie eine frische Frühlingsbrise kam ihr das Wort *Celestine* in den Sinn. Sie verspürte eine gewisse Ehrfurcht. Die Celestine waren die ursprünglichen Bewohner dieser Wälder und Berge gewesen, und man glaubte, sie seien schon vor vielen Jahren verschwunden. Als ein friedliches Volk, das die Bewegungen der Sterne und die Jahreszeiten beobachtete, waren sie von der rasch anwachsenden Bevölkerung der Menschen verdrängt worden, welche die Wälder für Farmland rodeten und die Berge für den Bau ihrer Städte und Türme abtrugen. Meghan empfand tiefe Ehrfurcht vor den Celestinen, welche die Feld- und Waldtiere ebenso liebten wie sie. Wann immer sie von ihnen sprach, was häufig der Fall war, klang ihre Stimme besänftigt, und manchmal traten ihr dabei Tränen in die Augen. Meghan hatte die verfolgten Wesen stets geliebt – die Kleinen und die Schwachen und die Wehrlosen.

Alle Angst und aller Argwohn Isabeaus schmolzen dahin. Sie lief mit einem Aufschrei vorwärts und rief: *Celestine! Aber Ihr könnt es nicht sein ... Ich hab immer gehört ... Die Celestine, wie dein Volk uns zu nennen beschloss, sind tatsächlich ausge-*

storben, sagte die Celestine mit ihrem gespreizten, kummervollen Geistakzent. *Hier und da lebt noch eine in den Überresten unserer Vergangenheit und trauert, aber bald werden auch sie hinscheiden, und dann wird es keine mehr geben.*

Aber warum? Könnt Ihr sie nicht retten? Gibt es nichts, was Ihr tun könnt? Meine Hüterin weint manchmal, wenn sie glaubt, dass es die Celestine nicht mehr gibt.

Meghan von den Tieren ist wahrhaft unsere Freundin.

Ihr kennt sie?

Ich erinnere mich an sie als Mädchen. Ich habe sie nicht mehr gesehen, seit Aedan Weißlocke starb. Ich habe sie jedoch oft beobachtet, und dich auch.

Mich auch? Wie?

Ich sehe viele Dinge …

Seid Ihr eine Seherin?

Gewissermaßen. Ich kann nicht die Zukunft sehen, so wie die Drachen und einige deiner Art es tun. Aber ich kann sehen, was unsichtbar oder verborgen ist. Ich kann sehen, was im Herzen ist. Ich kann sehen, dass du verletzt wurdest und Schmerzen nicht gewohnt bist. Ich kann sehen, dass du einen feurigen Geist besitzt, der noch feuriger werden wird. Ich kann auch sehen, dass das Lügen in deiner Natur liegt.

Isabeau war verblüfft und ihr erster Impuls war, die Anschuldigung heftig abzustreiten. Dann errötete sie, denn es entsprach der Wahrheit.

Isabeau, ich weiß, dass du müde bist und dein Körper noch geschwächt ist. Warum setzen wir uns nicht hin, schauen zusammen zu den Sternen und reden? Ich kann Fragen in deinem Mund sehen, die dringend gestellt werden wollen, und ich kann sehen, dass du mich fürchtest. Du bist klug, Isabeau Hexenlehrling. Wir von diesem Land sind nicht wie ihr. Selbst Aedan hat diesen Irrtum begangen. Er dachte, wir wären unter der Haut gleich. Das stimmt nicht.

Sie ging zu einer aus Stein gehauenen Bank an der Treppenbrüstung voran und setzte sich dorthin, wobei sie den größten Teil der Bank Isabeau überließ. Sie schaute zu den Sternen hinauf und sagte: *Wenn Magnysson Gladrielle letztendlich in den Armen hält, wird alles geheilt oder vernichtet, gerettet oder aufgegeben werden …*

Das habe ich schon einmal irgendwo gehört, dachte Isabeau verträumt, legte den Kopf zurück und barg ihre pochende Hand an ihrer Seite.

Es muss an Samhain eine Verbindung von Kräften geben – in der Nacht der Toten, die nicht mehr gefeiert wurde, seit Aedan Weißlocke den Leitstern zum ersten Mal schmiedete, vor vierhundertundachtzehn Jahren. Die Macht im Leitstern erstirbt – er muss berührt und gehalten werden, seine Macht muss genährt und gebraucht werden und darf nicht in Dunkelheit und Leere liegen. Der Leitstern … Ist das nicht das Erbe des Aedan? Er wurde zerstört, im Kampf zwischen den Hexen und den Rotgardisten. Er wurde nicht zerstört. Kann man den Leitstern so leicht vernichten? Nein, er wurde verborgen. Das weiß ich. Er könnte jedoch bald erlöschen, wenn er nicht gefunden und der Hand eines MacCuinn übergeben wird. Und wenn er gefunden und zu Samhain gebraucht wird, dann werden wahrhaftig alle gerettet werden oder verloren sein … Ich weiß, du hast einen Teil des Schlüssels bei dir.

Verzeihung?

Der Beutel aus Nyxhaar, in dem du ihn versteckt hast, kann ihn vor meinen Augen nicht verbergen …

Isabeau tastete unfreiwillig nach dem Beutel an ihrer Taille. Angst durchströmte kalt ihren Magen. Der Talisman blieb jedoch kühl und ruhig.

Vielleicht weißt du nicht, was du bei dir trägst. Es ist nicht wichtig. Der Schlüssel muss vereint werden. Ich weiß, das war die Aufgabe, die Meghan von den Tieren dir übertragen hat, und ich weiß, dass du sie erfüllen musst. Das Jahr geht dahin und es müssen noch viele Fäden gesponnen werden.

Was ist es?, fragte Isabeau und umklammerte den Beutel durch den Stoff ihres Gewandes.

Es ist der dritte Teil des Schlüssels des Hexensabbats. Meghan hat das Erbe des Aedan mit dem Schlüssel fortgeschlossen und es kann nicht ohne ihn befreit werden. Hast du seine Magie nicht gespürt? Es ist ein mächtiger Talisman.

Ich glaube schon, sagte Isabeau, als sie sich daran erinnerte, wie sie mit einem gewaltigen Ansturm der Macht, den sie noch niemals zuvor erlebt hatte, ihre Fesseln gelöst hatte, als sie in den See geworfen worden war.

Du hast eine interessante Geschichte, Isabeau. Halb Zauberwesen halb Mensch, wenn man das Volk vom Rückgrat der Welt in deine Klassifizierung mit einbezieht. Dein Gesicht ist umwölkt und das ist nicht durch dich geschehen. Ich hoffe, du wirst bald davon frei sein, denn dein anderes Auge könnte dir in diesen Zeiten wahrhaftig von Nutzen sein. Es beginnt sich jedoch zu zeigen. Der Schlag auf den Kopf hat es befreit ... Schau nicht so verwirrt drein, Isabeau, hör mir nur zu und erinnere dich später an das, was du jetzt nicht verstehen kannst. Ich habe ein Geschenk für dich.

Wirklich? Danke ... Was ist es?

Brun war, seit sie im Observatorium angekommen waren, uncharakteristisch still gewesen. Er saß zu Füßen der Celestine, während sie mit den Fingern durch seine lockigen Haare fuhr. Bei ihren letzten Worten sprang er auf und durchstöberte eine Ecke des Raumes. Als er zurückkam, wankte er unter dem Gewicht eines Sattels und eines Zaumzeugs, dessen Trense bei jedem Schritt klirrte.

Was ist das?, fragte Isabeau, obwohl sie es im verschmolzenen Licht der beiden Monde recht deutlich sehen konnte.

Es ist der Sattel von Ahearns Pferd Tamer. Er hat ihn selbst gefertigt und ist sein ganzes Leben lang darauf geritten. Er ist tief von seiner Magie durchtränkt und es ist gute Magie. Ich sehe, dass du ein Pferd besitzt.

Eigentlich gehört es nicht mir.

Ich denke, du wirst feststellen, dass er dir mehr gehört, als du erwartest. Außerdem hat der Hengst selbst entschieden, bei dir zu bleiben, und das ist sein Recht. Du weißt, dass er die Frau abgeworfen und getötet hat, die behauptete, seine Besitzerin zu sein?

Die Großsucherin? Lady Glynelda?

Eine Frau mit einem grausamen Gesicht und einem roten Gewand. Am Tag, nachdem du der Seeschlange übergeben wurdest, nahm sie ihn mit auf das Moor hinaus und ritt ihn grausam mit Peitsche und Sporen. Er kämpfte gegen sie an und sie trieb ihn mit den Sporen weiter, bis er sie schließlich abwarf, als sie ihn dazu bringen wollte, über einen Bach zu springen. Sie fiel, schlug mit dem Kopf auf und ertrank im Wasser und der Hengst lief davon. Obwohl ihre Begleiter ihn jagten, war er schneller, und sie konnten ihn nicht fangen. Wie er dich gefunden hat, weiß ich nicht, obwohl ich eine starke Verbindung zwischen euch sehe. Er war klug genug, den Alten Weg zu finden, und hat dich so direkt zu mir gebracht. Ich möchte, dass du den Sattel bekommst.

Aber warum? Wenn es wirklich Ahearns Sattel war, gehört er dann jetzt nicht jemandem? Seinen Nachkommen?

Ja, so ist es, und sie vermissen ihn schmerzlich. Aber dafür ist jetzt keine Zeit. Ich habe ihn viele Meilen von hier in einer unbenutzten Remise gefunden; er war schimmlig und halb verfault; obwohl er schwer und kein Relikt meines Volkes ist, habe ich ihn für dich hierher gebracht.

Warum?

Du bist hier nicht sicher. Diese Wälder werden von Gehörnten heimgesucht und die Königin der Fairgean hält noch immer ein Auge hierauf, um sicherzugehen, dass der Turm zerstört bleibt. Solange du den Schlüssel bei dir trägst, kannst du nicht sicher genug sein. Du solltest den Schlüssel nicht haben. Du verstehst seine Macht nicht und du hast nicht das Recht dazu. Der Sattel wird dir helfen, sicher zum blauen Palast zu gelangen.

Wie? Ein Sattel wäre willkommen, dem stimme ich zu, denn Lasairs Rückgrat ist knöchern, aber …

Magische Dinge sind stets unberechenbar. Ahearn ist auf ihm geritten und er ritt, als wäre er mit dem Pferd verwachsen. Ich glaube, du wirst merken, dass er dir helfen wird, denn es ist noch immer eine lange Reise von hier nach Dùn Gorm, und der Weg ist gefährlich.

Aber ich muss nach Tulachna Celeste zurückkehren! Meghan hat mir gesagt, ich sollte dort auf eine Freundin von ihr warten …

Ich bin diese Freundin, Isabeau. Hast du das nicht geahnt? Ich habe Ausschau gehalten und auf dich gewartet, da ich wusste, dass Meghan dich zu mir geschickt hatte. Ich sah, dass du vom Weg abgekommen warst und bin so auf dem Alten Weg gewandelt, um dich zu finden. Die Celestine dürfen nicht mehr frei in den Wäldern und auf den Hügeln wandeln, wie du weißt, weshalb ich ein großes Risiko auf mich nehmen musste … Schatten verfinstern den Alten Weg, wie auch in früheren Zeiten, und ich bin ohne meine Verwandten schwach und ängstlich …

Wie lautet Euer Name?

Die Celestine bildete in ihrer Kehle erneut den tiefen, summenden Laut und Isabeau sah mit ihren Geistaugen Wolkenschatten über Felder mit wildem Weizen fliehen.

Wolkenschatten …

Ja, so kannst du mich nennen, da du unsere Sprache nicht sprichst. So hat Meghan mich stets genannt … Nimm den Sattel, Isabeau NicFaghan, und reite nach Dùn Gorm.

Dann dank ich Euch. Ich werde gut darauf aufpassen, erwiderte Isabeau förmlich und bekam von dem Cluricaun Sattel und Zaumzeug in die Arme gedrückt, der während des Wartens unter deren Gewicht ulkig geschwankt hatte.

Wenn du sicher nach Rhyssmadill gelangst, sende Meghan diese Nachricht. Wolkenschatten von den Celestinen schickt

Grüße und Warnungen. Sage ihr, sie soll sich an die dunklen Konstellationen erinnern, denn sie tragen die Botschaft, die sie am Himmel sucht. Sage ihr, Samhain, der erste Tag des Winters, sei der Zeitpunkt, und sie müsse sich bereitmachen.

Isabeau nickte.

Du bist müde und deine Verletzungen bereiten dir Schmerzen. Ich werde dich zu heilen versuchen. Schlag Mitternacht beginnt die Frühjahrstagundnachtgleiche, wo der Tag endlich genauso lang wird wie die Nacht. Es ist eine Zeit, in der die Energien stärker werden. Ich werde sie anzuzapfen versuchen, um die Kraft zu finden, die ich brauchen werde. Die Infektion hat ihre Klauen tief ins Fleisch geschlagen, fürchte ich. Es wird keine leichte Heilung werden.

Als Isabeau sich der Celestine zuwandte, spürte sie, wie ein Schauder sie durchströmte, denn sie erkannte jäh, dass die seltsamen Hautfalten mitten auf der Stirn zurückgerollt waren und ein helles Auge sie zwischen den runzligen Lidern hervor ansah. Isabeau war wie gelähmt, konnte den Blick nicht abwenden. Die Celestine betrachtete sie lange mit ihrem dritten Auge. Dann schlossen sich die Hautfalten langsam und das Auge verschwand.

Isabeau, deine Verletzungen verschlimmern sich. Ich sehe großen Schmerz dich umströmen. Komm, lass mich dich berühren, Isabeau. Es ist Mitternacht und der Wechsel der Jahreszeit steht bevor.

Isabeau zögerte aus einem unbestimmten Grund, vielleicht weil das dritte Auge der Celestine so beunruhigend war. Wolkenschatten streckte ihre langfingrigen Hände aus und Isabeau trat langsam vor, bis sie nur noch einen Fuß entfernt war. Die Celestine lächelte und ihre klaren Augen betrachteten Isabeau freundlich. *Hab keine Angst. Wenn ich dich nicht heile, wirst du sterben, Isabeau. Ich möchte nicht, dass das geschieht. Es wird wehtun, aber besser jetzt ein deutlicher Schmerz als der langsame Todeskampf des vergifteten Blutes. Vertrau mir.*

Isabeau nickte zögernd und spürte, wie die Celestine die Hände weiter ausstreckte und auf ihre Stirn legte. Mehrmals durchzuckte sie heftiger Schmerz, ein seltsam dröhnender Laut erfüllte ihre Ohren und dann durchströmte langsam ein süßer Schmerz ihr Blut, stieg flutartig an und zog sich dann sanft wieder zurück. Dann waren alle Schmerzen fort, obwohl ihr schwindelig war und sich ihre Hand seltsam anfühlte.

Mehr konnte ich nicht tun, sagte die Celestine auf ihre übliche rätselhafte Art. *Ich bin keine mächtige Heilerin und du hast eine lange Reise vor dir. Ich musste die Infektion entfernen ...* Isabeau nickte und wünschte, sie könnte sich eine Weile hinlegen. Ihr Körper fühlte sich merkwürdig an, zu leicht und zu dünn, obwohl der beständige, pochende Schmerz in ihrer Hand fort war – ersetzt von einem eigenartigen Gefühl des Nichts. *Lebe wohl, Isabeau NicFaghan,* war alles, was die Celestine noch sagte, aber sie legte ihre Handfläche sanft an Isabeaus Wange und lächelte auf ihre würdevolle Art.

Isabeau nickte und wiederholte die Worte dann. *Lebt wohl, Wolkenschatten.*

Dann erhob sich die Celestine und glitt die Treppe hinab, wobei der Raum dunkler wurde, als sie ging. Isabeau erhob sich, um ihr zu folgen, und versuchte den Sattel aufzuheben, ohne sich die Hand zu stoßen. Sie fand das Tragen des Sattels mit nur einer Hand sehr schwer und obwohl der Cluricaun ihr zu helfen versuchte, war er so aufgeregt und ungestüm, dass er ihr dabei ziemlich wehtat. Er war während der ganzen Angelegenheit mit der Celestine so still und ruhig gewesen, dass Isabeau seine Anwesenheit fast vergessen hatte. Nun legte er alle Zurückhaltung ab und gluckste und tollte herum, wobei die Kette mit den glänzenden Gegenständen um seinen Hals laut klimperte. Er führte Isabeau wieder zu ihrem Bett aus Kissen und Teppichen in der ehemaligen Küche zurück, gab ihr Wasser und Nussbrot mit mildem Käse zu essen und überließ sie dann dem Schlaf. Isabeau dachte, die vielen Geheimnisse, die man ihr zu bedenken gegeben hatte, würden sie wach halten, aber sie war so erschöpft, dass sie in Schlaf sank, sobald sich ihr Körper im Bett entspannte. Als sie im trüben Grau unmittelbar vor der Dämmerung erwachte, löste sie die blutbefleckten Verbände, um ihre Hand zu untersuchen, und begriff erst da die letzten rätselhaften Worte der Celestine. Bekümmert sah sie, dass sie zwei Finger ihrer linken Hand verloren hatte, die Finger, die am schlimmsten infiziert gewesen waren. Nur zwei Finger und der Daumen waren ihr geblieben und diese waren steif und verkrümmt und schlimm entstellt. Obwohl die Narben vollkommen verheilt waren, waren sie tiefrot und juckten stark. Sie betrachtete ihre zerstörte Hand lange Zeit und steckte sie dann wieder in die Schlinge. Sie sammelte ihre Sachen zusammen, wobei sie nur kalte Zitterigkeit empfand, und zog dann den Sattel näher zu sich heran um ihn genauer betrachten zu können. Der Sattel war einfach gestaltet, ohne Verzierungen oder Ausschmückungen – ein schäbiger, abgenutzter Gegenstand. Außer den karmesinrot gefärbten Zügeln war auch das Zaumzeug wenig ansprechend und dem prächtigen Geschirr, das Isabeau erwartet hatte, recht unähnlich. Als sie jedoch darüber nachdachte, erkannte sie, dass es so wahrscheinlich besser war. Es würde schwierig genug, keine Aufmerksamkeit auf sich zu ziehen, wenn sie auf einem Hengst wie Lasair durch die Felder Blèssems ritt. Ein prunkvoller Sattel und ebensolches Zaumzeug hätten aller Augen auf sich gezogen und Misstrauen erweckt. Und der Sattel war gut gearbeitet und überraschend leicht, wenn man seine Größe bedachte.

Brun hatte ihr während der Nacht aus einer seiner grob gewobenen Decken ein Bündel zurechtgemacht. Als Isabeau es untersuchte, fand sie Baumwollbeutel mit Salz, Hafer, Mehl und Tee, Kartoffeln, eine eher muffige Garbe Getreide und eine große Ecke harten Käse. Auf dem Boden lag ein sauber gefalteter Stapel großer Kleidung und Isabeau erkannte, als sie ihn durchsah, dass Brun die ganze Nacht auf gewesen sein musste, um einige seiner Kleidungsstücke für sie aufzutrennen. Da waren ein Paar braune, knielange Hosen, ein Paar Ledergamaschen, ein grobes

Jungenleinenhemd, das ein wenig zu klein war, und ein Lederwams. Isabeau hatte sich ziemliche Sorgen darüber gemacht in ihrem Gewand reiten zu müssen und war dessen einengende Lagen leid, sodass sie die Kleidungsstücke mit Wonne an sich nahm, obwohl das Anziehen mit nur einer Hand sehr schwer war. Sobald sie sich bereit fühlte, war Brun da, und Isabeau fragte sich erneut, ob er wirklich so leicht Gedanken lesen konnte, wie es schien. Er trug den Sattel und das Zaumzeug für sie hinaus, ächzte unter der Anstrengung und taumelte übertrieben unter dem Gewicht.

Die Reaktion des Hengstes auf Sattel und Zaumzeug war Isabeaus erster Hinweis auf die Ahearns Sattel innewohnende Magie. Lasair verdrehte beim ersten Anblick die Augen und wich tänzelnd zurück, womit er Isabeau deutlich zu verstehen gab, dass er nichts mehr mit diesen Kontrollhilfsmitteln zu tun haben wollte. Sie streckte ihm das Zaumzeug hin und ließ ihn daran schnuppern. Sofort stellte er die Ohren auf und berührte mit dem Maul ihren Arm. Als sie ihm die Riemen über die Nüstern streifte, nahm er das Gebiss zwischen die Zähne, ohne den Kopf aufzuwerfen oder zu scheuen, und stand geduldig für sie bereit, sodass sie den Sattel auf seinen Rücken hieven konnte.

Isabeau hatte noch niemals zuvor ein Pferd gesattelt und sie glaubte, sie würde einige Zeit brauchen, um herauszufinden, welcher Gurt wohin gehörte. Es war jedoch innerhalb weniger Momente vollbracht und sie befestigte ihr Bündel mit dem Gefühl, etwas geschafft zu haben, hinter dem Sattel und führte Lasair zu einem Baumstumpf, damit sie aufsteigen konnte. Zunächst fühlte sich der Sattel unter ihr seltsam und merkwürdig bedenklich an und sie hatte keine Ahnung, was sie mit den Zügeln tun sollte. Letztendlich entschied sie sich, sie mit ihrer heilen Hand festzuhalten und deren Finger in Lasairs Mähne zu verschränken, wie sie es gewohnt war.

Der Abschied fiel unbeholfen aus und sie war gerührt, als Brun ihren Fuß im Steigbügel festhielt und sagte: »Ich habe ein

Rätsel für dich, Isabeau ... Da sind zwei prächtige Pferde, eines so schwarz wie Pech, das andere von der Farbe glänzenden Kristalls. Jedes läuft dem anderen voraus, aber sie holen einander niemals ein. Was sind sie?«

Isabeau hatte mit der Zeit einige der seltsamen Rätsel des Clurícaun herausbekommen und antwortete nach mehreren Minuten des Nachdenkens zögernd: »Tag und Nacht?«

Brun hatte sich gefreut, dass sie sich letztendlich einverstanden erklärt hatte, mit ihm zu spielen, und er tanzte einen wilden Gigue, bevor er erneut ihren Fuß festhielt. »Reite so schnell wie sie, Isabeau. Reite schnell und schlau!« Als sie losritt, lief er mit ihr mit, hielt weiterhin ihren Fuß fest und rief Belehrungen und Anweisungen, die Isabeau sich zu merken bemühte. Bald blieb er zurück und Lasair verfiel in einen leichten kurzen Galopp.

Isabeau ermüdete durch ihr Fieber noch rasch und sie erwartete, zumindest während der ersten Tagesreise viele Unterbrechungen und Pausen machen zu müssen. Zu ihrer Überraschung fühlte sie sich noch recht frisch, als die Sonne unmittelbar über ihr stand, und Lasair war unter dem Sattel nur leicht feucht. Sie beschloss weiterzureiten, solange sie konnte, bevor sie zum Rasten und Essen anhielt, aber am späten Nachmittag fühlte sie sich noch immer nur leicht ermüdet. Sie musste durch das Reiten vor Caeryla abgehärtet worden sein, dachte sie, während sie Lasair verhielt.

Als sie abstieg, wurde ihr jedoch schwindelig, und sie musste sich eine Weile in den Schatten eines Baumes setzen, bevor sie die Energie aufbringen konnte, ihr Gepäck zu öffnen und etwas zu essen. Sie hatte beabsichtigt, Lasair Sattel und Zaumzeug abzunehmen, damit er bequem grasen konnte, aber ihre Erschöpfung war so groß, dass sie beschloss, ihn gesattelt zu lassen, bis sie ihre nächtliche Rast einlegten. Sie aß und trank etwas und fasste gerade den Entschluss, in der Behaglichkeit des süß duftenden Grases eine Weile zu schlafen, als der Talisman an ihrer Seite zu brennen und zu kribbeln begann. Isabeau war sofort angespannt und sah sich um, aber die Lichtung schien verwaist. Das Rascheln von Blättern und das Knacken eines Zweiges erklangen und Isabeau sprang augenblicklich auf, stopfte alles wieder in ihr Bündel und band es hinter den Sattel.

Gerade als sie einen Fuß in den Steigbügel stellte, um sich in den Sattel zu schwingen, entstand Bewegung, und eine Meute gehörnter Frauen lief aus dem Schutz der Bäume auf sie zu. Sie waren nackt und ihre muskulösen Körper glänzten vor Schweiß. Isabeau sah, dass ein Streifen starrer Haare ihr Rückgrat hinablief, der in einem kurzen Schwanz mit einem Haarbüschel an der Spitze endete. Ihre Hörner unterschieden sich jedoch. Eine besaß nur ein einziges Horn, so lang wie Isabeaus Arm und rasiermesserscharf. Eine andere trug das gegabelte Geweih eines *Geal'teas*. Eine weitere besaß vier kurze, stumpfartige Hörner wie die einer Ziege. Alle hatten einen wilden, hämischen Ausdruck auf dem Gesicht und sie schrien und riefen im Lauf, dass einem das Blut in den Adern gefror.

Isabeau hatte sich in den Sattel geschwungen und presste Lasair nun die Fersen hart in die Flanken. Er schoss freudig vorwärts, die Ohren flach an den Kopf angelegt, während seine kräftige Hinterhand sich unter ihr anspannte. Die Gehörnten waren jedoch dicht hinter ihnen und liefen schnell wie Hirsche. Diejenige mit dem Rapierhorn kam so nahe, dass sie Lasairs Rumpf aufschrammte, wobei Blut hervorquoll, und eine weitere ergriff Isabeaus Steigbügel, sodass sie ihr mit dem Stiefel das Gesicht zertrümmern musste, um sie abzuschütteln. Als die fünfhornige Frau zu Boden ging, drängte Isabeau Lasair auf eine Lücke zwischen den Bäumen zu und beugte sich so tief wie möglich über seinen Hals. Der Hengst vergrößerte seine Schritte und sprang hoch durch die Lücke, woraufhin sich die Gehörnte, die in den Zweigen gelauert hatte, im Sprung verschätzte. Anstatt Isabeau aus dem Sattel zu reißen, prallte sie nur gegen sie, brachte sie zwar aus dem Gleichgewicht, fiel aber selbst rückwärts, sodass sie hart auf dem Boden landete. Isabeau klammerte sich am

Sattel fest und wunderte sich, wie sie überhaupt hatte oben bleiben können.

Erst als Isabeau und Lasair den Schutz der Wälder verließen und auf offenes Gelände trafen, fielen die gehörnten Frauen zurück. Zu dem Zeitpunkt war Lasair stark außer Atem und mit grauem Schaum bedeckt. Die Sonne ging unter, und die wogenden Felder waren von einem herrlichen Licht überstrahlt, das vor einem Hintergrund von Gewitterwolken leuchtete. Lasair verfiel in langsamen, kurzen Galopp und eine nach frischem Grün duftende Brise kühlte ihre erhitzten Gesichter. Isabeau spürte, wie sie ein großartiges Gefühl der Freiheit und Erlösung durchströmte. Sie hatte die geheimnisvollen Wälder von Aslinn bereits hinter sich gelassen und war nach Blèssem gelangt – sie konnte nicht glauben, wie weit sie an nur einem Tag gekommen waren. Es war bereits vollkommen dunkel, als sie schließlich Halt machten und sich ausruhten. Lasair barg sein Gesicht zufrieden in einem Feld frischen, jungen Hafers und Isabeau bereitete sich ein Käse-Kräuter-Omelett aus einigen Eiern zu, die sie in einem Nest in einer Hecke gefunden hatte. Sie zündete im Schutz einer Steinmauer ein Feuer an, sodass die Flammen nicht zu sehen waren, und deckte es mit Asche ab, nachdem sie ihre Mahlzeit gekocht hatte. Es waren bereits deutliche Anzeichen der Kleinbauern in Blèssem erkennbar. Eine rote Straße verlief gerade zwischen Steinmauern und ein Flickwerk saftiger Weiden breitete sich zu beiden Seiten aus. Hier und da unterbrachen kleine Bauernhöfe, aus deren Fenstern Lampenlicht funkelte, die Gleichförmigkeit von Hügel und Feld. Über ihnen breitete sich ein Baldachin von Sternen aus und Isabeau, die auf dem Rücken auf dem herrlichen Weidegras lag, sann über deren Mysterien nach und fragte sich, was Wolkenschatten mit den dunklen Konstellationen gemeint hatte. Isabeau schlief nur wenige Stunden, bevor sie sich erhob, den Hengst wieder sattelte und aufstieg, was mit nur einer Hand eine unbeholfene Angelegenheit war. Sie hatte beschlossen, dass Blèssem zu bevölkert war, um am Tage umherzureiten, denn sie wusste, dass die Kleinbauern den Ruf hatten, Fremden zu misstrauen, besonders Fremden, die ein Hauch von Hexerei umgab. Als der Rìgh in den Monaten vor dem Tag des Verrats den ersten Erlass gegen *Uile-Bheistean* verkündet hatte, hatte das Volk von Blèssem frohlockt und ihn am eifrigsten von allen umgesetzt. Sie waren durch die geheimen Überfälle auf die Türme und durch das Dekret Gegen Hexen, das darauf folgte, ein wenig beunruhigt gewesen, aber da sie den magischen Kräften der Hexen niemals getraut hatten, murmelten sie, dass es so wahrscheinlich am besten wäre. In den sechzehn Jahren seit der Vernichtung der Hexen hatten die Menschen von Blèssem leichtfertig den Glauben angenommen, dass sie Magie und Hexerei schon immer als ein Übel angesehen hätten, und waren stolz darauf, dass ihr Land von jeglicher Zauberei befreit war. Es würde für Isabeau entschieden sicherer sein, bei Nacht zu reisen und sich bei Tage auszuruhen.

Vor der Dämmerung regnete es und Isabeau hatte Mühe, einen sicheren Rastplatz zu finden. Hier wurde das Land schon seit Jahrhunderten kultiviert und es gab nur wenige Wälder, wo sie sich und das Pferd verbergen konnte. Es war vollkommen hell und sie hatte bereits die Silhouetten der am Horizont dahinstapfenden Arbeiter gesehen, als sie schließlich einen Hain fand, der dicht genug war, um sich darin zu verstecken. Dennoch wurde sie wenige Stunden später von Verstecken spielenden Kindern geweckt und sie musste sich mit pochendem Herzen in einem Baum verbergen. Sie merkte, dass sie Angst davor hatte, überhaupt jemandem zu begegnen, und dachte grimmig, dass ihre Erfahrung in den Händen des Großinquisitors ihr ein Vermächtnis von Albträumen und eine übergroße Schreckhaftigkeit beschert hatte, und dass ihr zudem eine verkrüppelte Hand geblieben war.

Die Schönheit der Kornfelder unter dem Mondlicht tröstete sie, sodass sie voranritt, ohne viel nachzudenken. Sie stellte fest, dass der Hengst und sie im Einklang miteinander waren und sie kaum etwas denken konnte, bevor der Hengst schon reagierte. Sie war viele Male zu müde, um zu merken, dass sie angehalten hatten, bis sie aufschaute, die Sicherheit herabhängender Zweige um sie herum sah und erkannte, dass Lasair ihnen einen Ruheplatz gesucht hatte. Andere Male beunruhigten sie vage Ängste und das Pferd vergrößerte seine Schritte, woraufhin der Moment des Unbehagens weit zurückblieb. Bald ließ das klare Wetter nach und kalte Regentage folgten. Isabeau war hungrig, denn ihre Vorräte waren bald verbraucht, und so wurde sie durch die Notwendigkeit der Nahrungssuche aufgehalten. Sie schlich sich mehrmals in die Hütte eines Kleinbauern und stahl Brot oder einen zum Abkühlen auf dem Tisch stehen gelassenen Kuchen oder Gemüse aus einem hübschen, kleinen Garten. Sie hatte jegliches Schuldgefühl für ihre Diebstähle verloren und wusste nur, dass sie überleben musste, um nach Rhyssmadill zu gelangen.

Da sie es nicht verhindern konnte, nass zu werden, brach das Fieber häufig wieder aus und überwältigte sie, weshalb ihre Reise von Zeiten der Trägheit unterbrochen wurde, wenn sie in jemandes Scheune lag und in den Regen hinaussah, unfähig, die Energie aufzubringen, sich etwas zu essen zu suchen. In einer solchen Nacht hatte sie in einem Stall Schutz gesucht, Lasair in einer rückwärtigen Box untergestellt und ihn mit mehreren Handvoll guten Getreides des Farmers gefüttert. Hunger und Erschöpfung kämpften in ihrem Körper gegeneinander an, sodass sie mehrmals unruhig einschlief und von Festessen träumte, bei denen die Tische unter der Last der Speisen ächzten. Plötzlich erwachte sie ruckartig und kauerte sich tiefer in das kratzige Stroh, als ein Schatten draußen an der Stalltür vorüberhuschte. Isabeau fühlte sich unbehaglich und verletzlich, wickelte ihr schmutziges Plaid um sich, kniete sich vorsichtig hin und spähte in den Hof hinaus. Jenseits der Pflastersteine kauerte das alte Farmhaus und aus der Küchentür drang Licht. Sie sah eine Gestalt sich vor dem Licht unruhig hin- und herbewegen. Ihre Nerven in ihrem ganzen Körper waren aufs äußerste angespannt, denn sie hatte eine solche Gestalt schon früher gesehen.

Vor Angst zitternd, aber von unwiderstehlicher Neugier vorangetrieben, kletterte Isabeau auf den Heuboden hinauf, damit sie den Hof überblicken konnte. Durch das Küchenfenster sah sie zwei kleine Kinder mit Schafsknochen spielen, während ihre Mutter in einem auf dem Feuer stehenden Topf rührte. Von einem Sessel, der mit dem Rücken zum Fenster stand, sah sie zwei lange Beine hervorragen, und ein rosiger Zeh sah aus einem Loch in einer Wollsocke hervor. Die Mutter wandte sich um und wollte etwas sagen, aber stattdessen blieb ihr Mund offen stehen, und sie schrie. Isabeau konnte erkennen, wie ihre Augen hervortraten und ihr Mund so weit aufstand wie ein Minenschacht, aber sie konnte nichts hören. Als der Vater aus dem Sessel sprang und ein Stück Holz, an dem er gerade geschnitzt hatte, von seinem Schoß fiel und über den Boden rollte, sah Isabeau den Schatten sich von der Tür lösen und lautlos ins Haus schlüpfen.

Isabeau hatte das Gefühl, auch selbst schreien zu müssen. Sieben Fuß groß und gespenstisch grau war das Wesen, das Flügel wie eine Libelle – starr und durchscheinend grau – und ein ruhiges, wunderschönes Gesicht hatte. Da Isabeau sich nur zu gut an das letzte Mal erinnerte, als sie einen Mesmerd gesehen hatte, wollte sie aufschreien und die Kleinbauern warnen, aber es war zu spät, Mutter und Vater sahen den geflügelten Geist mit hypnotisiertem Lächeln an, und der Mesmerd beugte sich herab und hob beide Kinder hoch, jedes mit einem Paar Armen. Geschmeidig und lautlos wandte sich der Mesmerd um und verließ die Hütte, während die Eltern noch immer mitten im Raum standen, das schwachsinnige Lächeln auf ihren Gesichtern fixiert, und die Kinder in den Armen des Zauberwesens ebenso still und hypnotisiert wirkten.

Während der Mesmerd den Stallhof überquerte, wandte er sich um und schaute zu der Öffnung im Heuboden direkt zu Isabeau, die sofort zitternd den Kopf senkte. Fünf quälende Minuten lang lag sie stocksteif da und wartete auf den Moment, in dem die klauenähnliche Hand des Mesmerd sie berühren würde.

Schließlich erkannte sie, dass er fort war, setzte sich auf und sah den Farmer und seine Frau noch immer in derselben Haltung dastehen. Während sie hinsah, regte sich der Farmer, das Lächeln schwand von seinem Gesicht und wurde von Entsetzen und Angst ersetzt. Sie beobachtete, wie er seiner Frau einen Schlag auf die Wange versetzte, um sie aufzuwecken, und dann begann das Klagen und Weinen. Isabeau sammelte so rasch wie möglich ihre Sachen ein und sattelte Lasair, wohl wissend, dass bald eine Suche beginnen würde. Bis dahin musste sie fort sein.

In dieser Nacht ritt sie durch endlos strömenden Regen und bange Fragen hämmerten auf sie ein. Warum hatte der Mesmerd die Kinder gestohlen? Warum hatte er die Eltern nicht getötet, wie er es so liebevoll mit Seychella gemacht hatte? Und vor allem – warum hatte er sie verschont? Sie war sich sicher, dass der Mesmerd ihre Anwesenheit bemerkt hatte – warum sonst hatte er sich umgewandt und zu ihr hinaufgeschaut, während sie im Stroh kauerte? Wartete er draußen in der entfesselten Nacht, im heulenden Sturm auf sie? Sie trat Lasair panisch in die Rippen und er schoss vorwärts, rannte über die Felder, ungeachtet aller Steine, Kaninchenbauten und Gräben.

Nachdem Isabeau den Mesmerd gesehen hatte, fürchtete sie erneut, verfolgt zu werden, und ihre Albträume kehrten mit erschreckender Macht zurück. Sie begann, den größten Teil des Tages sowie auch in der Nacht weiterzureiten, hinter Regenschleiern verborgen, das Plaid hochgezogen, um ihr Gesicht zu verdecken. Kleine Dörfer kauerten in jeder Landfalte und es geschah jetzt nur noch selten, dass sie mehrere Meilen ritt, ohne an einer Kleinbauernhütte oder einem Farmhaus vorbeizukommen, aus deren Schornsteinen Rauch in die feuchte Luft stieg.

Die meiste Zeit ritt sie wie betäubt dahin und klammerte sich an Lasairs Sattel, während er in kurzem Galopp durch den strömenden Regen lief. Sie hielten kaum an, weder zum Schlafen noch zum Essen, denn die Magie des Sattels bewirkte, dass sie sich beide beim Reiten einigermaßen frisch und vor Erschöpfung erst gerädert fühlten, wenn sie stehen blieben. Sobald sie den Sattel von Lasairs Rücken hob, begann er vor Ermüdung zu zittern, und bald nahm sie ihn überhaupt nicht mehr ab, ritt Tag und Nacht, schlief im Sattel und stieg nur ab, um Nahrung zu suchen oder einen Busch zu finden, hinter den sie sich hocken konnte.

Eines Nachts ritten sie in kurzem Galopp einen steilen Hang hinauf, als sie auf der anderen Seite auflodernddes Licht und Bewegung sahen. Eine Prozession von Fackeln wand sich ihren Weg entlang der Straße auf Isabeau zu und sie drängte Lasair in Panik von der Straße hinter eine Mauer und ermahnte ihn, still zu sein. Dort kauerte sie in der Dunkelheit, denn sie war sicher, dass die Prozession aus verärgerten Dorfbewohnern oder Soldaten bestand, die gekommen waren, um sie wieder einzufangen. Dann kam die Kavalkade näher und sie hörte Lachen und Spaßen und sah Männer und Frauen mit Blättern und Blüten geschmückt zusammen tanzen und einander an den Händen halten.

Beltane, dachte sie schlagartig. *Es ist bereits Beltane, der erste Mai …* Sie war bereits über einen Monat geritten.

Der Parade ritt ein großer, dünner Mann voraus, der von Kopf bis Fuß in belaubte Zweige gehüllt war. Isabeau spähte erfreut über die Mauer. Der Grüne Mann … Ich habe den Grünen Mann schon immer sehen wollen …

Sie wäre den lachenden, tanzenden Gestalten gerne gefolgt und hätte gerne das Ende der Maitag-Feierlichkeiten miterlebt, aber sie stieg seufzend wieder auf Lasairs Rücken, sobald die Parade vorübergezogen war, und wandte sich erneut gen Süden. Später in dieser Nacht sah sie in der Ferne ein weiteres Dorf und konnte nicht umhin, sich nahe an den Dorfplatz zu schleichen, um das Freudenfeuer und das Tanzen zu beobachten. Die Dorfbewohner hatten gerade die Maikönigin gekrönt und errichteten zu ihren Ehren den Maibaum. Ein Festessen wurde auf den Tischen auf dem Platz verteilt. Von der Versuchung überwältigt, der sie nicht widerstehen konnte, schlich Isabeau von Baum zu

Baum, bis die Tische verlockend nahe waren. Sie wartete, bis sich aller Aufmerksamkeit auf die in der Mitte des Platzes aufgeführte Akrobatik richtete, und tauchte dann unter den Schutz der weißen Tischdecken. Dort lag sie die ganze Nacht, streckte eine schmutzige Hand aus und zog in ihr Versteck, was auch immer ihre Finger ertasten konnten. Zum ersten Mal seit Wochen konnte sie sich zu ihrer vollen Zufriedenheit satt essen, während sie den Darbietungen von ihrem Versteck aus zusah und wünschte, sie könnte wie die anderen Mädchen tanzen und lachen, aber sie spürte eine so tiefe Kluft zwischen ihnen, wie die Große Wasserscheide eine war.

Isabeau sah zu, bis die Flammen allmählich erstarben, und schlich dann davon, um ihre stille Reise wieder aufzunehmen. Dieses Mal war ihr Rucksack jedoch mit Brotresten und geschmortem Gemüse, gebackenem Käse und Pilzpasteten überfüllt, und sie wurde nicht mehr von Benommenheit überwältigt. Zwei Tage später kamen Isabeau und Lasair in Sichtweite des Flusses, der sich in silberfarbenen Schlingen das Tal hinabwand. Die Schlingen berührten sich fast, bevor sie sich wieder voneinander fortwanden. Im Süden lag das Flachland Clachans, das einst jedes Jahr von der Winterflut überschwemmt worden war. Die Bewohner Clachans hatten Staumauern, Dämme und Kanäle mit Schleusen gebaut um die wild wogenden Fluten zu bändigen und nährten die Erde mit Algen und Dünger, bis sie fast ebenso fruchtbar war wie die Felder Blèssems. Isabeau konnte in weiter Ferne hohe Felsspitzen erkennen, die gleichsam aus der Erde hervorbrachen und über den flachen Ebenen rundum aufragten. Hier waren die Dörfer und Städte erbaut worden, weit über der Bedrohung der majestätischen Woge, die jedes Jahr heranrauschte und das Land wieder zu ertränken drohte. Obwohl die Mauern und Kanäle die Flut besser bändigten als jede andere Maßnahme, war sie noch immer unberechenbar. Das Volk von Clachan hatte die harten Lektionen des Lebens nahe der schrecklichen Macht des Meeres gelernt. An ihren Stränden hatten die meisten Kämpfe mit den Fairgean stattgefunden und hier hatten die Bewohner Clachans Generation für Generation um ihr Überleben gekämpft. Erst seit Aedans Pakt und seit die Fairgean besiegt worden waren, gelang es ihnen mit Erfolg. Die Menschen von Clachan arbeiteten hart und waren starrsinnig und misstrauisch und Isabeau würde noch vorsichtiger sein müssen. Der Weg, dem sie schließlich gefolgt war, führte auf die Reichsstraße, und Isabeau schloss sich den Horden der Arbeiter, Händler, Lohnempfänger, Bettler und fußwunden Reisenden an, die auf Dùn Gorm, die blaue Stadt, zuhielten. Sie hatte die Mütze tief über ihr Haar gezogen und wünschte, es würde wieder regnen, damit sie sich besser verbergen könnte, während sie einen Handlungsplan zu ersinnen versuchte. Sie musste den Fluss überqueren, um zum Palast zu gelangen und das stellte ein Problem dar, denn die Fähre würde bewacht sein, und der Fluss strömte zu schnell und war zu breit, um alleine eine Überquerung zu versuchen. Einer plötzlichen Eingebung folgend, braute Isabeau einen übel riechenden Trank und wusch ihr Haar damit. Die aus Holunder und Lorbeerblättern hergestellte Farbe überdeckte die Röte ihres Haars nicht so gut, wie sie gehofft hatte, aber das schmutzige Braun, das entstand, war immer noch weitaus weniger auffällig als ihre ursprüngliche Farbe.

Dann bedeckte sie Lasair mit alten Säcken und versuchte, ihn dazu zu bringen, sich eher wie ein geschundenes Arbeitspferd als wie ein stolzer Hengst zu bewegen. Da sie die Entfernung von Aslinn zum Rhyllster in weniger als der Hälfte der Zeit zurückgelegt hatte, die sie hätte brauchen sollen, und da sowohl sie als auch Lasair von der Reise sehr schmutzig waren, gestaltete sich diese Aufgabe leichter, als sie sonst vielleicht gewesen wäre. Ihr Schmutz und ihre Erschöpfung machten es ihnen wesentlich leichter hindurchzugelangen, obwohl ein Wächter Isabeaus Gesicht sorgfältig betrachtete, wodurch ihr Herz so laut pochte, dass sie sicher war, er würde es hören.

Die Fähre schlingerte bedrohlich, während sie den tosenden

Fluss überquerte, und Isabeau barg ihr Gesicht an Lasairs Schulter, während ein Gefühl des Triumphs und der Freude in ihr aufwallte.

Sachte, sachte, mahnte sie sich. *Wir sind noch nicht da.* Dann umrundeten sie die Biegung des Flusses und da war Berhtfane – von Schiffsmasten bevölkert, die wie Zahnstocher in einem Gefäß wirkten. Nur der Streifen Wasser vor dem Palast war frei und das Wasser schimmerte himmelblau, während sich dahinter die zierlichen Türme Rhyssmadills erhoben. Auf einer der Felsspitzen erbaut, die wie Finger aus der Ebene ragten, schien Rhyssmadill mit seinen schimmernden spitzen Türmen im Dunst über dem Wasser zu schweben. Freude durchströmte Isabeau wider Willen und sie berührte den Beutel an ihrem Gürtel. In den Wäldern hinter Rhyssmadill nahm sie Lasair das Zaumzeug und den Sattel von Ahearns Pferd Tamer ab und musste dann gegen die Schwäche ankämpfen, die sie befiel, sobald sie einen Fuß auf den Boden setzte. In dem Moment, in dem ihm der Sattel abgenommen wurde, sank auch Lasair in die Knie; seine Augen waren vor Erschöpfung glasig. Isabeau rieb ihn mit einem feuchten Tuch ab und brachte ihm Armevoll lieblich duftenden Grases. Er knabberte daran, war sogar zu müde zum Fressen, und sie rieb seine Ohren und versprach ihm Hafer, während ihr Tränen der Reue in die Augen traten. Sie war über die Auswirkungen ihrer Reise erschreckt und begann, den Einfluss des magischen Sattels zu begreifen. Als Isabeau Lasair zum ersten Mal begegnet war, war er ein vollbrüstiger Hengst mit glänzendem Fell und wohlgenährt gewesen, noch in der Blüte seiner Jahre. Nun war er so dünn, dass seine Rippen durch das struppige, verdreckte Fell hervorstachen, und seine Mähne war voller Kletten.

Trotz ihrer eigenen Schwäche und ihrer Angst gefangen genommen zu werden, riskierte Isabeau einen Abstecher nach Dùn Gorm um Hafer und kräftigende Medizin für ihn zu stehlen, die sie mit warmer Maische verrührte und ihm aus der Hand verfütterte, bis seine Kraft zurückkehrte.

Sattel und Zaumzeug verbarg sie im Stamm eines hohlen Baumes und schützte sie mit der wenigen, ihr verbliebenen Kraft mit einem magischen Wachzauber. Drei Tage blieb sie bei Lasair, pflegte ihn, flüsterte Koseworte, bedeckte ihn mit ihrem Plaid und brachte ihm milde Kräuter und Wasser. Dann, als es ihm gut genug ging, zog sie auf Rhyssmadill zu und stützte sich auf den Hengst, während der Talisman in ihrer Kleidung verborgen war.

Am Waldrand trennten sie sich und Tränen nässten Isabeaus Wangen. »Ich werde bald kommen um nach dir zu sehen«, versprach sie. »Sei vorsichtig …«

Lasair schüttelte sich, schnaubte laut und sie umarmte ihn heftig, bevor sie ihn davongaloppieren ließ.

Er wird in den Wäldern sicher sein, dachte sie. *Niemand wird sich so nahe ans Meer heranwagen und er ist zu schlau, um sich sehen zu lassen.* Dann nahm Isabeau all ihren Mut zusammen und machte sich auf den Weg, den Palast des Rìgh zu erobern. *Latifa ist der Name, Latifa.*

Sie näherte sich der schmalen Steinbrücke, die von einem vollen Kontingent Wächtern mit gefiederten Helmen und langen Speeren gesäumt war. Sie hielten sie zunächst für eine Bettlerin und versuchten, sie zu vertreiben, aber sie flüsterte Latifas Namen, was wie eine Zauberformel wirkte, denn es brachte ihr ein Lächeln und eine freundliche Wegbeschreibung zur Küche ein. Die Müdigkeit drückte sie wie eine riesige Hand nieder, aber es gelang ihr, allmählich voranzukommen, indem sie sich hin und wieder Halt suchend an eine Mauer lehnte und alle paar Schritte stehen blieb, um ihre Benommenheit weichen zu lassen. Sie ging einen Steinweg zwischen der Palastmauer und dem äußeren Ring hinab und dann befand sie sich im Garten, der mit Kräutern und Gemüse bepflanzt war und in dem Obstbäume an den Mauern ein Spalier bildeten. Eine Küchenmagd in grauem Kleid und Haube, die im Garten Möhren erntete, sah sie neugierig an und versuchte, sie zu verscheuchen, lächelte aber ebenfalls, als sie Latifas Namen hörte, und deutete in Richtung des Hofes am anderen Ende des Gartens. Ein großer gewölbter Eingang stand offen und köstliche Düfte schwebten heraus, ebenso wie sprudelndes Lachen und Tratschen. Isabeau spähte vorsichtig hinein und da war die Küche – ein riesiger, heller Raum mit vier entlang der Seitenwände flackernden Feuern. Eine sehr kleine, dicke alte Frau mit blitzenden schwarzen Augen wie Korinthen und einem zerknitterten braunen Gesicht sah sie und kam strahlend auf sie zu.

»Endlich! Ich hatte es schon aufgegeben, auf dich zu warten, Isabeau! Die Enkelin meiner Schwester kommt endlich zu mir! Komm herein, komm herein. Hast du Hunger? Hier, iss einen meiner Pfefferkuchenmänner, sie sind in dieser Gegend berühmt …« Isabeau nahm das noch ofenwarme und köstliche Gebäck dankbar an. Latifa bemutterte sie freundlich und ereiferte sich über ihre von der Reise befleckte Schlinge und die dunklen Schatten unter ihren Augen. »Komm mit rauf in mein Zimmer, Kind«, sagte sie und Isabeau folgte ihr gehorsam, wobei sie sich ungewohnt schüchtern fühlte. Auf halbem Weg die Treppe hinauf überkam sie eine solch gewaltige Woge der Benommenheit, dass sie beinahe hingefallen wäre, und die alte Köchin kam zurück und trug sie die verbleibenden Stufen hinauf.

Als sie erst in Latifas Zimmer allein waren, veränderte sie sich auf bemerkenswerte Weise. Die fröhlich geschäftige Köchin verwandelte sich in eine scharfäugige, starrköpfige Frau, die Isabeau mit Fragen überschüttete, während sie mit geschickten Fingern rasch die Schlinge löste.

»Im Namen Eàs, wo warst du? Meghan hat sich um dich zu Tode gesorgt, ganz zu schweigen von dem Talisman. Hast du ihn bei dir?«

Isabeau nickte und griff eher widerwillig nach dem schwarzen Beutel unter ihrer Bluse. Entgegen ihren Erwartungen öffnete Latifa den Beutel nicht, sondern betastete nur besorgt den Stoff. Ihre Züge klärten sich und sie lächelte, wodurch sich ihr ganzes Gesicht veränderte. »Eà sei Dank! Nun haben wir alle drei Teile, das heißt, wenn Meghan sicher hindurchgelangt um uns mit dem letzten Drittel zu treffen! Die Banrìgh hat den MacRuraich auf ihre Spur gesetzt und Eà weiß, dass sie niemals aufgeben, wenn sie eine Spur erst aufgenommen haben. Ich habe mein Drittel all diese Jahre mit großer Sorge bewacht und bin sehr erleichtert, dass ich bald davon befreit werde.«

»Ich verstehe das nicht«, sagte Isabeau erschöpft, aber in diesem Augenblick löste Latifa den letzten Verband und zog scharf die Luft ein.

»Beim Bart des Zentauren, was hast du dir angetan?«

»Ich wurde gefoltert«, sagte Isabeau und begann zu ihrer Überraschung zu weinen. Als die Tränen erst flossen, konnte sie nicht wieder aufhören, und eine heftige Sehnsucht nach Meghan stieg in ihre Kehle und erstickte sie fast.

Latifa setzte sich neben sie, legte ihre plumpen Arme um sie und murmelte tröstliche Worte, aber Isabeau weinte noch immer nach ihrer Hüterin. »Schsch, schsch, Liebes, Meghan wird bald bei uns sein. Du bist also in die Hände der Liga gegen Hexen gefallen? Törichtes, törichtes Kind. Wie bist du bloß entkommen? Nein, nein, später ist Zeit genug zum Erzählen. Bringen wir dich ins Bett.«

Es hatte seine Vorteile, die leitende Köchin und Haushälterin im Palast zu sein. Innerhalb weniger Augenblicke hatte Latifa mehrere Mägde herbeigerufen, die Eimer mit heißem Wasser für die hinter einem Schirm verborgene Sitzbadewanne, heißen, stärkenden Tee für Isabeau und Behälter mit Salbe und Medizin brachten. Isabeau setzte sich in die Wanne und hielt die Augen geschlossen, während Latifa ihr zum ersten Mal seit drei Monaten das Haar wusch, wobei sich die dunkle Farbe im warmen Wasser löste. Als sie sauber war, rieb Latifa mild duftendes Öl in die bläulichen Narben ein und verband die verkrüppelte Hand sorgfältig wieder. Dann wurde Isabeau in Latifas eigenes Bett gesteckt; sie streckte sich genüsslich aus und schmiegte ihre Wange in das weiche Kissen. Seit drei Monaten, seit die Rotgardisten sie aus dem Baumhaus vertrieben hatten, hatte Isabeau auf dem

Boden, in Hecken und Baumwurzeln, Heuhaufen und Gräben geschlafen. Sie dachte schläfrig, dass es ihr gefallen würde, in Rhyssmadill zu leben, zumindest eine Weile.

Sani die Seherin

Vier Stockwerke über Isabeaus Kopf blickte die alte Dienerin Sani in den magischen Spiegel, während ein seltsames Lächeln ihre Mundwinkel verzog.

Also, Latifa, dachte sie, *bist du mit der Oberzauberin im Bunde. Das habe ich mir schon immer gedacht, obwohl Maya mir nie glauben wollte, das dumme Kind. Nun, nun, also hat sich Meghans eigener Lehrling uns angeschlossen. Es kann mit diesem Haar keine andere sein.*

Sie schaute erneut in den Spiegel hinab und betrachtete das Abbild des schlafenden Mädchens, dessen feuchtes Haar sich wie Flammenzungen über das Kissen ausbreitete. Sie lächelte erneut. *Ich frage mich … was befindet sich in dem Beutel aus Nyxhaar? Was hat das Mädchen bei sich getragen? Es muss starke Magie sein, sonst wäre die Magie der Nyx nicht nötig gewesen. Latifa hat nicht gewagt, es aus seinem Versteck zu nehmen …*

Sani hüllte den Spiegel wieder in die abgenutzte Seide und verschloss ihn in seinem Kasten. *Bald, mein Lehensherr, bald … Bald werden wir das Land in unserer Faust halten. Die Gezeitenwoge von Jors Zorn steigt und die Rebellen werden zu Sand zermahlen werden!*

Glossar

Aedan MacCuinn: der erste Rìgh, Hochlord von Eileanan. Er wurde Aedan Weißlocke genannt und stammte direkt von Cuinn Löwenherz ab (siehe Erster Hexensabbat). Im Jahre 710 vereinte er die sich bekriegenden Gebiete Eileanans bis auf Tìrsoilleir und Arran zu einem Land.

Aedans Pakt: Aedan MacCuinn begründete einen Pakt zwischen allen Einwohnern der Insel, die übereinkamen, in Eintracht miteinander zu leben und sich nicht in die Kultur des jeweils anderen einzumischen, sondern für Frieden und Gedeihen zusammenzuarbeiten. Die Fairgean weigerten sich, den Pakt zu unterzeichnen, und wurden deshalb ausgeschlossen, was die Zweiten Fairgeankriege zur Folge hatte.

Ahdayeh: Kampfkunst

Aislinna die Träumerin: eines der Mitglieder des Ersten Hexensabbats

Alba: die »mythische« Heimat, das Land, aus dem der Erste Hexensabbat entkam

Alte Mutter: ein Begriff der Khan'cohbans für eine weise Frau der Gemeinschaft

Anghus MacRuraich: Prionnsa von Rurach

Arran: südöstliches Land Eileanans im Besitz des Clans der NicFoghnan

Aslinn: stark bewaldetes Land im Besitz der MacAislins

Bacaiche der Bucklige: Meghans Cousin
Ban-Bharrach: der südlichste Fluss Lucesceres, der zusammen mit dem Muileach die Schimmernden Wasser bildet.
Banprionnsa: Prinzessin oder Herzogin
Banrìgh: Königin
Baumtauscher: Zauberwesen des Waldes. Kann die Gestalt eines Baumes gegen die eines menschenähnlichen Wesens eintauschen.
Beltane: der 1. Mai, erster Tag des Sommers
Berhtfane: See in Clachan
Berhtildes: die weiblichen Krieger Tìrsoilleirs, benannt nach der Gründerin des Landes (siehe Erster Hexensabbat). Amputierte linke Brust, um das Handhaben eines Bogens zu erleichtern.
Blèssem: Die Gesegneten Felder. Fruchtbares Ackerland südlich von Rionnagan im Besitz des Clans der MacThanach.
Buch der Schatten: ein uraltes, magisches Buch, das am Tag der Abrechnung vernichtet werden sollte.

Caeryla: die Hauptstadt der Highlands von Rionnagan. An den Ufern des Tuathansees erbaut, für seine Seeschlange berühmt. Regiert vom Clan der MacHamell.
Carraig: Land der Meerhexen. Nördlichstes Land Eileanans im Besitz des Clans der MacSeinn, die von den Fairgean vertrieben wurden und in Rhyssmadill Zuflucht nahmen.
Celestine: Rasse von Zauberwesen, berühmt für ihre empathischen Fähigkeiten und für die Kenntnis der Sterne und Prophezeiungen.
Clachan: südlichstes Land Eileanans, eine Provinz Rionnagans, regiert vom Clan der MacCuinn.
Clàrsach: Saiteninstrument, ähnlich einer kleinen Harfe
Cluricaun: kleines Waldzauberwesen
Cuinn Löwenherz: Führer des Ersten Hexensabbats. Nachfahren gehören zum Clan der MacCuinn.

Deus Vult: Schlachtruf der Berhtildes. Bedeutet »Gottes Wille geschehe«.
Dide: ein Jongleur und Mitglied des Untergrunds
Donbeag: kleines, braunes, spitzmausartiges Wesen, das durch die Hautsegel zwischen seinen Beinen über kurze Entfernungen fliegen kann.
Drachen: große, feuerspeiende Flugwesen mit glatter Schuppenhaut und Klauen. Vom Ersten Hexensabbat als mythisches Wesen aus der Anderswelt bezeichnet. Da sie unfähig sind, ihre Körpertemperatur anzupassen, leben sie in Vulkanen, nahe Geysiren oder anderen Hitzequellen. Sie besitzen eine hoch entwickelte Sprache und Kultur und können in beiden Richtungen am Faden der Zeit entlangsehen.
Drachenfluch: ein seltenes und tödliches Gift, das einen Drachen töten kann.
Drachenklaue: ein hoher, spitzer Berg im nordwestlichen Teil der Sithicheberge. Von den Khan'cohbans die Verfluchten Gipfel genannt.
Drachenstern: Komet, der alle acht Jahre vorüberzieht. Auch Roter Wanderer genannt.
Düsterwaid: ein seltenes Kraut, das nur im Murkmyre vorkommt. Wächst auf Bäumen und heilt alles.
Dùn: Bergfestung, Stadt
Dùn Gorm: die Rhyssmadill umgebende Stadt

Eà: die Große Erd-Gottheit, Mutter und Vater aller Wesen
Eileanan: größte Insel im die Fernen Inseln genannten Archipel
Eine Macht: die Lebensenergie, die allem innewohnt. Hexen beschwören die Eine Macht herauf, um ihre magischen Handlungen zu vollziehen. Die Eine Macht enthält alle elementaren Mächte der Luft, der Erde, des Wassers, des Feuers und des Geistes.
Eisriese: großes, im Schnee wohnendes Zauberwesen, das auf dem Rückgrat der Welt lebt.

Elementare Mächte: die Kräfte der Luft, der Erde, des Feuers, des Wassers und des Geistes

Elementenprüfung: Sobald eine Hexe im Alter von vierundzwanzig Jahren im Hexensabbat vollkommen anerkannt ist, erlernt sie Fertigkeiten in dem Element, in dem sie am stärksten ist. Bei der Ersten Prüfung in jeglichem Element erlangen die Hexen einen Ring, der an der rechten Hand getragen wird. Wenn sie die Dritte Prüfung in einem der Elemente bestehen, werden die Hexen zu Zauberern oder Zauberinnen und tragen einen Ring an der linken Hand. Sehr selten erlangt eine Hexe einen Zauberinnenring in mehr als einem Element.

Elfenkatze: kleine Wildkatze, die in Höhlen und hohlen Baumstämmen lebt.

Enit: eine Jongleurin, Großmutter von Dide und Nina

Erlass gegen Zauberwesen: königlicher Erlass, der kurz nach der Hochzeit Jaspars und Mayas der Unbekannten bekannt gegeben wurde. Die darin aufgeführten Zauberwesen galten als Scheusale und mussten vernichtet werden.

Erster Hexensabbat: dreizehn Hexen, die vor Verfolgung und Hexenjagden in ihrem Land flohen und einen großen Zauber heraufbeschworen, der die Struktur des Universums faltete und sie und ihre Angehörigen zu den Fernen Inseln brachte. Die zehn großen Familien Eileanans stammen alle vom Ersten Hexensabbat ab, wobei der Clan der MacCuinns der größte der zehn ist. Die dreizehn Hexen waren Cuinn Löwenherz, sein Sohn Owein vom Langbogen, Aislinna die Träumerin, Ahearn der Pferde-Laird, Berhtilde die strahlende Kriegerin, Fóghnan die Distel, Rùraich der Sucher, Seinneadair die Sängerin, Siân die Sturmreiterin, Tuathanach der Farmer, Brann der Rabe, Faodhagan der Rote und seine Zwillingsschwester Sorcha die Rote.

Fairge; Fairgean (Pl.): Zauberwesen, die sowohl das Meer als auch das Land zum Leben brauchen.

Fang: der höchste Berg Eileanans, ein erloschener Vulkan der von den Khan'cohbans »Schädel der Welt« genannt wird.
Faodhagan der Rote: einer der Zwillingszauberer vom Ersten Hexensabbat. Besonders bekannt als Steinmetz. Entwarf und baute viele der Hexentürme wie auch den Palast der Drachen und die Große Treppe.
Feld: studiert Drachenkunde, im Turm der Zwei Monde Mentor Khan'gharads, lebt jetzt in den Türmen der Dornen und Rosen.
Feuermacherin: Abkömmling Faodhagans (siehe *Erster Hexensabbat*) und eine Khan'cohban
Fiadhaich: wütend, ärgerlich
Finn: Bettlermädchen in Lucescere
Fóghnan die Distel: ein Mitglied des Ersten Hexensabbats. Für ihre prophetischen und hellseherischen Fähigkeiten bekannt. Fóghnan die Distel wurde von Balfour MacCuinn, dem ältesten Sohn Oweins des Langbogens, getötet.
Frühjahrs-Tagundnachtgleiche: wenn Tag und Nacht gleich lang sind.

Geal'teas: langhörnige, im Schnee lebende Wesen, welche die Khan'cohbans mit Nahrung, Milch und Kleidung versorgen. Ihr sehr dichtes, weißes Fell ist hochgeschätzt.
Geas: eine Verpflichtung aufgrund einer Ehrenschuld
Gehörnte: eine Rasse wilder, gehörnter Zauberwesen
Gemeinschaften: die soziale Einheit der Khan'cohbans, die in nomadischen Familienverbänden leben. Es gibt insgesamt sieben Gemeinschaften: die Gemeinschaft der Feuerdrachen, die Gemeinschaft des Schneelöwen, die Gemeinschaft des Säbelzahnpanthers, die Gemeinschaft des Eisriesen, die Gemeinschaft des Grauen Wolfs, die Gemeinschaft der Kämpfenden Katze und die Gemeinschaft des Wollbären.
Gitâ: ein Donbeag; Meghans Vertrauter
Gladrielle die Blaue: der kleinere der beiden Monde, von lavendelblauer Farbe

Glynelda: Großsucherin der Liga gegen Hexen und Regentin Caerylas
Große Durchquerung: als Cuinn den Ersten Hexensabbat zu den Fernen Inseln führte.
Große Treppe: der Weg, der die Drachenklaue hinauf zum Palast der Drachen und dann auf der anderen Seite des Gebirges nach Tirlethan hinabführt.

Haven: große Höhle, in der die Gemeinschaft des Roten Drachen den Sommer verbringt.

Isabeau das Findelkind: Lehrling von Meghan von den Tieren
Iseult vom Schnee: Zwillingsschwester Isabeaus, auch Khan'derin genannt
Ishbel die Geflügelte: Windhexe, die fliegen kann. Mutter von Iseult und Isabeau.

Jaspar: Rìgh von Eileanan, verheiratet mit Maya der Unbekannten
Jay der Fiedler: ein Bettlerjunge aus Lucescere
Jesyah: Jorges Vertrauter, ein Rabe
Jongleur: ein fahrender Spielmann, Jongleur, Zauberkünstler, Spaßmacher
Jorge der Seher: ein blinder Zauberer, der die Zukunft sehen kann.
Jor: Meeresgott

Khan'cohbans: Kinder der Götter des Weiß; Zauberwesenrasse. Auf dem Schnee gleitende Nomaden, die auf dem Rückgrat der Welt leben. Eng verwandt mit den Celestine.
Khan'derin: Zwillingsschwester Isabeaus. Auch Iseult genannt.
Khan'gharad der Drachen-Laird: Narbiger Krieger der Gemeinschaft der Feuerdrachen, Geliebter Ishbels der Geflügelten, Vater von Isabeau und Iseult

Kreis der Sieben: regierendes Konzil der Drachen, aus den ältesten und weisesten weiblichen Drachen gebildet.
Kristallsehen: Wahrnehmung durch einen Kristall oder ein anderes Medium. Die meisten Hexen können kristallsehen, wenn ihnen das wahrzunehmende Objekt wohlbekannt ist.
Krüppel: Anführer der Rebellion gegen den Rìgh und die Banrìgh.

Lachlan: jüngster Sohn von Parteta dem Tapferen
Laird: Gutsherr (Titel)
Lammas: erster Herbsttag, Erntedankfest
Langschwert: schweres, zweischneidiges Schwert, oft in Mannesgröße
Latifa die Köchin: Feuerhexe, Köchin und Haushälterin in Rhyssmadill
Lavinya: Partetas Ehefrau, Jaspars Mutter
Leitstern: das Erbe aller MacCuinns, Erbschaft Aedans. Wenn sie geboren werden, legt man ihre Hände auf ihn, und es wird eine Verbindung hergestellt. Wen auch immer der magische Stein anerkennt, ist Rìgh oder Banrìgh von Eileanan.
Lichtmess : Winterende und Frühlingsanfang
Liga gegen Hexen: von der Banrìgh Maya eingeführt
Lilanthe vom Walde: eine Baumwandlerin
Lucescere: alte Stadt, auf einer Insel über den Schimmernden Wassern erbaut. Die traditionelle Heimat der MacCuinns und des Turms der Zwei Monde.

Mac: Sohn von
MacAhearn: eine der elf großen Familien. Abkömmlinge von Ahearn dem Pferdelaird
MacAislin: eine der elf großen Familien. Abkömmlinge von Aislinna der Träumerin
MacBrann: eine der zehn großen Familien; Abkömmlinge von Brann dem Raben

MacCuinn: eine der zehn großen Familien; Abkömmlinge von Cuinn Löwenherz
MacRuraich: eine der zehn großen Familien; Abkömmlinge von Rùraich dem Sucher
MacSeinn: eine der zehn großen Familien; Abkömmlinge von Seinneadair dem Sänger
MacFóghnan: eine der elf großen Familien. Abkömmlinge von Fóghnan der Distel
MacHilde: eine der elf großen Familien. Abkömmlinge von Berhtilde der Strahlenden
MacSian: eine der elf großen Familien. Abkömmlinge von Sian der Sturmreiterin
MacThanach: eine der großen Familien. Abkömmlinge von Tuathanach dem Farmer
Magnysson der Rote: der größere der beiden Monde, karmesinrot, allgemein als Symbol des Krieges und des Konflikts angesehen.
Manissia: eine weise Frau
Margrit NicFóghnan: Banprionnsa von Arran
Maya die Verhexerin: Banrìgh von Eileanan, Ehefrau von Jaspar
Meghan von den Tieren: Waldhexe, Zauberin der sieben Ringe; kann mit Tieren sprechen. Bewahrerin des Schlüssels des Hexensabbats vor und nach der Verbannung Tabithas'.
Mesmerd; Mesmerdean (Pl.): ein geflügelter Geist oder Grauer; Zauberwesen aus dem Murkmyre, das seine Beute mit dem Blick hypnotisiert und ihr dann den Todeskuss verabreicht.
Mithuan: ein Heiltrank, der den Puls beschleunigen und Schmerz lindern soll.
Mondfluch: eine halluzinogene Droge, aus der Mondblume destilliert
Muileach: der nördlichste Fluss Lucesceres, der zusammen mit dem Ban-Bharrach die Schimmernden Wasser bildet.
Murkmyre: die Sümpfe und Moore Arrans

Narbige Krieger: Khan'cohban-Krieger, die als Symbol ihrer Leistungen Narben tragen.
Nic: Tochter von
Nisse: kleines Waldzauberwesen
Nyx: Nachtgeist. Düster und mysteriös, besitzt Kräfte der Täuschung und der Verbergung.

Parlen: ein Bettlerjunge in Lucescere
Parteta der Tapfere: früherer Rìgh von Eileanan, starb bei der Strandschlacht, bei der im Dritten Fairgeankrieg die Invasion der Fairgean abgewehrt wurde.
Prionnsa; Prionnsachan (Pl): Prinz, Herzog
Prüfung der Macht: eine Hexe wird zunächst an seinem oder ihrem achten Geburtstag geprüft. Wenn irgendwelche magischen Kräfte entdeckt werden, wird er oder sie ein Akoluth. Am sechzehnten Geburtstag werden die Hexen erneut geprüft, und wenn sie die Prüfung bestehen, dürfen sie Lehrlinge werden. Die Dritte Prüfung der Macht findet an ihrem vierundzwanzigsten Geburtstag statt. Wenn sie erfolgreich bestanden wird, wird der Lehrling im Hexensabbat vollkommen anerkannt.

Ravenshaw: stark bewaldete Region westlich Rionnagans, einst im Besitz des Clans der MacBrann.
Rhyllster: der Hauptfluss in Rionnagan
Rhyssmadill: das Schloss des Rìgh am Meer
Rìgh; Righrean (Pl.): König
Rieseneulen: riesige, weiße Eulen; leben in den wilden Bergregionen.
Rionnagan: zusammen mit Clachan und Blèssem die reichsten Länder Eileanans. Im Besitz der MacCuinns, Abkömmlinge von Cuinn Löwenherz, Anführer des Ersten Hexensabbats.
Rote Garden: Soldaten im Dienste der Banrìgh
Roter Wanderer: Komet, der alle acht Jahre erscheint. Auch Drachenstern genannt.

Rurach: urwüchsiges Bergland zwischen Tìreich und Siantan. Regiert vom Clan der MacRuraich, den Abkömmlingen Rùraichs, einem Mitglied des Ersten Hexensabbats.
Rückgrat der Welt: die schneebedeckte Bergkette, die Eileanan teilt.

Säbelzahnpanther: wilde Raubkatze mit gekrümmten Reißzähnen, die in entlegenen Bergregionen lebt.
Samhein: erster Wintertag. Fest für die Seelen der Toten.
Sani: Dienerin von Maya der Verhexerin
Schicksalsgöttinnen: Die Spinnerin Sniomhar, die Göttin der Geburt; die Weberin Breabadair, die Göttin des Lebens; und die Fadenschneiderin Gearradh, Göttin des Todes.
Schimmernde Wasser: der große Wasserfall, der über den Felsen in den Lucesceresee stürzt.
Schlüssel: das heilige Symbol des Hexensabbats, ein mächtiger Talisman, den die Bewahrerin des Schlüssels, die Anführerin des Hexensabbats, trägt.
Scruffy: Bettlerjunge in Lucescere. Auch bekannt als Dillon der Kühne.
Seanalair: Heerführer
Seeschlange: Zauberwesen, das in Seen lebt
Seychella: Windhexe. Von einem Mesmerd getötet.
Sgàileanberge: Bergkette im Nordwesten, trennt Siantan und Rurach
Siantan: Land im Nordwesten. Einst im Besitz des MacSian-Clans, nun Teil von Rurach.
Sithicheberge: nördlichstes Gebirge Rionnagans
Sommerbaum: Wappenbild des Clans der MacAislin, ein Baum, der vermutlich in den legendären Gärten der Celestine wächst. Von allen Zauberwesen des Waldlandes verehrt.
Sommersonnenwende: wenn die Sonne im nördlichen Wendepunkt steht (weiteste Entfernung vom Äquator). Johannisnacht.

Sonnenwende: einer der Zeitpunkte, zu dem die Sonne am weitesten von der Erde entfernt ist

Sorcha die Rote: eine der Zwillingszauberer des Ersten Hexensabbats. Auch Sorcha die Mörderin genannt, infolge ihres blutrünstigen Angriffs auf die Menschen des Turms der Rosen und Dornen nach der Entdeckung der Liebesaffäre zwischen ihrem Bruder und einer Khan'cohbanfrau.

Stechginster: eine süß duftende Pflanze mit grauen Blättern und scharfen Dornen

Sterngucker: ein anderer Name für die Celestine

Tabithas die Wolfsläuferin: Bewahrerin des Schlüssels des Hexensabbats, bevor sie nach dem Tag des Verrats aus Eileanan verschwand.

Tag des Verrats: Der Tag, an dem sich der Rìgh gegen die Hexen wandte, sie verbannte oder hinrichtete und die Hexentürme verbrannte. Von der Liga gegen Hexen Tag der Abrechnung genannt.

Talent: Hexen verbinden ihre Kräfte in den verschiedenen Elementen häufig zu einem mächtigen *Talent*; z. B. die Fähigkeit, Tiere zu bezaubern, wie Meghan.

Theurgia: eine Schule für Akoluthen und Lehrlinge

Thigearn: Pferdelairds; leben auf dem Pferderücken und können ohne Ehrverlust nicht absteigen. Zähmen und reiten oft fliegende Pferde.

Tìreich: Land der Pferdelairds – westlichstes Land Eileanans, bewohnt von Nomadenstämmen, die für ihre Pferde berühmt sind, und regiert vom Clan der MacAhern.

Tirlethan: Land der Zwillinge; einst von Faodhagan und Sorcha, den Zwillingszauberern, regiert.

Tìrsoilleir: das glorreiche Land. Nordöstliches Land Eileanans, bewohnt von einer Rasse wilder Krieger. Wurde einst vom Clan der MacHilde, den Abkömmlingen der Berhtildes, Mitgliedern des Ersten Hexensabbats, regiert. Die Bewohner Tìrsoilleirs haben der Zauberei und der herrschenden Familie jedoch zuguns-

ten einer kriegerischen Religion abgeschworen. Träumen davon, Eileanan zu kontrollieren.
Tòmas der Heiler: siebenjähriger Junge, Akoluth Jorges des Sehers
Traumwandler: Bezeichnung für die Hexen vom Turm des Träumer in Aslinn. Manche von ihnen können in ihren Träumen die Zukunft und die Vergangenheit sehen.
Tuathansee: der See in der Nähe von Caeryla
Türme: Die Türme der Hexen. Zwölf Türme, die in den zwölf Ländern Eileanans als Zentren des Lernens und der Hexerei erbaut wurden. Die Türme sind:
Tùr de Alsling in Aslinn (Turm der Träumer)
Tùr na cheud Ruigsinn in Clachan (Turm der Ersten Landung)
Tùr de Ceò in Arrcan (Turm der Nebel)
Tùr na Fitheach in Ravenshaw (Turm der Raben)
Tùr na Gealaich dhà in Rionnagan (Turm der Zwei Monde)
Tùr na Raoin Beannachadh in Blèssem (Turm der Gesegneten Felder)
Tùr na Rùraich in Rurach (Turm der Sucher)
Tùr de Ròsan is Snathad in Tirlethan (Turm der Rosen und Dornen)
Tùr na Sabaidean in Tirsoilleir (Turm der Krieger)
Tùr na Seinnadairean Mhuir in Carraig (Turm der Meersinger)
Tùr de Stoirmean in Siantan (Turm der Stürme)
Tùr na Thigearnean in Tìreich (Turm der Pferde-Lairds)
Tulachna Celeste: ein heiliger Ort der Celestine. Im Faileaswald, nahe dem Tuathansee, Rionnagan.
Tùr: Turm

Uile-Bheist; Uile-Bheistean (Pl): Scheusal

Verfluchte Gipfel: Bezeichnung der Khan'cohbans für die Drachenklaue

Vermisste Prionnsachan von Eileanan: die drei Brüder des Rìgh. Jaspar-Feargus, Donncan und Lachlan. Verschwanden eines Nachts alle aus ihren Betten.

Weißlockenberge: nach der weißen Locke im Haar aller MacCuinns benannt
Wulfrum: Fluss, der durch Rurach fließt.

Yedda: Meerhexen
Yutta: Großinquisitor der Liga gegen Hexen

Danksagungen

Der erste Faden dieser Geschichte wurde vor vielen Jahren gesponnen, und viele Hände haben dabei geholfen. An erster und wichtigster Stelle steht meine Mutter, die mich lesen lehrte, fast bevor ich laufen konnte. Viele der Wesen in diesem Roman haben ihre Namen ihr zu verdanken, und von ihr habe ich die große Liebe zu Wörtern und Begriffen geerbt. Mein liebevoller Dank gilt auch meinem Stiefvater Glyn für alles, was er im Laufe der Zeit für mich getan hat; meiner Tante Roz, die mir als Erste gezeigt hat, dass man mit Büchern in eine andere Welt reisen kann; meiner Großmutter Nonnie, einer gleichgesinnten Büchernärrin; meiner Schwester Binny, die mir jeden Abend Geschichten erzählte und meine erste Lektorin und Kritikerin war; meinem Bruder Nick, der immer für mich da war; und meinem Dad, der stets sagte, ich könne alles tun, was ich tun wolle.

Dank auch an meine Agentin Gaby Naher und meine Verlegerin Linda Funnell, die dieses Werk liebten und es zum Leben erweckten; an meine Lektoren Julia Stiles und Van Ikin für ihre harte Arbeit und viele nützliche Vorschläge sowie an alle meine Freunde und die Familie, in Anerkennung dessen, was sie während der Arbeit an diesem Buch gelitten haben. Als letztem, aber gewiss nicht unwichtigstem Beteiligten danke ich meinem Mann Greg, ohne den dieses Buch noch immer nur ein Traum wäre.